KB045924

약캐 토모자키 군

The Low Tier Character
"TOMOZAKI-kun";
Level.8

Lv.8

야쿠 유우키 지음
Yuki Yaku Presents

플라이 일러스트
Illustration Fly

김정규 옮김

"저기, 후미야 군이라고 불러도 돼?"

오프 모인에서

르 쁘띠 브와

토모자키 후미야

Design Yuko Mucadeya + Caiko Monma
(musicagographics)

약캐 토모자키 군
8

야쿠 유우키 지음 | **플라이** 일러스트 | **김정규** 옮김

커버·권두·본문 일러스트 | **플라이**

약캐 토모자키 군

야쿠 유우키 지음
Yuki Yaku Presents

플라이 일러스트
Illustration Fly

The Low Tier Character
"TOMOZAKI-kun";
Level.8

Lv.8

캐릭터 소개

 내용

토모자키 후미야
고등학교 2학년. 약캐.

히나미 아오이
고등학교 2학년. 학교의 퍼펙트 히로인.

나나미 미나미
고등학교 2학년. 무드메이커.

나츠바야시 하나비
고등학교 2학년. 조그맣다.

이즈미 유즈
고등학교 2학년. 잘 나가는 여자애.

키쿠치 후카
고등학교 2학년. 책을 좋아한다.

미즈사와 타카히로
고등학교 2학년. 미용사 지망.

나카무라 슈지
고등학교 2학년. 반의 보스 격.

타케이
고등학교 2학년. 덩치가 좋다.

나리타 츠구미
고등학교 1학년. 여러모로 프리덤.

콘노 에리카
고등학교 2학년. 반의 여왕

『어패』 용어 해설

【어택 공격】

스틱을 튕기면서 통상 공격 버튼을 눌러서 발동하는 강력한 공격 기술. 빈틈이 크고 위력이 강한 기술이 많다. 횡, 상, 하 세 종류가 있고, 각각 횡어택, 상어택, 하어택이라고 줄여서 부른다. 『어택 패밀리즈』라는 게임 제목의 유래가 되기도 했다.

【강공격】

스틱을 임의의 방향으로 기울이면서 통상 공격 버튼을 눌러서 발동하는 공격 기술.
빈틈과 위력의 균형이 잡힌 기술이 많다.
좌우, 상, 하 세 종류가 있고, 각각 횡강, 상강, 하강이라고 줄여서 부른다.

【약공격】

스틱을 기울이지 않고 통상 공격 버튼을 눌러서 발동하는 재빠른 공격 기술. 빈틈이 적고 공격 범위와 위력이 좁고 약한 기술이 많다. 그냥 「약」이라고 줄여서 부른다.

【대시 공격】

달리기 동작 중에 통상공격 버튼을 눌러서 발동하는 공격 시술. 일반적으로 돌진계 기술이 많다. DA(디에이)라고 줄여서 부른다.

【공중 공격】

공중에서 통상공격 버튼을 눌러서 발동하는 공격 기술. 동시에 스틱을 기울이는 방향에 따라서 전, 후, 상, 하, 중립 다섯 종류가 있고, 각각 공앞, 공뒤, 공상, 공하, 공중립이라고 줄여서 부른다. 또한 중립이란 스틱을 어느 방향으로도 기울이지 않는 것을 의미한다.

【필살기】

필살기 버튼을 눌러서 발동하는 캐릭터 고유의 특수 기술. 동시에 스틱을 기울이는 방향에 따라서 좌우, 상, 하, 중립 네 종류가 있고, 각각 횡B, 상B, 하B, 중B라고 줄여서 부른다.

【잡기】
잡기 버튼 또는 가드와 통상 공격 버튼을 동시에 입력해서 발동하는 가드 불능기. 성공하면 『던지기』로 파생되는 잡기 상태가 된다.

【던지기】
잡기 상태에서 스틱을 각 방향을 기울이면 발동하는 공격기. 앞, 뒤, 상, 하 네 종류가 있고 각각 성질이 다르다.

【긴급 회피】
가드 중에 스틱을 튕겨서 발동하는, 무적 판정 상태에서 일정 거리를 이동하는 행동. 좌우, 하 두 종류가 있고 각각 횡회피, 제자리 회피라고 부른다.

【날뛰기】
상대의 콤보가 이어지고 있는 때 등에 이쪽의 공격이 겹치는 행동. 겹치는 공격의 종류에 따라서 『악날』, 『공중단날』 등으로 부른다.

【가드 캔슬】
가드 상태에서 직접 다른 행동에 들어가는 것. 가캔이라고 줄여 부른다.

【전 딜레이】
커맨드를 입력하고 판정이 발생할 때까지의 틈을 말한다. 전딜이라고 줄여 부른다.

【후 딜레이】
공격 판정, 무적 판정 등이 없어진 뒤에 다음 행동에 들어갈 때까지 발생하는 틈. 후딜이라고 줄여 부른다.

【발생 프레임】
커맨드를 입력한 뒤에 공격 판정, 무적 판정 등이 발생할 때까지의 프레임.
발생 프레임이 7F일 때는 입력한 뒤에 6F까지가 그 행동의 『전 딜레이』가 된다.
또한 『프레임』이란 게임 내 묘사의 최소 단위를 가리키며, 어택 패밀리의 경우 1F는 약 0.015초(1/60초).

【전체 프레임】
커맨드를 입력하고 다음 행동을 취할 때까지 필요한 프레임을 말한다.
공격 판정, 무적 판정이 사라진 때부터 전체 프레임까지의 시간이 그 행동의 『후 딜레이』가 된다.

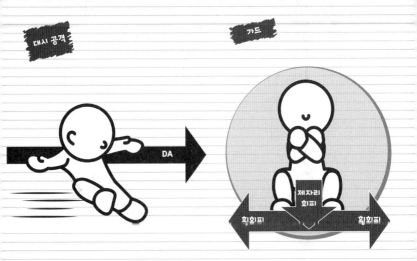

1 새로운 이야기는 항상 최초의 마을에서 시작된다

기분 좋게 맑은 햇살이 비치고 모든 것이 새롭게 느껴지는 바로 오늘.

나는 내 방에 있는 전신 거울 앞에서 고정하고 있었다.

"이건 아닌…… 가?"

오른손에 검은색 체스터 코트라는 물건과 왼손에 마찬가지로 검은색인 다운재킷이라는 것을 들고, 어떻게 해야 좋을지 시행착오 중.

"무난하게 가자면 히나미 스타일인 이거. ……하지만."

오른손에 들고 있는 체스터 코트라는 것을 몸에 대보면서 말했다. 그 코트 밑에 하얀 니트를 입고, 밑에…… 바지는 검은색 스키니 팬츠라는 물건을 입는다. 그리고 빨간색에 고리 모양 목도리, 가 아니라 빨간 스누드를 목에 걸치고 빨간 양말까지 맞추면, 히나미 스타일의 간단 코디네이트가 완성된다. 전체를 무채색으로 심플하게 맞추면서 양말과 스누드라는 떨어진 위치에 있는 소품의 색을 맞추는 데서 나오는 나름대로 멋있게 꾸몄다는 느낌을 연출하는, 그야말로 타고난 게임 오타쿠라는 걸 믿을 수 없을 만큼 세련된 분위기를 자아낼 수 있다. 나도 몇 번인가 직접 해보고 그 효과를 분명히 실감했다.

하지만.

"아무래도…… 세 번이나 입는 건 좀."

그렇다. 나는 히나미가 골라준 이 코디를 겨울에 사복으로 외출할 때 사용하기 위한 최강의 카드로 가지고 있는데, 사실은 이번 겨울방학 동안 사복 차림으로 외출할 기회가 있을 때마다 매번 이 카드를 사용했다. 이걸 하이드로 펌프로 본다면, 지금 나한테 남은 PP는 2밖에 안 되겠지.

"똑같은 옷만 입는 걸로 보이면……."

머릿속에 떠오르는 건 불길한 예감. 겨울방학이 시작된 뒤로 키쿠치 양과 두 번 만났는데, 나는 그 두 번 모두 아낌없이 최강의 카드를 해방했다. 두 번째까지는 그래도 괜찮을 것 같지만, 세 번 만나서 세 번 다 똑같은 복장이면, 아무리 키쿠치 양이라도 뭔가 이상하다고 생각하겠지.

어쩌면 환멸하게 될지도 모른다.

키쿠치 양이 뭔가를 신경 쓰는 것 같은 시선으로 날 쳐다보는 광경이 떠오른다.

내 머릿속에 있는 키쿠치 양은, 조심스런 말투로——

『토모자키 군…… 그거, 세탁은 했나요?』

"으아아아아아악?!"

내가 한 상상 때문에 마음이 타버려서, 전신 거울 앞에서 멀찍이 떨어졌다. 지금 그건 상상이니까 정신이 너덜너덜해지는 걸로 끝났지만, 만약에 현실에서 키쿠치 양이 그런 말을 한다면, 그 순간에 나는 아무 생각도 못 하는 꽃이나 초목이 돼버리겠지. 기껏 칙칙한 오타쿠에서 그럭저럭 세련된 오타쿠가 됐는데, 거기서 식물로 돌변해버리면 지금까지의 노력이 전부 물거품이다.

"그럼…… 이쪽이 좋을까?"

왼손에 들고 있는 다운재킷을 몸에 대봤다. 이건 히나미의 서포트 없이 내가 직접 산 따뜻한 잠바…… 가 아니라 아우터다.

나는 마네킹에 세팅해둔 걸 그대로 사버린 옷을 몇 번이나 입어보면서, 지금까지 내가 입었던 옷과 어떻게 다른지 이론과 체감을 통해서 생각할 수 있게 됐다. 최근에는 히나미가 가르쳐준 패션 사진을 올리는 앱에 나오는 멋지게 꾸민 사람들의 코디네이트를 보면서 그 공통점을 찾기도 하고 있다.

그랬더니 정말 신기하게도, 지금까지는 『나랑은 상관없는 뭔가 잘 꾸민 사람들』이라는 애매한 관점으로만 보던 것들이 서서히 눈에 들어오기 시작했고── 그 결과, 내 마음속에서 뭔가 복장의 취향 같은 것이 싹트기 시작했다.

한마디로 이 다운재킷은 내가 처음으로 『이거 좋은데』라고 생각하면서 산 아우터. 뭐, 정확히 말하자면 앱에서 봤던 좋아하는 코디네이트의 일부를 그대로 베낀 것이다. 잘 생각해보면 마네킹에 세팅해놓은 옷을 그대로 사던 것에서, 베끼는 대상이 마네킹에서 인터넷으로 바뀐 것뿐이지만.

키쿠치 양한테는 아직 한 번도 안 보여준 아우터. 이거라면 바지가 똑같아도 전체적인 인상은 달라질 테니까, 같은 옷만 입는다고 생각하지는 않겠지.

그리고 나는 별생각 없이, 체스터 코트에 맞춰서 입었던 하얀 니트 위에 그 다운재킷을 입어봤다. 그랬더니.

"……어?"

가로 폭이 넉넉하게 만들어진 것 치고는 짧은 옷자락 아래로 하얀 니트가 튀어나왔다. 밑에 까만 스키니를 입어서 다운을 걸치면 온몸이 시커멓게 보일 것 같았는데, 그 흰색이 꽤 괜찮은 포인트 역할을 해줘서 뭔가 그럴듯하게 보인 것이다. 다운재킷 옷자락이 짧기 때문에, 뒤에서 봤을 때도 니트의 하얀색이 눈에 띄었다.

"오오오?"

나는 문득 뭔가 생각이 나서, 스누드에 맞추기 위해서 신고 있던 빨간 양말을 벗고 하얀 양말로 갈아 신었다.

그리고 다시, 거울에 비친 내 모습을 봤다.

"……오오오오오?!"

거기에 비친 모습은 까만 다운재킷, 하얀 니트, 검은 스키니, 하얀 양말이라는 구성으로, 흰색과 검은색으로 줄무늬 같은 느낌이 된 내 모습. 뭔가 그럴듯한 패션 용어를 알고 있다면 줄무늬 말고 좀 더 괜찮은 느낌으로 표현할 수도 있겠지만 내가 모르니까 어쩔 수 없는 일이고, 아무튼 평소에 보던 앱에 올라오는 사진 같은 분위기가 감돌고 있었다.

"이건!!"

나는 큰소리를 지르면서 빙글 돌았다. 거울에 비치는 아마도 멋진 내 모습을 보고 신이 났다. 이 감각이 기분 탓이 아니라면, 새로운 코디네이트를 발견한 건지도 모른다.

그리고 알아차렸다. 지금까지 마네킹에 세팅된 대로, 또는 히나미가 지정한 코디네이트만 하던 나한테── 이건 처음으로 『내 오리지널 코디네이트』라고 할 수 있는 게 아닐까.

"오오오오오오?!"

이상하게 신이 나서, 내가 만들어낸 코디네이트를 입은 채로 다양한 각노에서 포즈를 잡아봤다. 앱에 올라온 사진 속에 있는 사람들은 그냥 차려자세로 서 있는 게 아니었으니까, 그걸 흉내 내보는 거다. 그리고 뭔가 그럴듯하다는 기분이 들면서 더 신이 났다.

"이거, 좋은데!!"

"오빠, 시끄러!!"

갑자기 벌컥 열린 문.

그 문밖에서 짜증 난다는 표정을 짓고 있는 여동생과, 전신 거울 앞에서 재수 없는 포즈를 잡고 있던 내가 딱 대면했다.

"……오빠?"

"아…….."

엄청나게 이상하다는, 아니, 오히려 멸시하는 것 같은 표정으로 날 보는 여동생. 오른발에 체중을 실은 채로 오른손을 왼쪽 어깨에 대는 포즈를 잡은 채로 여동생을 보는 나.

이건, 곤란하다.

그래서 나는 그 엄청나게 폼 잡은 포즈에서 서서히, 최대한 아무 일도 없었던 걸로 되게 해달라고 기도하면서, 자연스럽게 차려자세를 취했다. 천천히, 천천히.

그리고 완전히 차려자세로 돌아왔을 때, 한숨을 돌리고 다시 입을 열었다.

"미안, 시끄러웠지."

"아니, 다 봤거든."

"봤겠지."

내 터무니없는 꿍꿍이를 간파한 여동생이 차가운 말을 툭 던졌다.

"······재수 없어."

그 한 마디만 말하고 동생이 문을 닫아 버렸다.

"야, 저기······!"

내가 불렀지만 동생은 듣지 않았고, 나는 홀로 내 방에 남겨지고 말았다. 한 살 어린 여동생이 대놓고 던진 한마디는, 내 가슴에 분명하게 전해졌다.

"큭."

나는 수치심에 시달리면서도 ── 하지만 뭐랄까, 지금까지 동생이 했던 재수 없다는 말과 아주 조금, 뭔가 다른 의미였다는 걸 알아차렸다. 『지금까지 여동생이 재수 없다고 말했을 때』는 너무 슬펐다고 생각하면서도, 아무튼 알아차렸다.

지금 막. 재수 없다는 말을 들었지만 지금까지 느꼈던 말로 표현할 수 없는 무력감이라고 할까, 내가 밑에 있는 존재라는 실감이 들게 하는 패배감이라고나 할까— 그런 느낌이, 훨씬 적었다.

나는 다시 거울을 봤다.

"……흐음."

그 거울에 비친 것은, 역시나 얼마 전까지였다면 생각할 수도 없었던 내 모습.

내가 세팅한, 그럭저럭 괜찮아 보이는 헤어스타일.

노력에 의해서 태어난, 익숙해진 느낌으로 입가가 올라가 있는 표정.

조금 전에 내가 찾아낸, 그럭저럭 멋져 보이는 코디네이트.

그것들이 이 인생을 살아가는 토모자키 후미야라는 캐릭터에게, 자기 자신을 끌어올려 주는 자신감 같은 뭔가를 주는 것 같다는 생각이 들었다.

그리고 무엇보다—— 지금부터 내가 만나고 싶은 사람과 가고 싶은 곳에 갈 수 있다는 사실.

그건 마치 nanashi가 어패에서 한 번 졌다고 해서 자신에게 실력이 없다고 생각하지 않는 것과 비슷한 감각이고.

지금까지 쌓아온 노력의 결과가 내면과 외면 양쪽에서 드러나고 있다.

그렇다면 그것이 내 인생으로서의 가치고, 여동생한테 창피한 모습을 한 번 보여줬다고 해서 내가 글러 먹은 남자가 되는 건 아니다.

그런 생각도 할 수 있게 됐다.

그래서 나는 자신을 갖고 다시 한번.

거울 앞에서 척, 하고 포즈를 잡아봤다. 벌컥, 또 문이 열렸다.

"아직도 저러고 있네…… 재수."

그리고 바로 문이 닫혔고, 나는 짧은 기간에 같은 창피를 두 번 맛보고 말았다. 잠깐, 뭔가 얘기가 달라졌는데. 두 번째는 괴롭다. 아나필락시스 쇼크 같은 건데, 이런 건 오히려 두 번째에서 대미지가 더 크다. 그나저나 대체 뭐야 저 자식, 문 좀 두드리란 말이야. 난 침대에 다이빙했다.

"으아아아아――……!!"

아무래도 단기간에 두 번이나 그런 꼴을 당하면 저축해둔 자신감보다 대미지가 더 커져 버리기 때문에, 나는 소리를 질러 창피함을 희석하면서 베개에 얼굴을 묻어버리고 말았다. 틀렸다. 난 창피한 남자다.

* * *

오전 열 시 조금 전. 오오미야 역에 있는 『콩나무』.

나는 내 오리지널 코디네이트를 몸에 두르고――**그녀가**

도착하기를 기다리고 있다.

평소 같으면 학생과 주정뱅이, 스카우트하는 사람들에 요란한 차림새의 여성들까지 폭넓은 부류의 인간들이 오가면서 소란스러운 분위기가 감도는 오오미야 역. 하지만 지금은 모든 사람들이 조용히, 똑같은 기분을 공유하면서 걸어가고 있는 것 같다는 기분이 드는 건 오늘이 설날이라서 그런 걸까.

어제까지 안고 있던 짐들을 일단 내려놓고, 앞으로 다가올 새로운 풍경과 가슴 두근거리는 생각들을 받아들일 준비를 한다. 일단락을 지어서 형태가 없는 것들을 끝낸다. 그것은 뭔가 의식 같은 것이고 아마도 합리성이라고는 찾아볼 수도 없겠지만, 나는 이 하루의 분위기를 좋아한다.

하나를 꼼꼼하게 끝낸다. 앞으로 손에 들어올 소중한 것을 위해, 한계가 있는 손을 조금이나마 비워둔다. 그것은 마치 작은 메달*을 찾아내기는 했지만 소지품이 가득 차 있는 상태인 RPG 같은—— 뭔가 갑자기 취지가 이상해진 것 같은 기분이 들지만, 뭐든지 게임에 비유하는 버릇을 고칠 수도 없으니까 말이야. 그런 나 자신 때문에 씁쓸한 미소를 짓고 있는데, 내가 기다리던 사람이 개찰구에서 나왔다.

"토모자키 군."

동쪽 출구 방면 개찰구에서 걸어온 사람은 갈색 코트를 입은 키쿠치 양이다. 짧은 털 같은 느낌의 고급스러운 질감

---

* 게임 드래곤 퀘스트 시리즈에 전통적으로 등장하는 아이템

의 긴 코트가 키쿠치 양한테 정말 잘 어울렸고, 하늘 같은 색의 폭신해 보이는 목도리는 아마도 양털과 천사의 날개를 혼합한 소재겠지.

"안녕, 키쿠치 양."

"예. 안녕하세요."

지금까지와 다를 바 없는 인사를 나누고, 키쿠치 양이 내 옆으로 왔다.

걸음걸이는 아주 자연스럽고, 나는 그 아무렇지도 않은 편한 태도가 너무나 좋았다. 거기다 제자리라고, 아주 당연하게 느끼는 것만 같은.

"갈까."

"응. 가요."

그리고 지금까지와 크게 달라진 가까운 거리감으로 나란히 서서, 우리는 걸어가기 시작했다.

문화제 때. 다 같이 만든 연극을 계기로 나와 키쿠치 양은 **남자 친구와 여자 친구로서** 사귀기 시작했다.

둘 중 한 사람만 보면 그때와 크게 변하지 않은 우리 두 사람이지만, 그 관계성은 크게 달라졌다. 두 사람 모두 처음으로 생긴, 연인이다.

동쪽 출구 계단을 내려가서 역 앞에 있는 『다람쥐 토토』 동상 앞을 지나갔다. 동상 주위를 둘러싸고 있는 난간에 기대서 핫팩을 툭툭 던지고 놀던 작은 남자아이가, 갑자기 이상하다는 것처럼 멍하니 우리를 쳐다봤다. 나한테는 더 이상 보이지 않게 돼버린 키쿠치 양의 신성한 느낌이, 아이들 같은 새하얗고 순수한 존재에게는 보이는 걸까. 시선을 느꼈는지 키쿠치 양도 남자아이 쪽을 보고는, 조용히 빙긋 미소를 지었다. 남자아이는 기쁜 것처럼 우리를 보며 열심히 손을 흔들었다.

"……귀엽네요."

감싸주는 것 같은 시선을 남자아이한테서 내 쪽으로 옮기고는, 키쿠치 양이 즐겁다는 목소리로 말했다.

"그러게."

사실 더 귀여운 건── 같은 문구는 굳이 생각할 필요도 없는 일이니까 그만두기로 했지만, 아무튼 새해 첫날부터 너무나도 거룩한 웃는 얼굴과 따뜻한 감정. 새해 운수라는 관점에서 말하자면, 이건 거의 새해 첫 일출을 본 것이나 마찬가지라고 해도 되겠지. 틀림없는 해피 뉴 이어다.

키쿠치 양은 남자아이에게 우아하게 손을 흔들어서 답례를 하고는, 나와 같이 옆 앞의 길을 걸어갔다. 목적지인 히카와 신사까지는 키타오오미야역에서 가는 쪽이 더 가깝지만, 오오미야역에서 가는 쪽이 길이 더 단순해서 찾아가기 쉽고, 무엇보다 이렇게 나란히 걸어가면 오오미야 시내가 또 다르게 보이고 너무나 즐겁게 느껴질 것 같아서 오오미야역에서 만나기로 했다.

정답이다, 라고 생각했다.

떠들썩한데도 조용한 분위기. 환영도 거절도 없이 느긋하게 흘러가는 시간이, 어째선지 그 불꽃놀이 대회 때의 기억과도 닮아서. 그저 둘이서 같이 걸어가고 있을 뿐인데, 마음이 따뜻해지고 가득 채워지는 것 같은 기분이 들었다.

"그러니까……."

"이쪽이야."

모퉁이에서 망설이는 기색을 보인 키쿠치 양을 안내하며, 나는 느릿한 걸음걸이로 걸어갔다. 키쿠치 양은 안심한 것처럼 웃더니, 나한테 모든 걸 맡긴다는 것처럼 다시 내 옆에 와서 섰다. 옷을 두툼하게 입은 키쿠치 양의 목소리와 함께 흘러나오는 숨결은 어렴풋한 하얀색이다.

"이거, 전부 새해 참배 가는 사람들이려나."

"후후. 그럴 것 같은데요?"

"아하하. 그렇겠지."

히카와 신사가 가까워지면서 점점 많아지는 사람들. 흐름에 떠밀리는 것처럼 나와 키쿠치 양의 거리도 저절로 좁아졌지만, 더 이상 필요 이상으로 초조해지지는 않았다. 아주 살짝 뜨거워진 뺨도 새해 첫날의 차가운 바람이 식혀줬다.

블록이 깔린 길게 뻗은 길. 미용실과 빈티지 샵이 줄지어 있는 이치노미야도오리를 빠져나와서는 횡단보도를 건넜다. 좌우에 있는 바와를 보면서, 우리는 도리이를 지나갔다. 여기서부터는 나무들을 사이에 두고 길 세 개가 나란히 곧장, 수백 미터 이상이나 이어지는, 히카와 신사 본전까지

가는 참배 길이다. 주택가를 관통하는 모양으로 뻗어 있는 굵고 긴 세 개의 길은 생각해보면 정말 이상한 구조인데, 아마도 오오미야에서만 볼 수 있는 광경이겠지.

신사가 가까워지자 더 많아진 인파 속에서, 나와 키쿠치 양은 서로 어깨가 닿을 정도까지 가까이 붙었다. 그리고 갑자기, 그 손가락과 손가락이, 시야 밖에서 조용히 닿았다.

하지만 괜찮다. 왜냐하면 이건, 나와 키쿠치 양한테는 너무나 자연스러운 상태니까—— 일 리가 없고.

"……아."

"어이쿠~! 미, 미안해! 아하하~!!"

아주 살짝 흘러나온 키쿠치 양의 놀란 목소리에 과민반응해서, 재빨리 손을 빼고 말았다. 뭐랄까, 문화제 때는 손을 꽉 잡기도 했었는데, 이렇게 일상으로 돌아오니까 그게 안 된단 말이야.

* * *

나무들에 둘러싸인 참배길을 따라 걸어가 한 번 더 도리이를 통과했더니, 돌판과 자갈이 깔린 공간이 펼쳐졌다.

히카와(氷川) 신사. 매년 2백만 명 이상이 새해 참배를 하러 온다고 전해지는 사이타마에서도 가장 큰 신사다.

일본의 수도권에는 『히카와 신사』라는 이름의 신사가 여러 곳 있는데, 여기 오오미야에 있는 히카와 신사는 그 총

본산이다. 즉 일본의 고유 종교인 신도(神道)적인 기준으로 본다면, 일본의 수도는 역시 여기 오오미야겠지.

나무들이 빙 둘러싸고 있는 넓은 공간. 넓고 평평한 회색 땅바닥을 메워버리려는 것처럼, 수많은 신발들이 떠들썩하게 줄지어 있다. 천천히 걸어가는 사람들의 발걸음에는 따분함과 비일상이 뒤섞인 들떠 있는 느낌이 담겨 있다.

"우와……."

신기한 것이라도 보는 것처럼, 키쿠치 양이 그런 모습을 빙 둘러봤다.

"이런 데, 자주 안 와봤어?"

그랬더니 키쿠치 양이 아니, 라고 말하면서 고개를 저었다.

"평소에는 가족들을 따라서 오는 느낌이었으니까……."

"응?"

내가 무슨 의미인지 이해하지 못해서 물었더니, 키쿠치 양은 시선을 내 쪽으로 돌리고서 차분한 미소를 지어 보였다.

"온 이유가 달라지니까, 왠지 경치도 달라 보이는 것, 같아서."

"아……."

생각하기에 따라서는 조금 쑥스럽게 받아들일 수도 있는 말. 하지만 이해할 수 있는 부분도 있었다.

"하긴, 나도 그런 것 같아. 왠지 평소에 왔을 때보다『내가 이 경치를 보고 있다』는, 그런 느낌이 들어."

애매한 감각을 전했더니 키쿠치 양이 어린아이처럼 눈을

반짝이면서 말했다.

"무슨 말인지 알겠어요!"

그렇게 말하면서 고개를 끄덕였고, 나는 그런 키쿠치 양의 모습을 보고서 왠지 기뻐졌다.

"누군가를 따라서 오는 게 아니라, 자기가 가고 싶은 장소에 와 있다는, 그런 느낌이지."

"맞아요. 그거예요!"

천진난만하게 웃고, 키쿠치 양은 더 신이 난 목소리로 말했다. 그리고,

"같이 가는 사람도 갈 곳도, 직접 선택했으니까요."

아무렇지도 않게 그런 말을 했다.

"아…… 으, 응. 그, 그래, 맞아."

생각지도 못한 말을 듣고 눈을 돌렸더니, 키쿠치 양이 깜짝 놀라서 고개를 갸웃거렸다.

"왜 그러세요?"

"어. 그러니까, 그게 말이야."

"응?"

뭐라고 할까, 사귀기 시작한 뒤로 키쿠치 양은 생각한 걸 그대로 말해버리는 경향이 생겼는데, 그야 뭐, 나한테는 기본적으로 마음이 편해지는 일이기는 하지만, 가끔씩 이렇게 그 속에 담겨 있는 의미를 파악하지도 못한 채로 속내를 있는 그대로 던져버려서 곤란해지는 때도 있다.

"같이 가는 사람도, 라는 게……."

"응? ……아."

뒤늦게 의미를 이해했는지, 키쿠치 양의 볼이라는 이름의 과일이 점점 빨갛게 익어갔고, 그 빛은 당연히 가까이에 있는 나한테도 전파됐다. 그런 말, 나한테는 살상력이 너무 강하거든.

"으, 응…… 그런 뜻이야."

"아, 그러니까, 그렇군요……."

그렇게, 가까이에 있으면서도 뭔가 낯 간지러운 나와 키쿠치 양의 거리감은, 기분 좋은 파도가 밀려왔다가 밀려 나가는 것 같은 기분이다.

"아, 저, 저기! 줄 서자!"

"아, 예!"

하지만 틀림없이, 그런 거리감까지 포함해서, 나는 이 시간을 좋아하고 있다.

* * *

"다음이네."

"응."

바로 눈앞까지 다가온 사당 앞에서, 나와 키쿠치 양은 안절부절못하는 기분으로 말을 주고받았다.

우리 바로 앞에 있는 커플이 밧줄을 흔들고 종을 울린 뒤에 손을 맞대고 잠시 침묵했고, 마침내 살짝 쑥스러워하면서 서로 얼굴을 마주 보고는 바로 오른쪽으로 빠져서 걸어 갔다. 뭐 빌었어~ 같은 말을, 신이 나서 주고받고 있다.

얼마 전까지의 나였다면 혐오인지 질투인지 나 자신도 모를 감정을 품은 채로 바라봤을 광경이지만, 지금은 그렇지 않았다.

그건 옆에 키쿠치 양이 있기 때문에, 라는 이유도 당연히 있기는 하겠지만── 아마도 그것보다, 틀림없이 남녀가 사귄다는 것과 리얼충이라는 것, 그 자체를 보는 방식이 달라졌기 때문이라고 생각한다.

오히려 흐뭇한 광경이라는 생각까지 하고 있는 걸 보면, 정말로 사람이란 변하는 법이구나.

"자~ 그럼!"

키쿠치 양과 같이 있는 시간을 신나게 보내기 위해서, 또는 혼자서 살짝 감상적인 상태가 돼버린 기분을 바꾸기 위해서, 나는 장난치는 것 같은 목소리로 말하고는 한 걸음 앞으로 나아갔다. 그런 내 모습을 키쿠치 양이 미소를 지으면서 보고 있다.

키쿠치 양도 한 걸음 앞으로 나섰고, 둘이서 늘어져 있는 밧줄을 잡고는 딸랑딸랑 큰 소리가 나는 종을 울렸다. 다른 사람들이 울릴 때와 조금 다르게 들리는 그 음색은, 나무 사이로 보이는 파란 하늘에 녹아서 사라졌다.

밧줄을 놨다. 손을 맞대고, 눈을 감는다.

하지만, 뭘 빌어야 좋을까.

올 때마다 생각하지만, 솔직히 말해서 나는 이런, 신에게 뭔가를 비는 게 어색했다.

아무래도 나는 지금까지 어패를 중심으로, 내가 하고 싶다고 생각한 것들을 내 노력을 통해서 실현해온 인간이다. 히나미와 만나기 전의 『인생』을 포함해서, 별로 필요 없다고 생각한 것들은 내 안에 있는 확신을 기준으로 전부 무시해왔고, 반대로 내가 하겠다고 결정한 것들은 끝까지 해냈다. 그런 타입이었다.

하고 싶은 일을 실현하는 데 스스로 노력을 다하는 것 이외의 지름길은 없다고 생각하고, 하고 싶지도 않은 일을 억지로 할 필요는 없다. 『인생』을 플레이하면서 그 즐거움의 일부와 다른 사람과의 깊은 관계를 알게 된 지금도, 기본적인 사고방식은 달라지지 않았다.

나는 나. 다른 사람에게 부탁하는 것까지 포함해서 전부 내 선택이라고 생각했을 때, 자기실현에 『노력』 이외의 답은 없다.

그렇다면 내가 빌 소원은── 뭐, 항상 그랬던 것처럼 그것밖에 없겠지.

고개를 숙이고, 소원을 빌고, 눈을 떴다. 눈앞에 펼쳐져 있는 장엄한 사당에서 왼쪽으로 시선을 돌려보니, 손을 맞대고 눈을 감은 채로 입을 꾹 다물고 있는 키쿠치 양의 옆얼굴이 눈에 들어왔다. 오똑한 콧날과 턱의 라인이 인형처럼 예쁘고, 하얗고 매끄러운 피부 텍스처는 갓 내린 눈이 생각나게 한다.

"……."

가만히, 그 얼굴을 바라보고 말았다.

빨려 들어가 버릴 것만 같은 조용한 모습. 아무 말도 안 하고 있으니까 조용한 건 당연한 일이지만, 마치 그 주변만 공기의 흐름에 시간조차도, 멈춰 버린 것만 같은. 차갑게 쏟아지는 햇살이 비스듬하게 비쳐서, 긴 속눈썹 한 올 한 올의 검은색을 강조해줬다.

오랫동안 감겨 있는 눈. 뭘 저렇게 열심히 빌고 있는 걸까. 그 표정은 너무나 진지했고, 동시에 너무나 아름다웠다.

키쿠치 양이 갑자기 눈을 떴다. 나는 깜짝 놀라서 나도 모르게 시선을 돌렸지만, 잠시 후 다시 키쿠치 양을 봤다. 그랬더니 키쿠치 양도 이쪽을 보고 있었고, 눈이 마주친 우리는 왠지 살짝 쑥스러워하면서 미소를 지었다. 그리고 말도 없이 서로 고개를 끄덕였다.

"저기, 갈까."

"아, 예."

이유를 설명하기 힘든 묘한 쑥스러운 기분을 가슴에 품고, 우리는 조용히 사당 앞을 떠났다. 그 낯 간지러운 분위기는 틀림없이 내가 원했던 것이다.

"키쿠치 양, 꽤 오래 기도하던데."

"후후. 그러게요."

그대로 나란히, 히카와 신사 경내를 걷기 시작했다.

좌우에는 복을 불러온다는 장식이나 부적, 선물 등을 파는 노점들이 줄지어 있고, 그 사이로 나 있는 길에도 사람들이 가득 차 있다. 우리는 걸어가면서 느긋하게 대화를 나눴다.

"토모자키 군은, 저보다 빨리 끝났네요. 무슨 기도를 하셨나요?"

"음…… 키쿠치 양은?"

나는 대답하기 힘든 질문을 흘려 넘기고, 은근슬쩍 화제를 바꿔서 되레 질문했다. 특훈을 통해서 얻은 커뮤니케이션 능력을 악용한 것 같은 기분이네.

"그게……" 살짝 말하기 힘들다는 것처럼 눈을 돌리더니, "비밀이에요."

그렇게 말하면서, 어째선지 키쿠치 양의 얼굴이 빨개졌다.

"뭐야 그게?"

"후후. 그러니까, 비밀이에요."

"궁금해지네."

서로 시시한 질문을 주고받는 편안한 분위기.

그건 어째선지, 조금 전에 우리 앞에 있었던 커플과도 비슷했고── 그렇구나, 나는 키쿠치 양과 사귀고 있구나, 라고 다시 한번 생각하게 만들어줬다.

* * *

그렇게 나와 키쿠치 양 사이에는 편안한 분위기가 이어졌지만, 거기서 나는 생각해내고 말았다. 지금까지도 절찬 실시 중인 히나미 님이 프로듀스 해주시는 인생 공략에, 이렇게 온화한 시간만이 계속될 리가 없다는 사실을.

그렇다. 한마디로 과제다.

나는 키쿠치 양 옆에 서 있으면서도 지금으로부터 며칠 전에.

히나미가 말했던 일을 떠올리고 있었다.

12월의 마지막. 키타요노에 있는 이탈리안 식당. 나는 히나미와 둘이서 마주 앉아 있었다.

여기는 내가 콘노 에리카네 그룹한테 큰소리를 지른 사건 뒤에도 둘이서 왔던 곳이고, 히나미는 여기서 나오는 샐러드가 아주 마음에 든 거 같다. 뭐, 여기 샐러드가 정말 맛있기는 하지만.

"자, 그럼. 겨울방학 숙제 말인데……."

"그렇게 간단한 것처럼 말해도 안 속을 거야. 숙제는 무슨."

내가 빈틈없이 딴죽을 걸었더니, 히나미는 살짝 훗, 하는 소리를 냈다. 이 녀석을 만나서 인생 공략을 시작한 뒤로, 내주는 과제가 쉬웠던 적은 한 번도 없었으니까 말이야. 항상 내가 할 수 있을지 못 할지 아슬아슬한 선을 정확하게 노렸고, 뭐 그 덕분에 나도 레벨업을 하기는 했지만, 아무튼 그건 결코 겨울방학 숙제 같은 간단한 게 아니다.

"어머나. 그렇게까지 말한다면, 역시 원래 생각했던 난이
도로 할까?"

"뭐?"

"고민되네."

의미심장한 사실의 편린만 말하고서 웃는 히나미. 나는
그 태도가 짜증나서 무시할까도 했지만, 그 말의 진짜 의도
가 궁금해져서 나도 모르게 묻고 말았다.

"……뭔데, 원래 생각한 게."

"어머나? 궁금해?"

"따, 딱히."

내가 허세를 부렸더니 히나미는 짧게 그래, 라고만 말하
고는 빙긋 웃었다. 그리고 포크를 손에 들고 우아한 동작으
로 재주도 좋게 채소를 몇 가지 찌르더니, 즐거워하면서 그
것들을 입으로 가져갔다. 틀림없이 일부러 무시했다. 이렇
게 얼렁뚱땅 넘어가려고 들면 되레 신경이 쓰인다니까.

"음. 역시 맛있네, 이거."

"……그래."

히나미는 소녀처럼 웃고, 우아하게 홍차를 마셨다. 식사
를 즐기는 그 모습은 평소와 마왕 히나미와 다른 순수함이
느껴져서, 이야기하는 중에 나도 모르게 넋을 놓고서 보고
말았다.

"물론 재료로 사용한 채소가 신선해서 그런 것도 있지만,
역시 진수는 그 채소들의 조합이랑 드레싱이겠지."

"그, 그래."

"넌 많이 안 먹었네. 먹기 싫으면 내가 먹어줄까? 자."

히나미가 그렇게 말하면서 내 샐러드 쪽으로 포크를 들이밀었다.

"아니…… 먹을 거야."

의미심장한 말과 식사를 즐기는 히나미의 묘한 매력이라는 이중 공격 때문에 머리가 잘 돌아가지 않았지만, 일단 내 샐러드를 사수했다. 그건 그렇다 치고, 정말 맛있다니까 이거.

"그래서…… 아까 말하려던 게 뭔데?"

"궁금해?"

빙긋 웃으면서 물었다. 뭐냐고 이 못돼먹은 성격은.

"딱히……."

"그래."

나는 솔직해지지 못하는 남자다보니 또 반사적으로 허세를 부렸고, 히나미도 샐러드를 오물오물 씹으면서 고개를 돌렸다. 이, 이 자식이 정말.

"……원래 생각했던 난이도라고 했었지. 그렇다면 이번에는 쉬운 과제인가?"

"역시 궁금하구나."

"윽……."

내가 윽, 소리밖에 못 하고 있었더니, 히나미가 만족스러운 얼굴로 고개를 끄덕였다. 슬슬 그만 좀 해주시면 안 될까요.

"뭐, 연말연시 정도는 느긋하게 지내도 돼, 라는 얘기야."

"뭐."

그건 생각지도 못했던 말. 이상할 정도의 효율주의, 쓸데 없는 행동은 일절 용납하지 않는 히나미한테 연말연시 같은 건 그냥 평일, 오히려 사람들이 멋대로 특별하다고 정해버린 풍습에 불과하잖아? 라고 말할 것 같은 분위기였던 만큼, 의외의 제안이었다.

"그래도 되겠어?"

히나미는 부드럽게 웃고, 고개를 끄덕였다.

"뭐, 아예 아무것도 없이 넘어가는 건 아니겠지만. 잠깐 정도는 휴식하는 기간을 가져도 괜찮을 것 같다는 얘기야."

"그, 그래?"

"그래." 히나미가 상냥한 미소를 지었다. "──여유 있게, 중간 정도 목표를 달성했으니까, 말이야."

그 말에는 내 노력을 치하해주는 것 같은 느낌이 담겨 있었다.

"그랬, 었지."

나는 또, 기쁜 기분이 들고 말았다.

히나미가 내줬던 중간 정도 목표, 『3학년이 되기 전에 여자 친구를 만든다』.

이 녀석과 만난 6월이었다면 아무리 생각해도 무리일 거라고 생각했던 과제였는데, 나는 2학기 말의 문화제 때 키쿠치 양과 마음이 통했고, 사귀게 됐다. 즉 3개월 이상의 여유를 가지고 중간 정도 목표를 달성한 게 된다.

인생 공략을 시작한 지 반년하고 조금 지나서, 인생을 『공략』하는 데 있어 큰 분기점이 될, 난생처음 여자 친구를 만든다는 목표를 이룬 것이다.

거기에는 단순히 좋아하는 사람과 사귀게 됐다는 기쁨과 동시에, 이 인생에 있어서 내가 하고 싶다고 생각한 마음에서 나온 목표를 달성했다는 원시적인 고양감도 있었고.

틀림없이 이 '게임'에서도, 그런 순간이 제일 기쁜 순간이라고 생각한다.

"여자 친구…… 생겼으니까."

내가 감상을 담아서 말했더니 히나미는 가볍게 그러게, 라고 말하면서 고개를 끄덕였다. 그리고 내 쪽을 빤히 쳐다보더니, 의아해하는 표정을 지었다.

"왜 실실 웃고 있는데, 기분 나쁘게."

"시, 시끄러, 어쩔 수 없잖아!"

솔직히 말하자면 내가 생각해도 조금 헤벌쭉했다는 것 같은 자각이 있으니 어쩔 수 없는 일이라는 생각이 들기도 했지만, 그걸 기분 나쁘다고 표현한 부분은 히나미의 악의가 담겨 있는 게 분명하니까 살짝 반항해봤다.

"그래서! 그럼 겨울방학에는 쉬운 과제만 하면 되는 거지?!"

말 돌리지 말라는 의미도 담아서, 다시 한번 과제에 대해 확인했다. 히나미는 그런 나를 보며 훗, 하고 슬쩍 웃고는 샐러드를 다 먹어치웠다. 정말 아쉽다는 얼굴로 자기 그릇을 보고 있다.

"그래. 뭐, 원래 네가 직접 선택한다고 말하고서 고른 상대니까, 딱히 과제를 주지 않아도 알아서 진전시키려고 하겠지?"

"……진전."

내가 그 말을 되풀이했더니, 히나미는 그 내용을 전개하려는 것처럼 간단하게.

"그래. 손을 잡거나 키스를 하거나."

"손을 잡거나 키스를 하거나?!"

"시끄러워."

"그, 그치만…… 소, 손을 잡거나 키스를 하거나?!"

"자꾸 말하지 말고."

히나미는 내가 타케이 수준으로 바보 같은 말투로 되풀이한 것 때문에 얼굴을 찌푸리더니, 분위기를 바꾸려는 것처럼 살짝 고개를 숙여서 잠깐 빈 시간을 만들고, 다시 내 눈을 쳐다봤다.

"하지만, 뭐. 그 부분은 그렇게 중요한 게 아니야."

"……그, 그런가?"

내가 물었더니 히나미는 천천히 집게손가락을 세우더니, 날 가리켰다.

"네 큰 목표는 뭐지?"

"그러니까" 나는 잠깐 생각했고. "너랑 똑같은 수준의 리얼충이 되는 것, 이었지."

대답하면서, 이 분위기라면 이 녀석이 귀정이라고 말할 것 같네, 라고 생각했다. 그랬더니 히나미는 손가락으로 날 가리키면서.

"귀정."

"역시나."

"역시나?"

나도 모르게 새 나온 목소리에 히나미가 깜짝 놀랐다. 나는 아차, 하고 반성하면서도 "아무것도 아냐"라고 말을 돌렸다.

"흐응. 그럼 중간에 말 끊지 말아줄래?"

"그, 그래. 그래야지, 미안해."

뭐랄까, 히나미의 언동을 예감하고 그걸 맞췄는데, 어째선지 대화의 주도권 자체는 히나미가 쥐고 있다. 진짜 신기하네.

고개를 갸웃거리는 나를 그냥 두고, 히나미는 아무렇지도 않게 하던 얘기를 계속했다.

"나랑 똑같은 수준이라는 건, 최소한 학교 규모의 리얼충이라는 뜻이잖아. 그렇다면 네가 키쿠치 양이랑 손을 잡건 키스를 하건 그다음까지 하건, 그건 기본적으로 둘만의 세상이야. 학교라는 세상에서 리얼충이 되는 것과, 그렇게 큰 관계는 없어."

"아…… 그렇구나."

은근슬쩍 그다음이라고 한 게 조금 신경 쓰이기는 했지만, 듣고 보니 맞는 말이네. 관계가 진전되면서 주위에서 날 보는 눈이 조금 달라지기는 하겠지만, 그렇다고 키쿠치 양과의 관계를 진전시키면 학교에서도 리얼충이 되는 걸까, 라고 따져보면 꼭 그런 건 아니다. 남자애들한테 몰래 얘기하면 '대단한데'라면서 쿡쿡 찔러대는 정도에서 끝날 것 같다.

"물론 남자와 여자, 연인 간의 세상에서 행복하기만 하면 리얼충이다, 라는 사고방식도 있고 그걸 부정하려는 건 아니지만, 이번에는 '나와 같은 수준'이라는 게 목표니까."

"하긴 너…… 연애라든지 그런 걸로 리얼충 노릇을 하는 건 아니니까."

생각해보면 이 녀석은 최소한 2학년이 된 뒤로는 구체적으로 남자 친구가 생겼다든지 그런 얘기가 거의 없었는데도, 우리 학교에서의 행동이나 인망, 단순한 외모나 대화 스킬 등에 의해서, 누구나가 인정하는 최강의 리얼충이라는 지위를 굳건하게 유지하고 있다. 오픈 타입 리얼충이라도 해야 할까.

"네가 목표로 하는 건 그런 위치. 그러니까 연인이라는 마음 편한 세상을 찾아냈다고 해도, 거기서 안주하지 말고 계속 신천지를 찾아가야 할 필요가 있어."

"그렇구나. 무슨 말을 하려는 건지는 알겠어."

내가 솔직하게 대답했더니 히나미는 "그러면 됐고"라고 말하면서 대담하게 웃었다.

"이렇게 나아갈 방향을 알기 힘들어진 때야말로, 큰 목표가 지침이 되는 법이야. 처음에 정해뒀던 의미를 이제 알겠지?"

"……그러게."

얼핏 생각하면 골이라고 할 수도 있는 『여자 친구를 만든다』는 목표는 달성. 리얼충을 목표로 한다, 그래서 여자 친구를 만들었다, 그럼 다음은? 그렇게 생각했을 때, 아무런 지침도 없으면 뭘 해야 좋을지 모르게 돼버리겠지.

하지만 이렇게 전체적인 슬로건으로서의 목표가 있기만 해도, 생각해야 할 것들이 분명해진다. 보통 게임은 목적이나 승패의 기본이 확실하게 정해진 것들이 많기 때문에 헤매는 일은 별로 없지만, 인생은 자유도가 너무 높은 게임이니까 말이야.

"그러니까 일단, 다음 '중간 정도 목표'를 발표할게."

"그, 그거, 중요할 것 같네……."

여자 친구를 만든다는 목표를 대신할 다음 목표. 인생의 커다란 분기 하나를 달성하고, 그다음을 향하기 위한 목적지다. 인생 공략 2부라고 생각하면 되려나.

"그래. 난이도가 조금 높기는 하지만, 뭐, 가능하다면 여름까지는 달성했으면 좋겠거든."

그렇게 말하면서, 히나미는 작은 메모장을 펼친 채로 테이블 위에 올려놨다.

그리고 히나미는 천천히, 그 목표를 발표했다.

"다음 중간 정도 목표는──『네 명 이상의 그룹에서 중심인물이 될 것』이야."

"……중심인물."

그건 알 것 같으면서도 모를 것 같은 말. 듣기만 해서는 대체 뭘 해야 좋은 건지, 어느 정도 난이도인지 짐작하기도 힘들다.

"저기 말이야. 그러니까, 뭘 어떻게 하라는 거야?"

"간단하게 말하자면 말이야."

히나미는 메모장을 펼치고 심플한 검은색 볼펜을 꺼냈다. 빈 샐러드 그릇을 치운 테이블 위에는, 내 아이스티와 히나미의 레몬 티만이 남아 있다.

"예를 들자면 우리 반. 그룹이 여러 개 있잖아?"

"그렇지."

내가 대답했더니, 히나미는 볼펜으로 메모장의 페이지를 톡톡 두드렸다.

"어떤 그룹이 있는지는 알아?"

"어떤 그룹…… 나카무라네 그룹이라든지, 그리고 네 그룹이겠지. 그리고 콘노네 갸루 그룹 같은 것도 있으려나……."

"그래."

그리고 히나미는 내가 열거한 그룹들을 메모장의 빈 페이지에 적어 넣었다.

"그래서, 중심인물이라는 건 그런 얘기야."

"뭐?"

그런 얘기, 라는 게 대체 무슨 얘기시냐고요.

"모르겠어?"

의기양양하게 말하고, 히나미는 내가 말했던 그룹들의 이름에 각각 동그라미를 쳤다.

나카무라 그룹. 히나미 그룹. 콘노 그룹.

"아……."

중심인물이라는 게 대체 뭔데, 라고 생각했는데, 그런 얘기였구나.

"나카무라, 너, 콘노……처럼, 자기 그룹을 만들라는, 그런 얘기구나."

거기서 또, 예감이 왔다. 말할 것 같은 기분이 든다.

"귀정."

"역시나."

"대체 뭔데, 그 역시나."

난 점점, 이 녀석이 귀정이라고 말할 포인트를 감각적으로 이해하고 있네.

"아니, 아무것도 아냐."

의기양양하게 말하면서 마음을 다잡고, 메모장에 적혀 있는 글자들을 다시 한번 봤다. 히나미는 불만스런 표정으로 날 보고 있다.

나카무라 그룹. 히나미 그룹. 콘노 그룹.

그렇다면.

"……『토모자키 그룹』을 만들어라, 그런 뜻이지?"

그렇게 말하면서, 또 예감.

"귀…… 맞아."

"어라?"

또 귀정이 나올 타이밍이었는데 안 나왔네. 뭔가 말하려다 만 것 같기도 한데, 너무 짧아서 알아듣지 못했다.

히나미는 의기양양한 표정으로 날 보고 있다.

"이상하네……."

"뭐가?"

"아, 아냐…… 아무것도."

"아무것도 아닌 걸로 자꾸 말 끊지 말아 줄래? 아까부터 뭐야."

그리고 나무라는 것처럼 한숨을 쉬었다.

"그, 그래, 미안해."

분명히 오늘은 나 혼자 이상하게 반응하면서 히나미의 말을 잘라대고 있네. 반성해야겠다.

히나미는 마음을 다잡은 것처럼 눈에 힘을 주고, 다시 입을 열었다.

"반에서도 좋고, 뭔가 새로운 공동체에서라도 좋아. 어딘가에서 자신을 갖고『토모자키 그룹』이라고 부를 수 있는 모임을 만들 것. 그게 앞으로 네가 목표로 삼아야 할 과제야."

들어보니 심플하기도 하면서 동시에 내가 가야 할 최종 지점을 알기 쉬운 목표. 하지만 지금의 내 힘만으로는 난이도가 높고 뭘 해야 좋을지도 모를 추상적인 느낌이 남아 있다. 그야말로 『중간 정도 목표』라는 느낌이다.

그리고, 나는 거기서 뭔가를 깨달았다.

"아, 그러고 보니 그러네."

"……뭐가?"

히나미는 진동이 울린 스마트폰의 알림 화면을 확인하면서 말했다.

"분명히 이건, 키쿠치 양이랑 뭘 할지랑은 별로 관계가 없는 거구나, 싶어서."

그렇게 말했더니 히나미는 시선과 눈썹을 쓱 치켜 올리며, 마찬가지로 스윽, 입꼬리도 끌어 올렸다.

"이제 알았나 보네. 뭐, 리얼충의 형태는 연애만 있는 게 아니라는 뜻이야."

"그렇구나……."

그리고 나는, 지금까지의 과제에 대해 다시 생각해봤다.

"생각해보니까, 처음부터 굳이 남자애들하고도 친해지는 목표를 세웠었네."

이 녀석의 과제는 처음부터 그런 느낌이었다. 이렇게까지 구체적인 다음 『중간 정도 목표』까지 생각해뒀던 건지 아닌지는 모르겠지만, 리얼충으로서 목표로 삼아야 할 방향성은 그 단계에서 이미 정해뒀겠지.

"그래. 그리고 지금, 연애 방면의 조건은 어느 정도 달성했어. 그래서 앞으로는 좀 더 넓은 인간관계 속에서 중심인물이 되기 위한 행동과, 그 스킬을 손에 넣기 위한 과제가메인이 될 예정이야."

"그렇구나, 알았어."

"그럼, 다음은 작은 목표야. 새로운 목표를 향한 기념비적인 첫 번째 과제는……."

나는 꿀꺽, 침을 삼키고 그다음을 기다렸다.

"──세 번째 데이트 때까지 후카랑 손을 잡을 것, 이야."

"잠깐, 연애 쪽은 안 건드린다고 한 것 같은데."

당황하면서 한마디 했더니, 히나미는 날 놀리는 것처럼가학적인 미소를 지었다.

                    * * *

그렇게 장대한 서론과 함께 날린, 엄청나게 연애와 관련된 과제가 나한테 떨어졌다. 이야기를 들어보니 그 서론은날 놀라게 하려고 거짓말을 늘어놓은 게 아니라, 겨울방학에는 학교에 안 가다 보니 할 수 있는 일이 얼마 없어서, 어쩔 수 없이 이 과제로 정했다는 것 같다. 결코 긴장되게 만드는 과제로 날 곤란하게 만들어서 가지고 논 게 아니라고 했으니까, 일단 반 정도는 믿어줄까 한다.

참고로 이미 키쿠치 양이 결말을 바꾼 소설을 읽으라고 했을 때 한 번, 그 뒤에 또 한 번 둘이서 만났기 때문에, 오늘의 손을 잡을 마지막 기회인 세 번째다. 과제로 이런 걸 하는 건 좀 그렇지 않은가 하는 생각도 들었지만, 그렇다고 내가 키쿠치 양과 손을 잡고 싶지 않으냐고 묻는다면 생각할 필요도 없이 당연히 잡고 싶으니까, 잡도록 하고 싶사오니까, 솔직하게 열심히 해보기로 했다.

나는 사람들 흐름을 따라서 걸으면서, 슬쩍슬쩍 키쿠치 양의 상태를 살폈다. 위험해, 떨어지면 안 되니까, 같은 느낌으로 은근슬쩍 잡을 수 있으면 좋겠지만, 당연히 나한테 그런 스킬은 없다. 솔직히 말하자면 오늘 손과 손이 닿아서 「앗」 했던 일이 한 번 있었기 때문에, 오히려 더 힘든 상황이라고 할 수도 있다. 그래도 안 질 거야.

내가 긴장하거나 말거나, 키쿠치 양은 조용히 미소를 지으며 떠들썩한 노점을 바라보고 있다.

그런데, 그때.

"어라~? 토모자키?!"

대각선 오른쪽에서 날 부르는 밝은 여자 목소리. 엄청나게 귀에 익은…… 아니, 아마도 이건.

휙, 하고 고개를 돌려보니 거기에는 남녀 두 명의 모습이 있었다.

나는 두 사람과 차례로, 정면에서 눈이 딱 마주쳤다.

"으, 응."

내가 어떻게 대응해야 좋을지 망설이며 소리를 흘렸더니, 평소대로 심기가 불편해 보이는 강한 시선이 날 덮쳐왔다.

"……후민이냐. 뭐 하는 건데."

"뭐긴…… 새해 참배."

"그거야 보면 알고."

"웬일이야~! 토모자키도 왔구나!"

그렇다. 거기에 있던 사람은 이즈미와 나카무라 커플. 이즈미는 하얀색의 털이 복슬복슬한 코트에 매끄러운 느낌의 천 소재의 볼륨감 있는 머플러를 입은, 왠지 우아해 보이는 분위기다. 꽤 추운데도 불구하고 다리를 엄청나게 드러냈는데, 아무래도 스타킹 같은 것 정도는 신었겠지만, 어디를 봐야 좋을지 곤란하다.

옆에 있는 나카무라는 THE NORTH FACE라고 적힌 위장복 무늬 다운재킷에, 까맣고 무릎에 커다란 구멍이 뚫린 바지를 입었다. 파워에 파워를 합쳐서 슈퍼 파워, 같은 코디네이트인데, 내가 입으면 초등학생이 돼버릴 것 같은 그 옷을 멋지게 소화하고 있는 나카무라는 역시 얼굴이 무섭다. 게다가 둘 다 멋지게 꾸며 입은 상태에서 이렇게 나란히 서 있으니까 화려, 하다기보다는 힘이 느껴지네.

뭐 이 지역에서 제일 큰 신사니까 반 친구들과 인카운트해도 이상하지 않을 거라고 생각하기는 했지만, 하필이면 이 둘이랑 만난 건가요. 키쿠치 양은 내 뒤에서 얼굴을 슬쩍 내밀고서 두 사람을 번갈아 가며 보고 있다.

"아, 안녕하세요."

그리고 마음을 정한 걸까. 세상에, 키쿠치 양이 먼저 인사를 했다. 응, 이건 정말 잘했어. 백 점을 주고 싶다.

"후카, 안녕~!"

"안녕."

이즈미, 나카무라 커플이 대답하자, 키쿠치 양도 기쁜지 입꼬리가 살짝 올라갔다. 이즈미도 거기에 대답해서 빙긋 웃었다. 상냥한 세계다.

"너희 사귀기 시작했다는 얘기 진짜였구나!!"

이즈미가 엄청나게 신난다는 것처럼, 눈을 반짝반짝 거리면서 말했다. 그 표정이 완전히 신이 난 어린애처럼 밝아 보이는 게, 이즈미는 정말 연애 관련 얘기를 좋아하는 것 같다. 슬쩍 봤더니 키쿠치 양은 쑥스러운 표정으로 날 보고 있다. 머리에서는 보노보노 같은 땀이 뾰뵤뵥 하며 나오고 있고.

뭐라고 대답해야 좋을지 고민했는데, 여기서 굳이 약해질 필요는 하나도 없다는 생각이 들어서.

"그래. 사귀기 시작했어."

"뭐~ 역시~! 좋겠다~! 진짜 좋겠다~!"

당당하게 말했더니 뭔지 영문을 모를 좋겠다는 말을 들었다. 좋겠다~ 라니, 뭐야 그게. 완전히 분위기만 가지고 말하는 거 아냐, 이즈미 얘.

"뭐가 좋겠다는 건데" 내가 씁쓸하게 웃으면서 말했다. "이즈미 너도 사귀고 있잖아, 나카무라랑."

"어~ 그렇긴 한데~!"

"한데?"

"우리는 그런 느낌이 좀 약해졌다고 할까, 너무 익숙해졌다고 할까, 그치?"

그렇게 말하면서 나카무라 쪽을 봤더니, 나카무라도 그렇지 뭐, 라는 것 같은 소리를 중얼거리면서 고개를 끄덕.

"뭐야 그게."

나는 또 씁쓸하게 웃었다. 이 둘이 사귄 지 그렇게 오래된 것도 아닌데, 뭐야 그 노부부 같은 느낌은. 연애라는 게 그런 건가. 어쩌면 그런 느낌으로 말하고 싶어지는 나이인 걸까.

거기서 이즈미가 갑자기 생각났다는 것처럼 말했다.

"근데 말이야! 운수 뽑기는 했어?!"

"어, 아직 안 했는데."

"어! 그럼 같이 뽑으러 가자~! 우리도 지금 가려고 했거든."

생각지도 못한 제안. 소위 말하는 더블데이트라는 게 되는 걸까. 난 딱히 상관없지만 키쿠치 양은 어떻게 생각할까, 라고 생각하면서 키쿠치 양 쪽을 봤더니, 키쿠치 양도 날 보려고 했던 것 같다. 우리는 시선이 딱 마주쳐서, 검술 달인처럼 상대가 어떻게 나올지를 살폈다. 스스슥. 뭐야 이 시간.

"어~ 후민이랑 가면 운수 나빠질 것 같은데?"

갑자기 나카무라가 날 놀렸다. 흠, 이런 딱히 놀리지 않아도 되는 타이밍에서 굳이 놀리는 게 역시 나카무라답다니까. 이럴 땐 확실하게 딴죽을 걸어줘야겠지. 키쿠치 양 앞에서 놀림당하고 가만히 있을 수도 없으니까.

"안 나빠지거든. 오히려 좋아지거든."

그냥 단순하게 반대로 말해버리고 말았지만, 뭐 아무 말도 안 하는 것보다는 훨씬 낫다고 생각한다. 이런 때 받아칠 방법도 미리 생각해두는 게 좋을지도 모르겠네.

"하하, 정말이냐."

나카무라는 맞장구를 치는 것처럼 가볍게 웃고, 내 대답을 슬쩍 넘겨버렸다.

"정말이라니까. 그럼 누가 더 운이 좋은지 대결하자."

"오, 그거 좋네."

쓸데없는 대결을 걸었더니, 지기 싫어하는 나카무라가 경솔하게 넘어왔다. 아주 간단하다. 어쩌면 나카무라가 놀릴 때, 전부 이 방법으로 넘겨버릴 수도 있겠다. 나카무라는 내 목에 팔을 두르고, 운수 뽑기를 하는 곳으로 걸어가기 시작했다.

"아하하~. 남자들은 진짜 애들 같다니까. 그치?"

"후후, 그러네요."

그리고 이즈미와 키쿠치 양이 평온한 대화를 나누고 있다. 응. 친구가 많아지는 건 좋은 일이지.

* * *

"좋았어, 내가 이겼다. 넌 완전 꽝이네."

"아~니거든, 아무리 봐도 내가 이겼어."

나카무라와 내가 어린애처럼 우겨댔다.

이렇게 운수를 뽑았는데도 불구하고 서로 자기가 이겼다고 주장하는 이유는 아주 간다.

둘이서 운수를 뽑은 결과── 나카무라가 『평길(平吉)』이고 내가 『길평(吉平)』이었다. 뭐야 이거. 운수 뽑기는 가끔씩 이런 영문 모를 게 나온다니까.

"뭐야~ 누가 이겼으면 어때. 그치?"

"후후. 그러게요."

그런 우리를 보고, 이즈미와 키쿠치 양이 한심하다는 듯이 웃었다. 이 두 사람은 아주 좋은 느낌이다. 이즈미도 가끔씩 정신연령이 높아 보이기도 하니까, 이 두 사람은 그렇게 상성이 나쁘지는 않은 것 같다는 기분이 든다. 하지만 여기에는 질 수 없는 싸움도 있다. 애들 둘과 보호자 두 명 같은 분위기가 됐네.

나는 운수 뽑기 종이를 나카무라에게 보여주면서 말했다.

"길이라는 글자가 앞에 있으니까, 이건 내가 더 좋은 거야."

"뭐? 그나저나 길평이 대체 뭔데. 그런 건 들어본 적도 없으니까 내가 이긴 거라고."

"평길도 들어본 적 없는데 말이야."

"뭐라고?"

"흐익······."

나카무라의 공갈에 완전히 겁을 먹었지만, 그것 말고는 그럭저럭 맞서고 있다. 어째, 대단하지.

"아~ 진짜~!! 비겼어~!! 비겼다고 해──!!"

그리고 감정으로 승부를 결정해주시는 최강의 이즈미 심판님에 의해서, 승부는 다음으로 미루게 됐다.

"쳇. 후민이랑 무승부냐."

"나야말로, 다음에는 찍소리도 못하게 이길 거야."

"뭐 인마?"

"히익······."

"또, 또 하실 건가요······?"

그런 웃기지도 않는 싸움도 하면서, 우리 네 사람은 안쪽으로 들어갔다.

히카와 신사 경내 중간쯤.

뭔가 신성하다는 것 같은 물이 솟아나는 돌로 만든 커다란 상자가 있는, 탁 트인 지붕 아래. 우리는 줄을 서서 그 물을 뜨고, 네 명이 순서대로 마셨다. 자연의 냉기 때문에 차가워진 물은, 기분 탓인지 평소에 마시는 냉장고에서 꺼낸 생수보다 훨씬 차갑게 느껴졌다.

하지만 평소에는 온갖 일들에 반발하는 나카무라도 이럴

때는 얌전하게 전통문화를 잘 따라 하는 모습을 보니 살짝 흐뭇한 기분도 들었다. 이즈미는 이런 점을 보고 모성본능 같은 걸 자극받은 게 아닐까.

"아 차거. 이 시려."

"이 잘 닦아라."

"뭐?! 잘 닦았거든! 충치가 아니라 예민할 뿐이거든!"

그런 부부싸움을 구경하면서, 나와 키쿠치 양은 눈짓을 주고받으며 조용히 미소를 지었다. 이런 커플 같은 광경은 학교에서는 볼 수 없으니까, 왠지 조금 재미있다.

그리고 나는 물 뜨는 국자를 제자리에 내려놓으면서, 한 가지 사실을 알아차렸다. 나카무라와 쓸데없이 투닥거리면서, 그것을 지켜보는 이즈미와 키쿠치 양이 조금씩 친해지는 것 같은 기분이 드는 것까지는 좋은데——.

이렇게 넷이서 있으면 손을 잡는 난이도, 엄청나게 올라가는 거 아냐?

솔직히 여기서 갑자기 손을 잡으면 사람들 앞에서 너무 알콩달콩하는 느낌이 돼버리고, 무엇보다 나와 키쿠치 양이 처음으로 제대로 손을 잡는 게 다른 사람들 앞이라는 것도 뭔가 이상하고 말이야. 참고로 어제 『처음 손잡기』라고 인터넷에 검색해봤더니 은근슬쩍, 당연하다는 것처럼 잡는 게 포인트라는 검색 결과가 나왔었다. 나카무라와 이즈미 앞에서 은근슬쩍, 당연하다는 것처럼 손을 잡는 건 당연히 무리 아니겠냐고.

나는 그 어려운 과제에 골머리를 썩이면서도, 물을 마신 세 명과 같이 더 안쪽으로 들어갔다. 역시 히카와 신사는 넓구나.

그런데 그때.

"저기 슈지~! 저거 귀엽다!"

이즈미가 노점에 있는 작은 마네키네코 모양 열쇠고리를 가리키면서 나카무라의 팔을 붙잡았다.

"뭔데."

"봐, 이거!"

그리고는 둘이서 노점에 진열된 물건을 구경하면서 이런 저런 말을 주고받았다.

그런데 지금. 순간적인 일이기는 했지만 당연하다는 것처럼 팔짱을 꼈다. 거기에 이상한 느낌은 전혀 없었고, 커플로서 자연스런 동작이었다. 내가 이렇게 고생하고 있는 앞에서 아무렇지도 않게 그런 짓을 하다니, 역시 천연 리얼충이라고 해야겠지.

그렇다면…… 나도 그걸 따라 하는 수밖에 없겠지. 지금 막 눈앞에서 힌트를 보여줬으니까, 쇠뿔은 단김에 뽑으라고 하잖아.

나는 숨을 들이쉬고, 키쿠치 양의 하얀 손가락을 봤다. 키쿠치 양은 미소를 지으며 사이가 좋아 보이는 나카무라와 이즈미를 보고 있는데, 똑바로 앞을 보는 시선이 아름답다. 추워서 그런지, 소매 밖으로 나와 있는 손톱의 연분홍색에서 왠지 섬세하고 신성함을 겸비한 매력이 느껴졌다.

"슈지~ 저거 사줘~."

"시끄러, 네 돈으로 사."

"이런 건 선물로 받았을 때 의미가 있는 거거든~. 나도 슈지한테 사줄 테니까."

"아~ 그래, 알았어."

뭐야 바로 알았다고 하는 거야, 라는 생각에 씁쓸하게 웃으면서 두 사람의 대화를 듣고 있었더니, 같은 타이밍에 키쿠치 양도 후훗, 하고 웃었다. 그리고 키쿠치 양도 내가 씁쓸하게 웃었다는 걸 알아차렸는지 내 쪽을 쳐다봐서 나랑 눈이 마주쳤다. 아무 말도 안 해도 마음이 서로 통하는 것 같은, 그런 기분 좋은 분위기. 이, 이거 왠지 기회 같은데.

엄청나게 긴장되지만 해야만 한다. 뭔가 좋은 느낌의 분위기가 흐르는 상황인데다, 이즈미와 나카무라도 다른 데 정신이 팔린 상태였다. 이런 좋은 조건이 겹쳐지는 타이밍은 쉽게 찾아오지 않겠지. 반격이 확정된 상황에서 확실하게 최대한의 화력을 사용하는 건, 격투 게이머로서의 사명이다.

그래서 나는 상정하고 이미지 트레이닝을 해뒀던 몇 가지 패턴 중에서 인파 속에서 사용하려고 했던 대사를 준비하고—— 결심하고, 손을 뻗었다.

"키쿠치 양, 위…….."

위험해, 사람이 온다, 라고 말하면서 손을 잡고, 그리고는 그대로 계속 잡고 있는 작전이었는데.

준비한 대사를 말하면서 손을 뻗는 데 너무 필사적이었던 탓일까, 나는 주위를 보지 못했다. 그리고 위험해, 라는 말을 하려던 순간에야 알아차리고 말았다.

키쿠치 양을 향해서 걸어오는 사람이 없다는 걸.

"······."

그래서 나는 그 부자연스러운 말을 재빨리 멈추고, 그냥 키쿠치 양의 이름만 불렀다. 뭐, 갑자기 이름을 부른 정도라면 어떻게든 넘어갈 방법이 있지만

정작 내 손은 멈춰주지 않았다.

"······아."

엄청나게 열심히 뻗은 손은 그대로, 당초 예정대로 키쿠치 양의 손을 잡았다.

차가운 손에, 내 손가락이 감겼다.

입에서 튀어나오려고 했던 말은, 당초 예정과 달리 『키쿠치 양』에서 멈추고 말았다.

이건 아주 간단한 사실을 의미한다.

──내가 갑자기 키쿠치 양의 이름을 부르면서, 그저 키쿠치 양의 손을 잡고 말았다.

당연히 키쿠치 양은 곤혹스러워했다. 전에 연극이 끝난 뒤에도 손을 잡은 적이 있기는 했지만, 그건 그냥 그 자리의 분위기 때문에 그랬다는 느낌이었다. 하지만 지금은 완전히 아무렇지도 않은 상황, 게다가 눈앞에 나카무라와 이즈미가

있는데 몰래 손을 잡는다는 옵션까지 딸려서. 손을 잡은 당사자인 나도 엄청나게 놀랐으니까, 키쿠치 양은 그 몇 배는 놀랐겠지. 사실 이런 사태가 일어났는데도 키쿠치 양은 그냥 얼어붙은 것처럼 움직이지 않았다. 그리고 나도 여기서 갑자기 손을 놔버리면 기분 나쁜 정도로 끝나지 않을 것 같아서, 약간 고집 같은 느낌으로 계속 손을 잡고 있다.

주위에 사람들이 잔뜩 있는데, 아무도 보지 않는 둘만의 시간.

남들 몰래 흘러가는, 숨겨진 몇 초가 지나갔다.

"……아."

"그, 그러니까! 저, 저거, 우리도 살까?"

아주 살짝 흘러나온 키쿠치 양의 목소리. 커다랗게 부풀어 오른 풍선이 뻥! 하고 터질 것 같아서, 나는 키쿠치 양을 잡고 있던 손을 놨다. 그리고는 후다닥, 나카무라와 이즈미가 보고 있는 노점으로 다가갔다.

"응. 그러니까, 아, 예, 그래요!"

"조, 좋아, 가자!"

막혀 있던 것 같은 공기가 다시 흐르기 시작했고, 분위기를 수습하려는 것 같은 말이 오갔다. 나카무라와 이즈미 뒤쪽에서 다가가, 우리는 노점에 진열된 상품을 둘러봤다.

"오! 너희도 이거 살 거야? 이거."

이즈미가 작은 마네키네코 열쇠고리를 손끝으로 집어서 흔들어 보이며 말했다.

"……그러니까."

거기서 잠깐 생각했다. 여기서 뭔가를 산다고 해도, 저 마네키네코는 이즈미와 나카무라 커플이 똑같이 맞춰서 사려고 하는 물건이다. 우리도 똑같이 사는 건 좀 그렇겠지.

"아~ 아니. ……다른 걸로 할까?"

"음, 그래? 알았어~?"

그렇게 말하고, 이즈미는 다른 뜻이 느껴지지 않는 웃는 얼굴로 힘차게 웃었다.

흠, 뭔가 말이야 갑자기 손을 잡은 데다가 어쩌다 보니 둘이서 똑같은 물건까지 사게 됐잖아. 그 수십 초 동안에 갑자기 남들 몰래 손을 잡았나 싶더니 다음 순간에는 둘이서 똑같은 물건을 사기로 해버리다니. 이건 러브 코미디적인 파동이 너무 센 거 아닌가?

"……뭐, 뭔가 마음에 드는 거 있어?"

"그, 그러니까……."

키쿠치 양도 이 노도와도 같은 전개에 깜짝 놀란 것 같다. 말하는 당사자인 내가 놀랄 정도니까 어쩔 수 없는 일이지만. 서로가 깜짝 놀라고 있는 이 상황이 대체 뭐냐는 생각도 들기는 했지만, 그래도 남자로서 멋진 모습을 보여주기 위해서『사귄다는 건 이런 거니까』같은 표정을 짓기로 했다. 왜냐하면, 미즈사와라면 그런 표정을 지을 것 같으니까.

나는 이즈미와 나카무라가 사려는 것 같은 열쇠고리 말고 다른 적당한 물건은 없는지, 진열대에 죽 걸려 있는 상품들을 뒤져봤다. 그런데, 생각해보니까 키쿠치 양이 어떤 걸 좋아하는지, 거의 모르네.

"키쿠치 양, 뭔가 좋아하는 것 있어?"

"아…… 이거."

내가 애매한 질문을 던졌더니, 키쿠치 양이 빨려드는 것처럼 부적 하나를 집어 들었다. 레트로 스타일의 고양이가 그려진 귀여운 부적이다.

"……귀여워요."

"정말이네."

그리고 나는 좋았어, 하고 마음을 정했다.

"그거, 이리 줘봐."

"어."

키쿠치 양한테서 부적을 받아들고, 나이가 있으신 여성 점원분 쪽으로 갔다.

"이거 주세요."

"예~ 600엔입니다."

"여기요."

그렇게 해서 나는 척척, 내 돈으로 그것을 사고 말았다. 키쿠치 양이 황급히 가방에서 지갑을 꺼냈지만, 나는 못 본 척하고 지금 산 부적을 건넸다.

"자."

"저, 저기, 돈……."

키쿠치 양이 돈을 주려고 했지만, 아까 봤던 이즈미와 나카무라를 따라서 이렇게 말하기로 했다.

"괜찮아. 그 대신, 나한테도 같은 걸로 사줘. ……뭐, 이즈미 따라 하는 거지만."

내가 쑥스러워하면서 말했더니 키쿠치 양은 기쁜 것 같은 표정으로 고개를 끄덕였고, 약간 서두르며 진열돼 있던 부적을 집어서는 종종걸음으로 가게 주인분 쪽으로 가져갔다. 그렇게 서두를 필요는 없는데 말이야.

"자, 자요, 이거……!"

그리고 어째선지 숨까지 헐떡이면서 나한테 다가온 키쿠치 양의 손에는, 색이 다른 부적을 쥐고 있었다.

"……고마워."

"으, 응…….."

뭔가 익숙하지 않은 말을 주고받는 우리 두 사람.

그러니까, 예 그렇습니다. 토모자키 후미야, 지금 정말 행복합니다.

* * *

넷이서 신사 출구를 향해 걸어갔다.

"그나저나 이거, 엄청나게 레어한 조합이네……."

나는 지금 이 상황을 둘러보면서, 의식하고 화제를 꺼냈다.

"아하하, 그러게! 특히 후카, 제대로 얘기한 건 처음 같아! 나, 연극 때도 거의 참가 안 했으니까!"

"그러고 보니까 너, 문화제 때는 계속 실행위원이었었지."

"그래, 그거야~! 앞으로 잘 부탁해 후카!"

그렇게 말하면서 이즈미가 키쿠치 양에게 빙긋 웃어 보였다. 키쿠치 양도 미소를 지어서 거기에 대답했다.

"유즈도, 잘 부탁해요."

"응~!"

그렇게 두 사람이 친해졌고, 어느샌가 키쿠치 양이 이즈미를 유즈라고 부르기 시작했다는 사실에 왠지 마음이 푸근해졌다. 좋은데, 더 해봐, 라는 기분이 들었다.

"넌 왜 실실 웃는데?"

"뭐?"

갑자기 나카무라의 놀리는 것 같은 목소리가 날 덮쳐왔다. 하지만 나도 슬슬 익숙해졌다. 그냥 당하기만 하지는 않을 거라고.

"실실 웃는 게 아니라 미소 짓는 거야."

"그게 뭐가 다른 건데."

그렇게 말하면 정말로 뭐가 다른지 모르겠다는 생각이 들수도 있겠지만, 너무 어설퍼. 지금 나한테는 미소를 지을 확실한 이유가 있으니까.

"이즈미랑 키쿠치 양이 친해지니까, 흐뭇한 기분도 들잖아."

"아~" 나카무라가 납득한 것처럼 말했다. "……키쿠치, 좀 달라졌으니까."

"응?"

나는 나카무라가 『키쿠치』라고 부른 데서 엄청난 위화감이 느껴진다는 생각을 하면서도 가만히 이야기를 들었다. 나카무라는 키쿠치 양과 이즈미 쪽을 보고 있다.

"조금 상대하기 편해졌다고 할까, 뭐랄까~."

"……아."

그 말을 듣고, 내 얼굴이 또 풀어졌다. 나카무라의 시선이 내 쪽으로 향했다.

"그러니까 넌 왜 자꾸 실실 웃는데?"

"실실 웃는 게 아니라 얼굴이 풀어진 거야."

"그게 뭐가 다른 거냐고."

나카무라는 훗, 하고 웃고는 다시 정면을 봤다.

거기에는 푸근한 분위기 속에서 이즈미와 이야기하고 있는 키쿠치 양이 있다.

"뭐, 남자 친구가 생겼으면 그럴 만도 하지."

나카무라가 놀리는 것 같은 톤으로 말하고는 입꼬리를 씩, 하고 끌어 올렸다.

"……아냐."

하지만 나는 그 말에 고개를 끄덕이지 않았다.

"응?"

"남자 친구가 생겨서라기보다는……."

"뭔데?"

나는 나카무라에게, 똑바로 보면서.

"──단순히 키쿠치 양이 달라지고 싶다고 생각해서, 달라졌을 뿐이야."

생각한 사실을 그래도 말했다.

"······흐~응."

나카무라는 시선을 스마트폰 쪽으로 옮기고는 몇 초 동안 말을 멈췄다. 그리고 다시 나를 보더니, 강하게 보이는 웃는 얼굴로 씩 웃었다.

그리고는 감정이 실린 건지 아닌지 잘 모를 목소리로,

"그거 잘됐네."

무뚝뚝하게 말했다.

여전히 나카무라의 말에는 거창한 칭찬이나 감동이 보이지 않는다.

하지만 최소한 악의는 보이지 않았고.

"그렇지."

그래서 나도 똑같이, 솔직한 척하는 목소리로,

"정말, 정말 다행이야."

최대한 강한 느낌을 담아서, 빙긋 웃어 보였다.

* * *

"아, 난 제1지망에 합격하게 해달라고 했지."

"뭐야~ 슈지 너무 평범해~!"

"평범한 게 좋은 거야."

넷이서 도리이를 지나 히카와 신사에서 나왔다. 정확히 말하자면 이 수백 미터는 계속되는 참배길도 히카와 신사의 일부라는 것 같지만, 보통은 거의 통행용 도로로 이용하다 보니 신사라는 느낌이 안 든다니까.

"아, 이제 곧 수험이니까."

나도 납득한 것처럼 고개를 끄덕였다.

넷이서 이야기하고 있는 것은 어떤 소원을 빌었는지에 대해서. 나는 나한테 물어보면 좀 곤란한데, 라고 생각하면서도 대화에 참가하고 있다.

"그러는 유즈 넌 뭐 빌었는데?"

"뭐? 나?"

"너 말고 유즈가 또 있어."

"어, 어~ 뭐였더라~? 세계 평화?"

"뻥 치시네."

그런 이야기를 나누고 있는 이즈미의 얼굴이 약간 빨개져 있고, 뭔가를 열심히 얼버무리려 하고 있다. 순간적으로 뭘까~ 하는 생각도 했는데, 그래, 이건 나도 추측할 수 있다. 뭐, 이 둘은 사귀기 시작한 지 몇 달이 된 러브러브 모드고, 이렇게 나카무라가 물어보니 얼굴이 빨개졌고, 어쩌면 이즈미는——.

"아~ 아무거면 어때! 그런데 토모자키는?!"

"뭐, 나?"

"그래 토모자키! 여기 토모자키가 너 말고 누가 있는데!"

"왠지 나한테 완전히 떠넘기려는 것 같은데?"

"아~ 시~ 끄~ 러~!"

쫑알대지 말고 빨리 대답해, 같은 압박을 받은 나는 더 이상 반항할 수가 없었다. 리얼충들은 이렇게 정신의 코어가 강한 것 같은 구석이 있다.

"저기~ 나는…….''

생각하면서, 어떻게 해야 좋을지 고민했다. 왜냐하면 내소원은, 굳이 말 못 할 내용은 아니지만, 그렇다고 재미있는 것도 아니니까 말이야…….

"응, 뭔데?!"

일단 자기한테서 떠난 화제가 다시 돌아오기라도 할까 봐 열심히 물어보는 이즈미. 뭐야, 이 사람 너무 치사한 거 아냐?

"드, 들어봤자 재미있는 얘기도 아니거든?"

내가 망설였더니, 나카무라가 짜증난다는 것처럼 말했다.

"아~ 진짜 됐으니까. 아무도 너한테 기대 안 한다고~."

"그, 그럼…….''

"그렇게 꾸물대면 나중에 더 힘들어지거든."

"그, 그렇겠지…….''

하긴, 아마도 어떻게 되건 말하게 될 테고, 그렇다면 빨리 말해버리는 쪽이 좋을 것 같다는 생각은 든다. 왠지 이상하게 주목받아서 더 말하기 힘들어질 테니까 말이야. 키쿠치 양도 왠지 조금 기대하고 있어요, 같은 느낌으로 날 보고 있으니까, 그 기대를 배신할 수도 없고.

그렇게 해서 나는 오늘 새해 첫 소원으로 뭘 빌었는지, 있는 그대로 말하기로 했다.

"난……『노력한 만큼 결과로 돌아오게 해주세요』, 라고."

말했더니 나카무라와 이즈미가 깜짝 놀란 표정으로 날 쳐다봤다.

"뭐야 그게?"

"그거…… 소원으로 빌기까지 할 이유가 있어?"

"아니, 뭐……."

이즈미의 말이 참으로 지당하신 말씀이라서, 왜 그런 현실적인 걸 굳이 신한테 비는 거냐, 랄까, 신과 상관없이 자신의 노력 양에 비례하는 일을 왜 굳이 소원으로 비냐는, 그런 느낌이었다. 뭐, 의미가 없다고 할 수도 있는 일이기도 하니까.

하지만 게이머로서 생각하는 것은, 역시 결과를 낳는 것은 자신이 평소에 해온 노력. 신이 됐건 뭐가 됐건, 거기에 다른 존재의 힘이 개입하는 건 싫다. 만약 그렇게 해서 좋은 결과가 나온다고 해도 타인에게 의존해서 생겨나는, 자신의 노력 이상의 결과는 필요 없다.

"소원을 빈 덕분에 잘 된다고 해도, 의미가 없다고나 할까……."

내 생각을 간단하게 말로 설명했더니, 나카무라가 무표정한 얼굴로 날 빤히 처다봤다.

"……흐~응" 그리고는 훗, 하고 유쾌하다는 것처럼 웃었다. "뭐, 너답기는 하네?"

"뭐."

왠지 조금 호의적으로 들리기도 하는 그 말. 나라는 인간성을 아주 조금 이해주는 것 같은. 그런 말이 저 나카무라의 입에서 나왔다는 사실에 조금 기뻐졌다.

"그러게, 토모자키 답네."

"그러게요. 다워요."

"키, 키쿠치 양까지……?"

왠지 죄다 모여서 『답다』고 하니까 뭔가 복잡한 기분이 든다. 내가 그렇게 알기 쉬운 인간인가.

"후카는 무슨 소원 빌었어~?"

화제가 흘러흘러, 화살이 키쿠치 양에게 향했다. 그래도 좋다. 마침 나도 그게 궁금했으니까. 왠지 둘만 있을 때는 대충 얼버무리고 말을 안 해줬거든.

"저, 저 말인가요……?"

"아~ 나도 궁금하네. 왠지 욕망 같은 게 없어 보였거든."

"그, 그렇게 보이나요……?"

나카무라와 키쿠치 양이 제대로 된 말을 주고받는 보기 힘든 광경을 보면서, 나는 가만히 지켜보기만 했다. 미안하지만 지금만은 키쿠치 양보다 나카무라를 응원하도록 하겠어.

"이해해. 나도 궁금하니까."

"토, 토모자키 군……?!"

키쿠치 양이 눈물을 글썽이면서 날 쳐다봤다. 눈이 엄청나게 촉촉해져 있다. 윽, 역시 키쿠치 양 편을 들어줘야 하나…….

"그러니까……."

"뭔데, 뭐야~?"

"비, 비밀, 이라고 하면 안 될까요?"

"에~ 그러지 말고 가르쳐줘~."

"으, 응……."

이즈미의 쾌활하면서도 끈질긴 교섭에 의해, 키쿠치 양의 아성이 조금씩 무너져갔다. 참고로 그런 키쿠치 양의 얼굴은 서서히 빨개져 가고 있다…… 잠깐만, 응? 얼굴이 빨개? 이건?

나는 몇 분 전에 있었던 광경을 떠올렸다. 나카무라가 이즈미한테 무슨 소원을 빌었냐고 물었을 때, 마찬가지로 얼굴이 빨개졌다. 결국 그 내용까지는 가르쳐주지 않았지만, 분위기를 봤을 때 아마도 연애 관련 소원을 빌었겠지. 나카무라와 어떻게 저떻게 되게 해주세요, 같은 것. 최소한 나는 그렇게 예측했다.

그리고── 지금 키쿠치 양도 그때 이즈미와 마찬가지로, 무슨 소원을 빌었느냐는 질문을 받고 얼굴이 빨개졌다. 응? 으으응?

아냐, 그럴 리가, 같은 이성과 별개로, 내 안에 있는 본능적인 무언가가 자꾸만 그런 예감을 받으려 하고 있다. 슬쩍 키쿠치 양 쪽을 봤더니, 키쿠치 양은 뭔가 엄청나게 얼굴이 빨개진 채로 곤란해하는 것 같은 촉촉한 눈으로 날 보고 있었고, 나와 눈이 마주치자마자 깜짝 놀라서 눈을 돌렸다. 이, 이건?

"후카~~~."

응석부리는 것 같은 말투로 키쿠치 양의 어깨 언저리를 움켜쥐는 이즈미. 그 겉과 속이 똑같은 고양이 같은 붙임성을 발휘하면서 저렇게 붙잡으면, 도저히 버틸 수가 없겠지.

"어, 그게~……."

"안 돼~? 으응~."

"으…… 음~. 그, 그럼."

그리고 마침내, 키쿠치 양이 포기한 것처럼 말했다.

"오~! 역시~!"

"어, 괜찮겠어……?"

내가 정말 괜찮은 거냐고 키쿠치 양에게 물었더니, 키쿠치 양은 각오했다는 것처럼 날 보면서, 고개를 끄덕였다.

"토, 토모자키 군은 아마도 눈치챘을지도 모르겠지만……."

"으, 응……."

그 말에 내 가슴이 또다시 두근, 하고 뛰었다. 저, 정말이야? 내 예상이 맞았다면, 그걸 이 자리에서 말해버려도 되는 거야? 엄청나게 창피해질 것 같은 기분이 드는데, 그런 각오는 돼 있는 거야? 진짜로?

"사, 사실은……."

"사실은?!"

이즈미가 우와~ 하고 분위기를 띄우려는 것처럼 추임새를 넣었다. 여기까지 왔으면 더 이상 돌이킬 수 없다. 나는 눈을 꼭 감고, 앞으로 일어날 모든 일을 받아들이기 위해서 마음을 다잡았다.

"지, 지금 쓰고 있는 소설로, 상을 받을 수 있게 해주세요, 라고!"

순간.

내 마음이 사라졌고, 이즈미와 나카무라는 흥미진진하게 물고 늘어졌다.

"오~! 후카한테 그런 야망이!"

"헤~ 키쿠치 너 소설 쓰고 있어? 뭐, 각본도 잘 썼으니까."

"아, 아하하~ 역시 그거였구나~……."

혼자서 어떻게든 넘어가려는 것 같은 분위기로 말했다. 뭐가 연애 관련이 아닐까? 냐고. 착각도 정도껏 해야지.

내가 최대한 이 창피함을 들키지 않으려고 역시~ 같은 소리를 하고 있는데, 키쿠치 양은 얼굴이 더 빨개져서 나한테만 살짝, 이렇게 말했다.

"차, 창피해요……."

응, 그래, 그 기분 나도 잘 알아. 하지만, 나만은 그게 창피하다고 생각하지 않는다. 그리고, 나한테만은 그렇게 생각할 근거가 있다.

그래서 나는, 부자연스러울 정도의 자신을 갖고, 당당하게 말했다.

"키쿠치 양. 전혀 창피할 일이 아니야."

"그, 그런가요?"

"응. 절대로."

그렇다, 왜냐하면——

지금 제일 창피한 건, 나니까.

　　　　* * *

이렇게 해서 새해 참배를 마친 네 명은 히카와 신사에서 나온 뒤에 둘씩으로 나뉘어서 해산. 지금 나는 키쿠치 양과 둘이서 오오미야의 카페에 와 있다.

나카무라와 이즈미 커플과의 더블데이트? 도 어쨌거나 재미있기는 했지만, 노도와도 같은 전개 때문에 조금 피곤하기도 했으니까, 이렇게 둘이서 따뜻한 홍차를 마시면서 보내는 시간은 마음이 놓인다니까.

"아~ 그런데 말이야 키쿠치 양, 벌써 신인상에 낼 원고 쓰고 있었어?"

"저기…… 예, 사실은."

창피한 것처럼, 시선은 테이블에 있는 오므라이스를 보면서 말했다. 그 동작이 우아하면서도 기특해 보여서, 그 빛이 내 눈을 태워버릴 것만 같았다. 그리고, 역시 키쿠치 양은 오므라이스를 좋아하는구나.

"그냥 신인상…… 응모해볼까 싶어서."

"그거 좋네!"

조심스레 말하는 키쿠치 양에게, 나는 최대한 곧바로 긍정적인 반응을 보였다. 이런 얘기를 하려면 엄청나게 긴장될 테니까, 그 뒤에 불안을 느끼는 시간을 조금이라도 줄여주고 싶거든.

"조, 좋은 건가요?"

"응. 난 좋은 거 같아. 정말로."

"그, 그런가요……."

"응. 좋아. 그러니까…… 좋아."

왠지 억지로 『좋다』고 밀어붙이는 것 같다는 기분도 들지만 어쩔 수 없다. 내 순발력 가지고는 특히 이런 이유 때문에 좋다, 라고 말하는 건 난이도가 너무 높으니까 이것 말고는 할 말이 없다. 생각한 걸 그냥 말하기만 하면 가끔씩 이렇게 돼버린다.

"그렇구나…… 다행이다."

하지만 키쿠치 양은 내 말을 받아들여 줬고, 뭔가 좋은 느낌도 받은 것 같다. 이게 서로 통하는 마음이다. 왠지 여기에 익숙해져 버리면 어휘력이 점점 떨어질 것도 같지만, 키쿠치 양 앞에서는 그냥 이러면 된다.

"아직 얼마나 할 수 있을지, 제 능력을 시험해보는 단계지만…… 열심히 해볼게요."

"응 힘내!"

"예" 그렇게 말하면서, 키쿠치 양은 살짝 고개를 숙였다. "왠지, 저……."

"응?"

그리고 키쿠치 양은 목에 걸고 있는 작은 금 목걸이를 손가락으로 살짝 건드렸다.

"토모자키 군 덕분에 여러 가지 일을 시작할 수 있게 돼서…… 정말 즐거워요."

"그렇구나……" 고개를 끄덕이고, 나는 키쿠치 양과 마주 봤다. "하지만 그건, 키쿠치 양이 노력하고 있는 거잖아."

"……그럴까요."

키쿠치 양은 왠지, 아주 조금 불안해 보인다.

"하지만 토모자키 군한테는 왠지, 절 움직이게 해주는 신기한 힘이 있는 것 같아요."

"아하하, 그런 건 없어."

그랬더니 키쿠치 양은 살짝 뚱한 말투로,

"제가 그렇게 생각해요."

삐친 것처럼 날 노려봤다. 그 하나도 무섭지 않은 시선과 표정. 나는 키쿠치 양이 너무나 사랑스럽다고 느끼고 말았다.

"아하하. 알았어. 미안해."

"……왜 웃는 건데요."

그리고 또 뚱하게, 이번에는 살짝 부끄러운 것 같은 눈으로 날 노려봤다. 역시 하나도 안 무섭고, 오히려 노려보는데 익숙하지 않은 키쿠치 양 본인이 더 곤란해하는 것처럼 보이기까지 했다.

그래서 나는 힘차게 고개를 끄덕이고, 씩 웃어 보였다.

"완성되면, 꼭 보여줘."

그 말에 키쿠치 양이 태양같이 웃었다.

"물론이죠!"

익숙해진 말투. 가까워진 거리감.

그것은 두근두근하는 감각과 햇살 같은 따뜻함이 공존하는, 신비한 관계성이고.

나는 키쿠치 양과 사귀길 정말 잘했다고, 진심으로 생각하고 있었다.

2. 모험은 스스로 목적지를 정할 수 있게 될 때부터가 진짜 시작

"새해 복 많이 받아."

"그래. ……새해 복 많이 받아."

새 학기 첫날. 제2피복실.

나와 히나미는 새해 첫 회의를 하고 있다.

그나저나 이렇게 명분도 뭣도 없는 관계성이 돼서도 신년 인사 같은 건 꼬박꼬박 챙기는 히나미. 이런 점이 히나미가 히나미일 수 있는 이유겠지.

"어땠어? 겨울방학에."

"아…… 뭐."

그렇게 말하면서 기억을 더듬어보니, 기본적으로 튀어나오는 건 키쿠치 양과의 기억들 뿐. 생각만 해도 얼굴이 풀어질 것만 같은.

"즈, 즐거웠어."

"얼굴이 헤벌쭉해졌어."

"시끄러워."

순식간에 들키고 말았다. 내가 그렇게 알기 쉬운 걸까.

그랬더니 히나미는 뭔가, 아주 재미없다는 톤으로.

"뭐, 그 얼굴을 보면 잘하고 있나 보네. 사귀기 시작하자마자 너무 의식해서 엉망진창, 같은 전개가 되지 않아서 안심했어. 하아."

"왠지 그랬으면 싶었다는 것 같은 말투네?"

그런 소리를 한 다음에 한숨까지 쉬고 말이야. 남의 불행을 바라지 말라고.

"그래서, 어땠어? 후카 손은."

"손이라니, 너……."

보통은 그렇게 대놓고 물어보는 게 아니잖아요. 뭐, 과제라는 건 나도 알지만 뭐랄까, 정서라는 게 있는 거잖아.

"손이 손이지. 몰라? 손."

"그야 알지."

"잡아봤잖아? 어땠어?"

그야 잡았지만. 이즈미랑 나카무라가 안 보는 틈에 몰래 잡았지만. 뭔가 엄청난 비밀 행위라도 하는 것 같아서 심장에 큰일이 날 것 같았지만. 생각만 해도 머리가 살짝 멍~해져버릴 것만 같은 상황이었지만.

생각하고 있는데, 뭐지. 히나미가 아주 재미있다는 얼굴로 날 보고 있다.

"……응?"

"뭐, 뭐야."

엄청나게 가학적인 표정. 히나미 이 녀석이 뭔가를 빨리 말하고 싶어서 미칠 지경일 때에 짓는 표정이다.

그리고 히나미는 내 눈을 똑바로 보면서,

"──살짝 떠봤을 뿐인데, 얼굴이 아주 새빨개졌네?"

그 말을 듣고서야 알았다. 나 지금, 얼굴이 무지무지 뜨거운 것 같은데?

"어."

혹시나 싶어서 만져봤더니 엄청나게 뜨겁다. 잠깐만, 지금까지 내 마음대로 어쩔 수가 없는 상태에서 얼굴이 빨개진 적이 몇 번이나 있기는 했지만, 그걸 알아차리지도 못한 적은 없었는데. 내 몸이지만 내가 깜짝 놀랐습니다.

"아, 아냐, 그, 그런 거."

"그런 거, 안 했어?"

"그, 그러니까."

내 마음속을 다 들여다보는 것 같은 시선. 숨결이 닿는 거리에 히나미의 얼굴이 있다.

"흐~응. ……그렇게 두근두근했구나. 귀여워라."

"시끄러!!"

그 윗사람이 어린애를 귀여워하는 것 같은 말에 내 심장이 더더욱 빨리 뛰기 시작했다. 잠깐만, 그건 반칙이잖아. 이 녀석은 사람을 놀리는 짓을 너무 잘해서, 일단 틈을 보여주면 순식간에 체력을 다 깎아버리는 콤보 공격을 날려서 정말 짜증이 난다.

"너야말로 시끄러워. 아침부터 힘이 넘치네."

"너 때문이잖아."

"어머나, 그런가."

히나미는 내 딴죽을 슬쩍 넘겨버리고는 또다시 후훗, 하고 즐겁다는 것처럼 웃었다. 날 가지고 놀지 말라고.

"응. 그 분위기를 보면 키쿠치 양 관계된 건 물론이고, 더 앞으로 나아가기 위한 과제를 내줘도 괜찮을 것 같네."

"더, 더 앞으로?"

완전히 혼란에 빠져버린 머리로는 그 의미를 이해할 수가 없었다.

"어머나. 모르겠어?"

"그러니까~."

조금 냉정해져서 생각해보니 바로 이해할 수 있었다. 지난번 회의에서 이야기했던 걸 생각해보면, 이런 얘기겠지.

"……키쿠치 양과의 관계성에서 끝나지 않고, 좀 더 넓은 리얼충이 되기 위해서, 라고 했었지."

확인하기 위해서 물었더니 히나미가 고개를 끄덕였다.

"새 학기도 시작됐으니까, 이제야 제대로 된 과제를 내줄 수 있게 됐거든."

겨울방학. 과제를 아주 조금 내주기는 했지만, 웬일로 휴식을 가지게 해줬던 몇 주. 그 동안에 기력을 보충한 것까지는 좋지만, 분명히 다음 중간 정도 목표를 위해서 진전된 일은 아무것도 없다.

"내가 중심에 있는 네 명 이상의 그룹을 만들 것, 이라고 했었고."

"맞아."

히나미와 같은 수준의 리얼충이 되기 위한, 새로운 중간 목표. 분명히 그 과정을 거치면 그 너머에 더욱 충실한 생활이 기다리고 있을 것이다, 라는 건 그럭저럭 상상할 수 있다.

하지만 제일 중요한, 거기까지 가기 위한 과정은 아직 상상도 못 해봤다.

그 이정표가 되는 것이 이 녀석이 내주는 과제다.

"자. 그럼 발표할게."

"그래. 얼마든지 해 봐."

나는 가슴을 두드리고 새로운 과제를 맞이했다. 새해와 새 학기를 맞이해서, 새로운 목표를 위한 새로운 과제. 하나부터 열까지 전부 신선하네.

마침내 히나미는 집게손가락 하나를 딱 세우고, 당당하게 가슴을 펴고서.

"네가 주최자를 맡아서, 네 명 이상과 놀러 갈 것, 이야."

"······주최자를 맡아서?"

히나미가 고개를 끄덕였다.

"한마디로 어디로 놀러 갈지를 생각하고, 멤버를 모으는 거야. 만날 장소를 정하고, 예약이 필요하다면 예약도 해서 다른 사람들을 즐겁게 만들어준다. 그런 역할이지."

"아~ 그렇구나. 그건 분명히 중심이네."

그리고 분명히 나는 지금까지 살아오면서, 그런 일을 해 본 적이 한 번도 없다.

"자신이 중심이 된 네 명 이상의 그룹을 만들기 위해서는,

당연히 네 명 이상을 관리할 수 있는 능력이 필요하겠지? 그 경험을 쌓기 위해서 가장 효율이 좋은 건, 당연히 실무 경험이고."

"뭐, 말 자체는 단순하네. 알았어."

단순하기 때문에 납득하기도 쉽다.

그렇다면 그 과제를 위해서 시행착오를 거듭하면 그만이다.

"빨리 이해해줘서 다행이네. 뭔가 질문할 건 있어?"

내가 바로 대답했더니, 히나미는 왠지 의외라는 것처럼 눈이 휘둥그레졌다.

"……저기, 꽤 여유 있어 보이는데 말이야. 첫 번째 큰 목표를 클리어했다고 방심하고 있는 건 아니겠지?"

"뭐. 아니, 그런 건 아닌데……."

하지만 그 말을 듣고 보니, 지금까지 단 한 번도 해본 적이 없는 분야의 과제를 내줬는데도, 왠지 초조한 기분이 들지 않는다. 실제로는 뭘 해야 하는 걸까, 라는 문제에 대한 답은 아직 찾지 못했지만, 그래도 묘하게 여유가 있었다.

"뭐랄까……. 처음 해보는 경험이지만, 뭐, 일단 해보면 어떻게 될 것 같다고나 할까……."

"……헤에."

히나미는 뭔가를 기대하는 것 같은 눈으로 날 보고 있다.

"지금 당장은 구체적으로 뭘 해야 좋을지 전혀 상상도 못하겠지만…… 나라면 괜찮지 않을까, 라는 생각이 드네……."

나는 내 감정을 말로 표현하면서, 스스로도 놀랐다.

과제에 대한 구체적인 해결 방법이나 공략 방법을 찾아낸 것도 아닌데, 그냥 **나라면 어떻게든 되겠지**라는 감각만으로, 앞날에 대한 자신을 가진 나에게.

그것은 지금까지 살아온 인생에서 『나 같은 건』『약캐한테는 선택할 권리가 없다』고 생각해왔던 나한테는, 처음으로 느껴보는 감각이었고.

이것이 내 안에 자리 잡은, 자기 부정의 마음을 조금이나마 떨쳐냈다는 뜻이라면——.

문득 고개를 들어보니, 히나미가 생각을 읽을 수 없는 표정으로 날 보고 있었다.

"……중간 정도 목표를 달성해서 그런 것도 있겠지만."

히나미는 천천히, 중요한 사실을 가르쳐주려는 것 같은 말투로.

"그것보다 한 단계—— 크게 성장한 덕분인지도 모르겠네. 축하해, 토모자키 군."

그리고 씩, 대담하게 웃었다.

"그래. ……고마워."

그리고 나는 고개를 끄덕이고, 히나미의 축복을 있는 그대로 받아들이기로 했다.

왜냐하면 그건, 말을 듣고 나니 나 스스로도 알 수 있는, 소중한 성장.

반년 이상 걸려 겨우 도달한, 아주 조금이기는 해도 감정이 변화한 것이었다.

히나미는 잠시 아무 말도 없이 날 쳐다봤고── 그리고 마지막으로, 고개를 크게 끄덕였다.

"역시 남자는, 여자 친구가 생기면 건방지게 변하네."

"잘 나가다 왜 다 망치는데."

여전히, 그냥 넘어가 주지 않는 히나미 님이셨다.

  * * *

"오, 후미야. 안녕."

"안녕."

새 학기 첫날의 2학년 2반 교실.

내가 교실에 들어갔더니 나카무라네 그룹 멤버들은 이미 모여 있었다. 나는 아주 당연하다는 것처럼 미즈사와, 나카무라, 타케이가 모여 있는 곳에 끼어들었다.

그리고 평소대로 적당히 잡담이라도 나눠야겠다고 생각한 그때.

예상치 못한 사태가 벌어졌다.

"오! 토모자키, 너 이제야 왔네?"

날 부른 사람은 나카무라도 미즈사와도 타케이도 아닌…… 마츠모토 다이치. 남자 스포츠맨 그룹의 일원이고, 인생 공략을 처음 시작했을 무렵에 히나미랑 같이 하교하면서 잠깐 이야기했던 적이 있는, 리얼충 남자다.

그 뒤에는 한동안 거의 역인 적이 없었는데, 문화제 등을 계기로 조금씩 말하는 일이 많아졌고, 문화제가 끝난 뒤에는 내가 키쿠치 양과 사귀게 된 탓도 있는 건지, 엄청나게 놀려대기도 했다.

……하지만, 관계라고 해봤자 그게 전부. 지금 이렇게 내가 도착하기를 엄청나게 기다렸다는 것처럼 말하는 이유를 잘 모르겠다. 내가 무슨 짓이라도 저질렀나.

"저기~?"

당혹스러워하면서 대응했더니, 마츠모토는 가까이에 있던 타치바나의 목에 팔을 두르고서, 둘이서 내 쪽으로 걸어왔다. 어째선지 그 표정은 한없이 밝았고, 타치바나는 엄청나게 싫다는 얼굴이다. 그 뒤에서 같은 그룹의 하시구치 쿄야도 같이 따라왔다.

마츠모토는 오른팔로 타치바나를 잡은 채, 남은 왼팔을 내 목에 둘러서 포획했다.

"뭐, 뭔데……."

나는 경계하면서 말했지만, 마츠모토는 딱히 나한테 적개심은 없는 것 같았다. 천진난만하게, 하얀 이를 드러내면서 웃고 있다.

"키쿠치랑은 어떠냐?"

"어, 어떠냐니……."

뭔가 했더니 그런 건가. 여자 친구가 생긴 남자한테 그 진전 상황을 묻는다. 남자들 간의 커뮤니케이션이라고 할까 뭐라고 할까, 현실에서는 처음 겪어보지만 만화나 게임에서는 많이 봤던 광경이다.

"어떠냐고 해도, 같이 밥 먹고, 새해 참배 가는 정도인데……."

"그렇단다, 타치바나."

"그러니까 시끄럽다고."

타치바나가 짜증을 냈고, 그제야 무슨 일인지 알아차렸다.

원래 알고 있었던 건지 나중에 어느 타이밍에서 들킨 건지는 모르겠지만, 아마도 타치바나가 키쿠치 양을 노리고 있다는 걸 다른 애들한테 들켰고—— 하지만 결과적으로 키쿠치 양은 나랑 사귀게 됐으니, 그것 때문에 엄청나게 놀림당하고 있다는, 그런 얘기겠지. 그렇구나, 불쌍하다 타치바나. 하지만 키쿠치 양한테 집적댄 벌이야.

"그래서, 그다음엔? 얘한테 얘기 좀 해 줘라."

"다이치, 너 진짜."

그렇게 말하면서 둘이서 투닥거렸다. 사이가 좋아 보여서 정말 다행이네.

좋았어, 이렇게 됐으니 나도 분위기를 맞춰줘 볼까. 이건 필요한 희생이다.

"그리고, 손도 잡기는 했지. 미안해 타치바나."

내가 자랑하는 것 같은 톤으로 말했더니, 마츠모토와 하시구치가 웃었다.

"하하하, 그렇단다 타치바나."

"토모자키, 너 좋겠다!"

"미안해."

내가 다시 한번, 못을 박으려는 것처럼 놀리는 것 같은 말투로 사과했더니 타치바나는 포기한 것처럼 웃었고, "콱 죽여 버린다"라고 말하며 내 옆구리를 붙잡았다. 나는 콱 죽어버리면 곤란하니까 공격을 피했지만, 그러면서도 왠지 유쾌한 기분이었다. 응, 이런 시시한 이야기를 하면서 노닥거리는 것도, 잘 처리할 수 있게 되니까 나쁘지 않네. 대충 어패와 비교해서 절반 정도는 재미있으니까, 상당히 재미있는 일이라는 뜻이 되겠지.

"나도 콱 죽여 버린다?!"

그때 갑자기, 옆에서 보고 있던 타케이도 내 옆구리를 붙잡았다. 웃기지 마, 넌 아무 상관 없잖아. 게다가 힘 조절도 안 해서, 타치바나의 공격보다 대미지가 엄청나게 크고.

"아야, 아야, 아야야야?!"

"아하하하! 재미있는데?!"

"아야, 아파! 난 하나도 안 재미있어, 아프다고!"

바보 타케이의 공격은 진짜로 장난이 아니라 엄청나게 아파서, 기껏 맛보던 유쾌한 기분이 날아가 버리고 말았다. 타케이, 용서 못해.

＊ ＊ ＊

　아침 조례.

　"자, 그럼 제출할 날짜는……."

　담임 카와무라 선생님이 말씀하셨다. 선생님이 지금 막 나눠준 종이는 진로 희망서. 대학에 진학할 건지 아닌지, 진학 할 경우에는 희망하는 학교를 세 곳, 진학하지 않는 경우에는 구체적인 진로를 적는 칸이 나눠져 있다. 2학년 3학기니까 최종적인 희망 진로를 확인한다는 것 같다.

　하지만 세키토모 고등학교는 사이타마에서도 상당히 상위에 해당하는 입시 학교. 진로 조사라는 건 형식적인 일이고, 기본적으로는 80~90% 정도의 학생이 대학 진학을 선택한다. 진로 희망서 종이 자체도 작은 걸 보면, 아마도『진학』이외의 선택지를 길게 쓰는 일 자체를 생각하지도 않았겠지. 뭐, 입시 위주 학교들은 대부분 그런 법이니까. 왠지 전에도 이런 생각을 했던 적이 있는 것 같은데.

　그리고 선생님의 설명을 마치고, 조례가 끝났다.

　"뭐라고 썼어~?"

　1교시가 시작되기 전의 짧은 시간.

　옆자리에 있는 이즈미가 갑자기 말을 걸었다. 말을 걸기 위한 준비 동작 같은 것도 없이, 당연하다는 것처럼 치고 들어오는 게 역시 이즈미답다는 느낌이다.

"응, 아직 안 썼어. 아마 남들처럼 진학이라고 쓰겠지만……."

"뭐, 그렇겠지~."

시시한 잡담. 뭐, 이 학교에 들어왔으면 대부분 대학 진학을 선택할 테고, 거기에 특별한 이유가 있는 사람이 소수파라고 봐야겠지.

"이즈미 넌?"

"나도 진학! 아마추어 모델 치나가 아오야마 대학 나왔다는 것 같으니까, 나도 거기 가고 싶거든!"

"헤에……. 벌써 가고 싶은 대학까지 정했구나."

그 모델이 어떤 분이신지는 모르겠사옵니다만.

"그치 뭐~" 이즈미는 가벼운 말투로. "토모자키는 아직 안 정했어?"

"음~. 솔직히 장래에 뭘 하고 싶은지 제대로 생각해본 적이 없으니까……."

물론 지금까지 모의고사나 진로 조사에서도 희망 학교를 적는 칸은 있었지만, 딱히 깊이 생각하지도 않고 내 성적에 맞는 대학을 적당히 성적 순서대로 적었을 뿐이다.

"이즈미는 의외로 생각하고 있었네?"

"뭐~ 나도 엄청나게 웃기는 이유지만 말이야?"

그렇게 말하면서, 이즈미가 웃었다.

"하하하, 그러게. 그래도 뭐, 그냥 대학 가야겠지~ 정도만 생각했던 나랑 비교하면 훨씬 제대로 생각한 것 같지만."

"아, 그래? 나 대단해?"

"아~ 그래, 그래, 대단해."

그렇게, 어떻게든 이즈미의 페이스에 맞춰주면서 대화를 꾸려나갔다. 이즈미는 은근히 거리가 가깝다고 느껴지게 만드는 농담을 섞어서 말하기 때문에, 까딱하면 착각하게 된단 말이야. 잘 모르는 사람이면, 엄청 친한 척 하는데 혹시 날 좋아하는 건 아닐까? 같은 생각을 하다가, 하지만 나카무라랑 사귀고 있다, 가 될 것 같다.

하지만 이유가 어쨌거나, 이즈미도 가고 싶은 대학을 생각해두고 있었구나. 내가 너무 생각 없이 살아왔기 때문이기도 하겠지만, 수험을 앞둔 고등학교 2학년이니까 이 정도는 보통이려나. 다른 애들한테도 물어보고 싶어지네.

주위를 둘러보다가 세 자리 정도 떨어진 데 앉아 있는 나카무라와 눈이 마주쳤다. 왜 하필 이쪽을 보고 있었는지는 잘 모르겠지만, 이 김에 잠깐 말이라도 걸어볼까. 이런 상황에서 내가 먼저 말을 걸어본 적은 거의 없지만, 최근에는 나카무라에 대한 공포심 같은 것도 많이 없어졌으니까.

나는 나카무라 쪽을 터벅터벅 걸어가서, 책상 위에 올려 놓고 있는 진로 희망서를 봤다.

"나카무라 너 말이야~."

"응?"

조금 전에 눈이 마주쳤던 탓인지, 나카무라는 딱히 이상하다는 표정도 짓지 않고 나한테 대답했다.

"진로, 적었어?"

"진로? 적었지, 그냥 진학으로."

"뭐, 역시 그렇구나~."

그런 느낌으로 가볍게 이야기하고 있는데, 그 광경을 본 미즈사와와 타케이도 이쪽으로 다가왔다.

"뭐야, 진로 얘기?"

미즈사와는 가벼운 말투로 말하면서 나와 나카무라를 번갈아 가며 봤다. 그래서 나는 미즈사와한테도 말을 던졌다.

"응, 맞아. 미즈사와 넌 미용사가 되고 싶다고 했었지."

그랬더니 어째선지, 미즈사와가 쓸쓸하게 웃었다.

"아~ 그거? 아쉽게도 말이야, 난 평범하게 진학."

"뭐, 그래?" 왠지 여러 번 말한 것 같지만. "뭐야 그거, 마음이 바뀐 거야?"

내가 묻자, 미츠사와는 음~ 소리를 내며 쓸쓸한 미소.

"솔직히 말이야, 우리 학교 졸업해서 바로 미용사가 되는 경우는 거의 없잖아. 원래 우리 형이 하고 있으니까 나도 관심이 없는 건 아니지만, 평범하게 대학에 가고, 그래도 계속하고 싶으면 생각해볼까 싶어, 현실적으로."

"아~ ……뭐 그렇겠네."

그 말을 듣고 납득했다. 정말로 하고 싶었다면, 고등학교에 진학할 때 이미 전문 고등학교로 갔을 테니까. 입시 학교에 들어온 뒤에 다시 미용 학교에 가는 것도 좀 많이 그렇고. 그렇다면 반쯤은 캐릭터를 만들려고 했던 말이라는 건

가. 미즈사와라면 그럴 수도 있지. 엄청나게 잘 먹혔으니까.

"그러니까 뭐, 대학 다니면서 아르바이트 같은 걸 하면서 여러 가지 세상을 경험해보고, 내가 하고 싶은 방향성을 찾아가고 싶다고 생각해. 그러다 보면 뭔가를 찾아낼 거야, 나라면."

"하하하, 대단한 자신감이네."

그러면서도 은근히 설득력이 있는 게 이 녀석의 강점이라고 봐야겠지. 그리고 짜증 나는 구석도 있고.

"후미야 넌?"

"난…… 별로 생각해본 적이 없네. 뭐 그냥 진학하게 되겠지만."

"흐~음……."

미즈사와는 왠지 조금 의외라는 반응이었다. 그리고 내 얼굴을 빤히 쳐다봤다.

"뭐, 뭔데."

"아니, 후미야 너라면 말이야, 뭔가 좀 더 이상한 짓을 할 것 같았거든."

"뭐야, 대체 무슨 이미지인데?"

그렇게 딴죽을 걸었지만, 무슨 말인지 이해를 못 하는 것도 아니다. 기존에 존재하는 룰에 사로잡히지 않고, 내가 생각한 것만을 계속해나가는 게 nanashi니까. 게임 속에서의 플레이 스타일이 그랬으니까, 인생이라는 게임에도 적용될 것 같다고나 할까.

미즈사와는 내 딴죽을 듣고도 표정 하나 달라지지 않고, 그대로 아무렇지도 않다는 말투로 물었다.

"대학에 들어가고, 그다음에는?"

"그다음엔…… 뭐."

그 말을 듣고 생각해봤는데, 내 마음 속에 뭔가 확실한 답은 없었다.

"음~ 솔직히 모르겠네."

그랬더니 미즈사와가 또 흐~음, 하고 깜짝 놀랐다.

"그것도 의외네. 훨씬 앞에까지, 뭔가 비전이 있을 거라고 생각했었는데."

"그래서 대체 어떤 이미지냐고?"

미즈사와는 가끔씩 날 이상하게 오해할 때가 있다니까. 게다가 대부분 좋은 쪽으로 오해하는 탓에, 왠지 기대를 배신한 것 같아서 미안한 기분도 들고.

"타케이는?"

그리고 자연스럽게 다른 사람한테 넘어갔다. 뭔가 내가 기대를 배신한 탓에 다른 사람한테 넘어가 버린 것 같아서, 영문 모를 미안한 마음이 더 커지네.

타케이는 풀이 죽어서 말했다.

"……난 생각도 안 해봤어."

"뭐, 그렇겠지."

"난 의외가 아닌 거야?!"

타케이가 큰소리로 따지고 들었지만, 누구한테 물어봐도

만장일치로 의외가 아니라고 생각할 것 같다. 타케이가 미래에 대해 생각하고 있다니, 상상도 못 하겠다. 기껏해야 그날 저녁 반찬 정도나 생각하고 있겠지. 다음날 아침밥까지는 생각도 못 할 것 같고.

"슈지는? 대학 들어간 뒤에."

"나? 나는 뭐, 아버지 아는 분이 어디 회사 높은 분이라서, 어느 정도 손을 써주기는 하겠지만 최소한 와세다나 게이오 정도는 나와야 어떻게든 할 수 있을 것 같다고는 하셨으니까, 대학 들어간 다음에 뭘 할지보다 어느 대학에 들어갈지가 문제겠지."

"우와, 뭔가 치사하다."

그런 느낌으로 이야기하는 두 사람을, 나와 타케이는 손가락만 빨면서 보고 있었다. 이 두 분, 그냥 대충 대학에 가야겠다고 한 것 치고는 생각하고 있는 비전 같은 게 유난히 명확하시지 않은가요.

음~ ……둘 다 꽤나 제대로 생각하고 있구나.

위기감을 느끼면서 타케이 쪽을 봤더니, 타케이도 초조해 보이는 표정으로 날 보고 있었다. 그리고 나한테 애원하는 것처럼 입을 열었다.

"두, 둘 다, 꽤 제대로 생각하고 있지……?"

"으엑."

지금 내가 생각하던 것과 완전히 똑같은 소리를 하니까, 도저히 받아들일 수가 없었다. 혹시 나, 진로 문제에서는 타케이랑 같은 수준인가?

* * *

그날 집에 가는 길에

새 학기 첫날이라서 오전 중에 수업이 끝난 2학년 2반 교실은 방과 후에도 잡담을 하는 사람들이 잔뜩 남아 있었고, 그러다가 남녀가 뒤섞여서 같이 하교하기로 했다. 뭐, 그 정도라면 나도 이미 익숙해졌다고나 할까, 엄청나게 활약하는 것까지는 아니지만 그 자리에 있어도 위화감이 없을 만큼은 따라갈 수 있게 됐으니까 큰 문제는 없지만.

긴장되는 건 그다음부터인데——.

"우와~! 오랜만에 같이 집에 가네!"

키타노요역에서 집으로 가는 길. 미미미가 아주 밝은 투로 말했다.

그렇다. 문화제를 거치면서 이런저런 일이 있었던 나와 미미미. 그 뒤에도 종업식 날 딱 한 번 이렇게 같이 집에 갔고, 최대한 지금까지처럼 지냈으면 좋겠다, 같은 이야기를 하기는 했지만—— 그렇다고 실제로 할 수 있느냐고 묻는다면 솔직히 힘들다.

"그러게……."

나는 역시나 묘하게 의식하고 말았다.

미미미는 긴장하지 않은 걸까, 아니면 그걸 잘 감추고 있는 걸까. 딱히 부자연스러운 점은 없이, 평소처럼 밝고 신나는 분위기로 대화를 이끌어갔다.

"겨울방학은 어떻게 보내셨습니까!"

밝고 힘찬 목소리가, 아직 추운 1월의 하늘로 빨려 들어갔다.

낮 2시. 내리쬐는 햇살이 오히려 추위를 강조해주는 것 같기도 해서, 나는 손끝이 곱은 손을 주머니에 찔러 넣었다.

"겨울방학에는……."

일단 말하면서 겨울방학에 있었던 일들을 생각했고, 말문이 막혔다. 왜냐하면, 거기서 생각난 것들은 키쿠치 양과 카페, 키쿠치 양과 새해 참배—— 키쿠치 양과 함께한 기억들뿐이다. 있는 그대로 솔직하게 말하는 게 정답이 아니라는 정도는 나도 알 수 있다.

그랬더니 눈치 빠른 미미미가 그걸 알아차린 건지, 분위기를 풀어주려는 것처럼 으하~ 하고 웃었다.

"아, 그래, 그렇겠네, 미안해! 후카랑 놀았지?!"

"그게~."

"그~ 러~ 니~ 까~! 그런 건 신경 쓰지 말고 평소대로 돌아가자고 했잖아!"

"그랬, 었지."

여전히 석연치 않은 내 반응에 미미미가 발끈했지만,

"정신 차려————!!"

"아야——!!"

내 어깨를 짜~악 때리고, 미미미가 이히히, 하고 웃었다. 역대 최대의 파워로 날린 미미미의 주특기 『후려치기』를 맞고, 나도 모르게 소리를 질렀다.

"너무 세잖아!!"

나는 미미미의 횡포에 마음에서 우러난 항의를 했지만, 미미미는 깔깔 웃기만 하고 상대도 해주지 않았다. 이 자식이.

"뭐~ 겨울방학도 있고 했으니까 말이야! 그런 건 신경 쓰지 말고 얘기하라고! 난 신경 안 쓰니까!"

"……진짜?"

내가 미미미의 얼굴을 쳐다봤더니, 미미미는 밝은 웃음으로 불안을 날려버렸다.

"진짜거든~!"

그 표정은 여러 일이 있기 전의 미미미와 구별할 수 없을 정도로 한없이 밝게 웃는 얼굴이었고, 틀림없이 억지로 지어낸 표정일 거라는 생각도 했지만, 나는 미미미의 말을 믿는 수밖에 없다고 생각했다.

만약 미미미가 아직도 이런저런 일들을 마음에 두고 있다고 해도, 미미미가 예전처럼 대해주기를 바라고 있다. 나도 최대한, 거기에 답해줘야겠지.

"좋았어~ 그렇게까지 말한다면 얘기해주지!! 처음부터 끝까지, 아주 자세하게 말이야!!"

"아, 그런데 브레인, 진로는 정했어?"

"뭐야, 딴 얘기 하는 거야?!"

내가 황당해했더니 미미미가 또다시 이히히, 하고 웃었다.

"응, 다른 얘기. 겨울방학 얘기는 이제 됐어~."

"뭐야 그게……."

나는 씁쓸하게 웃으면서 말했다. 생각났다, 이 제멋대로 구는 느낌. 왠지 평소보다 몇 배는 더 제멋대로 구는 것 같기도 한데 말이야.

그래서 진로, 말이지. 솔직히 말해서 그건 내 약점이다.

"음~. 좀 이래저래 생각하고 있어."

대답했더니 미미미가 약간 의외라는 얼굴로 날 쳐다봤다.

"그래~에? 그냥 대학 가는 게 아니고?"

"아~ 뭐, 그건 아마도 그렇게 될 것 같기는 한데 말이야."

"한데?"

미미미의 말투는 평범했지만, 눈동자 안쪽에 흥미진진 해 하는 빛을 깃들이고서 날 보고 있다.

"진짜로 제대로 생각하지도 않은 채, 간단히 정할 일이 아닌 것 같아서 말이야."

"헤에……."

맞장구를 치면서, 미미미는 시선을 천천히, 나한테서 자기 앞쪽으로 돌렸다.

"그런 부분은 역시 브레인답다는 느낌이네. 빈틈이 없다고 할지 엄청나게 진지하다고 할지 말이야?"

"그런가? 그러는 미미미는 어쩔 건데?"

나는 은근슬쩍 질문을 되돌려줬다. 이런 대화의 기본적인 흐름 같은 것도 점점 몸에 익어서, 굳이 생각하지 않아도 할 수 있게 됐다. 연습 모드에서 같은 콤보를 반복해서 연습하고 실전에서도 그것을 되풀이한다. 그러다 보면 서서히, 굳이 생각하지 않아도 무의식적인 반사로 콤보를 쓸 수 있게 된다. 그것과 마찬가지다. 게이머라면 알 수 있다.

"응? 난 그냥 평범하게 대학, 으로 생각하는데."

"그렇겠지. 난 아직 못 정했으니까 말이야~. 정한 것만 해도 대단하다고 생각하거든."

결국 진학이라는 결론에 도달할 거라고 생각하면서도, 아무런 근거도 이유도 없이 내 앞날을 결정하는 건 게이머로서의 미학에 어긋나는 일이니까, 아직 아무것도 정하지 못했다. 내 현재 스테이터스를 표현한다면 『Now Loading…』이 제일 적절하겠지.

"그렇구나……."

미미미는 진지한 얼굴로 하늘을 바라봤다.

"그렇다면, 난 생각도 없이 진학한다고 했을 뿐이니까, 오히려 그것만도 못한 거야."

그리고 눈 부신 햇살 때문에 눈을 살짝 감았다.

솔직히 말해서, 얼마 전까지의 나였다면, 무슨 소리야 이미 정한 미미미가 더 대단해, 라면서 고집스레 상대를 추켜세우고 날 낮춰버렸겠지만——.

"음~ 그런가? ······누가 더 좋고 나쁘다는 건 아닌 것 같은데."

지금은 솔직하게 양쪽 모두 일장일단이 있잖아, 라는 느낌으로 나와 상대의 거리를 잴 수 있게 됐다. 이쪽이 더 건전하겠지.

"음~ 그런가아."

"그래. 난 그렇다고 생각해."

그리고 그렇기 때문에, 내 감각을 믿고 이렇게 내 주장을 말할 수 있다. 인생이라는 게임에서의 레벨을 따지자면 틀림없이 아직 미미미 쪽이 나보다 높겠지만, 내 나름대로 이렇다고 확신했다는 점에 대해서는, 비굴해지지 않고 자신감을 가질 수 있게 된 것이다.

"그럼, 반대로 브레인은 왜 고민하는 건데? 대학에 가면 안 되는 거야?"

"그러니까, 뭐라고 해야 좋을까."

여기서 게이머적인 가치관을 있는 그대로 말해봤자 이해해주기 힘들 것 같다는 생각이 든다. 목표를 향한 노력이 기본이 되는 『게임』에서, 목표가 정해지지 않은 채로 하는 연습이나 선택한 스테이지를 진행하는 것은 단적으로 말해서 좋은 일이 아니다. 그래서 고민하고 있다. 그걸 알기 쉽게 말하자면 이런 느낌이 되려나.

"······내가 『하고 싶은 일』이 뭔지를 확실하게 해두지 않으면, 나아갈 방향도 모르게 되지 않을까, 싶어서."

그렇게 말하면서, 나도 은근히 납득했다. 내가 갈 길에 대한 근거와 이유. 그 속에서 가장 중요하게 여겨야 할 것은 틀림없이『내가 하고 싶은 일인지』니까.

"하고 싶은 일?"

"응."

그렇다면 내가 아직 진로를 정하지 못한 이유는, 내가 내 인생을 장기적으로 봤을 때, 내가 하고 싶은 일을 찾지 못했다는, 그런 뜻이 되겠지.

보통 게임과 달라서 이『인생』이라는 게임은, 정해진 골 지점이 없으니까.

그런 인생에서『하고 싶은 일』은 나아갈 방향성을 정하는 테마다.

즉── 히나미가 말하는,『큰 목표』같은 것이려나.

"……하고 싶은 일, 말이지."

미미미는 되새기는 것처럼, 그 말을 되풀이했다.

내가 뭘 하고 싶은지. 앞으로 어디로 향하면 좋을지.

우리는 틀림없이 아직 장래에 대해 제대로 생각하지도 않은 채, 어느새 인생의 갈림길에 서 있는 상황이고.

그래도 시간은 멈추지 않고 흘러서, 거스를 수 없는 파도가 우리를 삼켜버린다.

"그렇구나……. 하고 싶은 일."

고등학교 2학년 겨울. 만 17세.

아직 어른은 아니지만 그렇다고 어린애라고 하기도 힘든

위치에 있는 계절.

인생에 대해 그럴듯하게 말할 수 있는 건방진 구석은 있지만, 눈앞에 있는 생활을 바꿀 만큼의 힘이 없는, 답답한 나이.

하지만 그다음에 대해 생각하고, 그것을 선택할 때까지의 시간은 생각보다 훨씬 짧아서.

"10년 뒤에, 우리는 뭘 하고 있으려나~."

"……10년 뒤에 말이지."

갑자기 던져온 막연한 물음에, 나도 모르게 진지하게 생각하고 말았다.

10년 뒤. 이미 20대도 후반에 접어들고, 아마도 여러 가지 도전이나 노력이 결과를 보이기 시작할 무렵.

"무슨 일을 하고 있을까. 결혼은 했으려나."

"음~……."

내 장래에 대해 아직 상상도 못 했던 나는, 미미미의 장래에 대해 생각했다.

"미미미는, 뭐랄까…… 후배들 데리고 술 마시러 가자~! 얘들아~ 2차 가자! 하고 있을 것 같아."

"아하하 뭐야 그게! 그거 완전히 독신 이미지 아냐?"

"아, 그럴지도."

그렇게 말하고, 서로 웃었다.

"스물일곱에 독신이면, 여자들은 점점 초조해질 때거든?! 진짜 너무하는 거 아냐~."

"아하하하, 미안해."

그렇게 말하면서, 나와 미미미는 웃는 얼굴로 서로를 마주 봤다. 역시 미미미하고는 이런 바보 같은 대화가 어울린다니까.

"브레인은, 어떠려나……."

말하면서, 어째선지, 미미미는 조금 쓸쓸해 보이는 눈빛으로, 뭔가를 생각하는 것처럼 입술을 살짝 핥았다.

"토모자키는 말이야. 뭐랄까…… 내가 전혀 상상도 할 수 없는, 먼 데로 가 있을 것 같은 기분이 들어."

"하하하, 뭐야 그건."

내가 가볍게 웃자, 미미미는 여전히 쓸쓸한 눈으로 나한테 맞춰주려는 것처럼 웃었고, 혼자서 납득한 것처럼 살짝 고개를 끄덕였다. 그 표정은 왠지, 뭔가를 보내주는 것처럼 보이기도 했다.

"응. 그런 기분이 드네. 난 이게 하고 싶다~ 라고 생각한 일을 향해 달려가고, 주위에서는 뭐야 저 자식, 이라고 생각해도 그만두지 않고, 그러다가 언젠가는 엄청난 결과를 내고, 그거 봐 내가 뭐랬어~ 라고 하는, 그런."

"뭐야 그거, 진짜 멋있는데?"

미미한테는 내가 그렇게 보이는 건가?

"그래~ 멋있어! 뭐, 어쩌면 달려가기는 했지만, 결과는 못 내고 완전히 망해버릴 수도 있겠네."

"그건 너무 극단적이잖아."

"아하하!" 미미미는 장난스럽게 웃었다. "……그런데 말이야. 왠지, 정말로 그런 느낌이 들거든."

"……달려가 버린단, 말이지."

듣고 보니 솔직히 부정할 수는 없다. 누가 시킨 것도 아닌데 어패를 그렇게 열심히 해서 전국 1위라는 결과를 냈던 것도 바로 나고, 지금 내가 인생에서『하고 싶은 일』에 대해 고민하는 것도, 말하자면 인생의 진로에 대해서 어패만큼 열중할 수 있는『무언가』가 없을까, 라는 고민에 가까우니까.

그만큼 열중할 수 있는 뭔가를 찾아냈을 때, 누가 뭐라고 하건 거기에만 열중할 수 있는 게, nanashi라는 생물이라고 생각한다.

"뭐, 그럴 것도 같네."

"그치~?!"

내가 긍정했더니 어째선지 미미미는 기쁜 것처럼 웃었다.

"그렇게 생각하니까 왠지, 각자의 인생을 살아갈 것 같다는, 그런 느낌이네~."

"그럴지도……."

──각자의 인생.

조금 쓸쓸하기는 하지만 결코 부정적인 것도 아닌, 현실적인 말.

우리는 봄이 찾아온다고 하기에는 아직 추운 키타요노의 주택가를, 각자의 집을 향해서 걸어가고 있다.

"하고 싶은 일…… 말이지."

고등학교 2학년 겨울.

만 17세.

언제까지고 계속될 것 같다고 생각했던 고등학교 생활이지만, 벌써 중간 지점을 지나버렸고.

남은 시간은 1년하고 조금밖에 안 된다.

뭔가를 선택하고, 그 대신 가능성을 버리고.

그러기 위해서 필요한 이유와 동기는, 아직 내 손에 들어오지 않았다.

나는, 결단할 수 있을까.

"맞아! 하고 싶은 일!"

항상 지나가던 모퉁이에 도착했을 때, 나는 미미미와 다른 방향으로 시선을 돌렸다.

마침내 미미미는 작은, 틀림없이 내가 아니라 자신에게 말하려는 것 같은 목소리로, 이런 말을 중얼거렸다.

"······나도 조금 더, 제대로 생각해봐야 할 것 같네."

그 눈동자, 역시나 왠지 쓸쓸해 보이고.

"찾으면 좋겠다, 너나 나나."

내가 고개를 돌리면서 말하자, 미미미도 날 보면서 잠깐 망설이고는, 그러게! 라고 밝게 말하며 고개를 끄덕였다.

"그럼 잘 가! 브레인!"

"그래. 내일 봐."

그렇게 나는 그대로 미미미와 헤어졌고, 각자의 집으로 향했다.

3. 자기 속성의 필드에서 싸우면 어지간해서는 지지 않는다

그 뒤로 며칠이 지난 토요일.

나는 히나미와 함께 도쿄에 있는 어떤 역 앞을 걷고 있었다.

"그나저나 **데려가고 싶은 장소**라는 게, 설마 이런 곳일 줄은 몰랐네."

"하하하, 생각도 못 했겠지."

내가 의기양양하게 말했더니, 히나미는 진력이 난다는 것처럼 손가락으로 관자놀이를 눌렀다.

몇 주 전에. 나는 히나미에게, 문화제가 끝난 뒤에 키쿠치 양과 사귀게 됐다고 보고하는 동시에, 『널 데려가고 싶은 장소가 있다』고 선언했다.

어쩌다 보니 3학기가 돼서야 오게 됐지만, 결국 이날이 오고야 말았다.

"잘 들어? 넌 멋대로 굴어도 되지만, 난 딱히 나에 관해 얘기할 생각은 없어."

히나미는 어째선지 아직 약간 저항하는 기색을 보이지만, 나는 그런 건 신경 쓰지 않고, 자신 있게 고개를 끄덕였다.

"그래. 그러면 돼."

"……하아."

히나미는 알기 쉽게 한숨을 쉬었다.

"좋았어, 그럼 가자."

"그래, 그래."

하지만 이렇게 투덜투덜 말하면서도 결국은 따라오고 있는 걸 보면, 이 녀석도 전혀 관심이 없는 건 아닌 것 같다. NO NAME이라는 인간은, 정말로 쓸데없는 짓은 절대로 안 하니까.

"……그나저나, 나도 꽤 긴장하고 있거든?"

그렇게 말하면서 히나미 쪽을 봤더니, 히나미는 그런 나를 무시하고 내 옆을 지나쳐버렸다.

"그건 알 바 아니고. 갈 거면 빨리 가자."

"야, 가, 같이 가."

그런 느낌으로 성큼성큼 앞으로 가버리는 히나미. 조금 전까지는 그렇게 칭얼대던 주제에 잠깐만 틈을 보이면 이런다니까.

이렇게 역시나 완전히 주도권을 빼앗긴 채, 나와 히나미는 **어패 대전 오프 모임 장소**로 향했다.

* * *

"……여긴가."

안내 페이지에 적혀 있던 주소를 보고, 지도 앱을 사용하며 역에서부터 몇 분을 걸어와서.

우리는 오프 모임 장소에 도착했다.

"모임 장소라기보다는…… 그냥 평범한, 아파트?"

내가 주위를 둘러보면서 말했더니 히나미도 내 말에 동조했다.

"그런 느낌이네. 뭐, 원래 셰어 하우스 하면서 사는 집에서 정기적으로 대회를 여는 것뿐이라고 들었으니까."

"헤에, 잘도 알아보고 왔네?"

"시끄러워."

어쩌고저쩌고 해도, 이 녀석도 기대하고 있는 건지도 모른다. ……그랬으면 좋겠네, 라고 생각했다.

도착한 곳은 어택 하우스라는 이름의 대전 회장. 정확히 말하자면 평범한 아파트의 붙어 있는 집에서 셰어하우스 형태로 생활하는 어패 플레이어들이 정기적으로 오프 모임을 개최하는 곳이라, 그래서 별명처럼 그렇게 부른다는 것 같다.

"그러니까…… 호수가."

나는 스마트폰으로 주소를 확인하고, 호수를 틀리지 않도록 몇 번이나 확인한 뒤에 1층 로비에 있는 인터폰을 눌렀다.

몇 초 뒤에 인터폰이 연결됐고, 남성의 목소리가 들려왔다.

『누구세요~.』

"아, 저기, 오늘 오프 참가자인데요."

"아. 예~ 들어오세요~."

목소리와 함께 1층 보안 문이 열렸고, 우리 둘은 엘리베이터에 탔다.

"기, 긴장되네……."

"그래?"

내가 가자고 했으면서, 히나미가 나보다 더 차분한 상태.

"왜, 왜 그렇게 여유가 있는 건데."

"그야 뭐, 모르는 사람이 열 명 정도 있는 게 다잖아? 홈 게임 아니겠어."

"그거 아무리 봐도 어웨이 게임이거든?"

나는 쓸쓸하게 웃으면서도, 평소와 똑같은 히나미를 보는 동안에 조금씩 긴장이 풀렸다.

"무슨 소리야. 오늘은 나보다 너한테 홈이잖아."

"뭐…… 그건."

내가 애매한 소리를 했더니 히나미가 씩 웃었다.

"왜냐하면 너는—— 바로 그 nanashi니까."

"……그랬지."

부정은 못 하겠다.

왜냐하면 지금부터 가려는 곳은, 아마도 나한테는 우리나 라에서도 손에 꼽을 수 있는 홈그라운드다.

우리는 집 앞에 도착했다. 초인종을 눌렀더니 "문 열려있 어요"라는 대답이 돌아왔고, 나는 문손잡이에 손을 얹었다.

"갈까……."

"그래."

히나미가 고개를 끄덕였다. 나는 문손잡이를 꽉 쥐었다.

그리고 몇 초 동안 가만히 있었다.

"……가도록, 할까."

"후딱 하시죠."

무표정한 얼굴로 재촉하는 히나미의 압력에 떠밀린 내가 문을 열었고── 우리는 대회장 안으로 들어갔다.

* * *

내가 종종걸음으로 쭈뼛쭈뼛 안으로 들어갔더니, 거기에는 이미 십여 명의 사람들이 있었다. 히나미는 내 뒤에서 따라오고 있는데, 나랑 달라서 아주 당당한 태도다.

방에는 책상 위에 코드가 정신없이 달린 모니터가 세 대 있고, 거기에 나오고 있는 것은 당연히 어패의 게임 화면. 모니터 중에 두 대는 이미 일대일 대전이 벌어지고 있는데, 그 앞에는 플레이어 두 명과 몇 명의 구경꾼들이 자리 잡고 있다.

"아, 안녕하세요~."

내 목소리에 구경하던 사람 중에 몇 명이 고개를 돌렸고, 그 시선은 바로 내 뒤쪽에 있는 히나미 쪽으로 향했다. 그리고 뭔가 엄청나게 놀라고 있다. 뭐, 당연히 그렇겠지. 자세히 보니까 지금 여기에 있는 사람은 히나미 말고는 전부 남자고, 굳이 여기가 아니더라도 이런 장소에 이런 레벨의 여자애가 오는 건 어지간한 사건이라고 볼 수 있으니까. 그냥 길을 걸어가기만 해도 몇 사람은 뒤를 돌아볼 정도로 생겼잖아.

"어서 오세요~! 그러니까……?"

주최자로 보이는 남성이 웃으면서 다가왔다. 30대 초반 정도려나, 가전 양판점 점원분 같은 분위기의, 청결한 느낌의 남성이다. 나와 히나미의 얼굴을 번갈아 가며 보고, 무슨 말을 해야 할지 망설이고 있다. 아마 참가자 중에 누구인지 생각하고 있겠지.

"그러니까, 오늘 처음 참가한……."

"아, 예, 처음 오셨군요~ 이름이?"

남성은 스마트폰을 꺼내서 참가자 목록으로 보이는 걸 확인하기 시작했다. 나는 긴장하면서, 숨을 들이쉬었다.

"그러니까, 이름은——."

생각해보니까 내가 현실에서 그 이름을 말하는 건, 히나미와 만난 이후로, 처음인지도 모른다.

"nanashi입니다."

그 순간. 방 안에 있는 사람들의 시선이 나한테 모여들었다.

구경꾼들은 물론이고, 한참 게임을 플레이하던 사람까지 날 보고 있다. 아니, 그쪽은 열심히 플레이에 집중하는 게 좋을 것 같은데.

고개를 돌려보니 주최자 남성까지도 뭔가 긴장한 것 같은 얼굴로 날 쳐다보고 있는데, 어떻게 된 거지. 어느 정도 이름이 알려져 있다는 건 알고 있었지만, 이렇게까지 노골적으로 놀라면 나도 어떻게 반응해야 좋을지 모르겠는데 말이야.

"저기…… . 나, nanashi라면, 역시 그……?"

주최자 남성은 조심조심 확인하는 것처럼 말하면서, 내 얼굴을 봤다.

"그러니까…… 일단은, 온라인 랭킹 1위인 nanashi이기는 합니다."

그 말에 또다시 사람들이 술렁, 했다. 그리고 그것과 세트로 뒤에 있는 히나미에게도 시선이 쏟아졌고, 하지만 바로 다른 곳으로 옮겨갔다. 그건 아마도 히나미가 너무 예뻐서 그렇겠지. 뭐, 익숙하지 않을 거야, 이 정도 미인은. 참고로 당사자인 히나미는 붙임성 있는 미소를 지으면서 귀엽게 인사를 했다. 아, 이 녀석 이쪽 모드로 가려는 거구나.

"우와~! 생각보다 훨씬 젊으시네. 아, 저는 이번 주최자 해리라고 합니다."

"잘 부탁드립니다! 그리고…… ."

"처음 뵙겠습니다. nanashi 군 친구, Aoi라고 해요."

내가 히나미를 소개하려고 시선을 돌렸더니, 바로 히나미가 자기소개를 했다. 오늘 히나미는 본명의 로마자 표기인 『Aoi』로 참가하겠다고 했다.

"예~. nanashi 님이랑 Aoi 님이죠. Aoi 님도 어패를 좋아하시나요?"

"좋아해요! 하지만 nanashi 군이랑 비교하면 완전 못 해요……."

"아하하! 그야 nanashi 님이랑 비교하면 우리나라에 있는 사람 거의 대부분이 완전 못 하는 게 되니까요."

"그건 그러네요!"

그런 느낌으로 자연스럽게 해리 님과 편하게 대화를 주고받는 히나미. 리얼충 스킬을 유감없이 발휘하고 있다.

참고로 이 해리 님이라는 사람은 어패 플레이어인 동시에 게임 실황 중계로 활약하고 있는 유튜버인데, 듣기 편한 목소리로 플레이를 해설하면서 대전 영상을 중계하는 스타일이고, 일정한 시청자를 지니고 있다.

"그럼, 여기 시스템에 대해 설명을……."

그렇게 해리 님이 안내를 시작하려고 했을 때.

"이, 이쪽이 nanashi 님……?"

해리 님한테 그렇게 말하면서 다가온 사람은, 아마도 20대 후반 정도로 보이는 남성. 안경을 쓴 짧은 검은 머리카락에, 키가 작고 근육질 체형. 나와 눈을 마주쳤다 피했다 하는 게, 긴장했다는 게 꽤 확실하게 느껴진다. 난 그냥 어패를 좀 잘할 뿐인 고등학생이니까, 그렇게 긴장하지 말아 줬으면 좋겠는데.

나는 최대한 자연스럽게 웃으면서 대응했다.

"처음 뵙겠습니다, nanashi입니다."

그리고 꾸벅, 인사를 했다. 그랬더니 남성은 조금 당황한 것처럼 말문이 막히더니, 고개만 꾸벅 숙였다.

"아, 안녕하세요. 처음 뵙겠습니다. 저는 맥스라고 합니다."

"아, 맥스 님이셨군요."

"어, 알고 계셨나요?"

나는 고개를 끄덕였다. 그렇게 자세히 아는 건 아니지만, 주최자 해리 님의 영상에서 가끔씩 같이 중계하는 사람이 이 맥스 님이다. 해리 님의 해설을 들어주는 역할 같은 포지션인데, 셜록 홈즈에 나오는 왓슨 같은 위치라고 하면 되려나.

"해리 님 영상에서 몇 번 봤어요. 이렇게 들어보니까, 목소리가 똑같네요!"

"하하…… 그렇군요. 봐주셔서 정말 영광입니다!"

"아뇨, 뭘요, 잘 부탁드리겠습니다."

서로 자기소개를 마치자, 맥스 님의 시선이 슬쩍슬쩍 히나미 쪽으로 향했다.

"저기, 이, 이쪽 분은 여자 친구분인가요?"

"아뇨, 아뇨, 무슨!"

그 말에 웃음을 터트릴 뻔했지만, 나는 있는 힘껏 부정했다.

"아니에요, 그냥 친구."

내가 손을 열심히 흔들었더니, 어째선지 히나미가 짓궂게 웃었다.

"뭐~ 너무해~. 그렇게까지 부정하기야?"

"너 말이야……."

히나미가 자신이 NO NAME이라는 걸 밝히지 않는다는 것까지는 알고 있었는데, 거기에다 퍼펙트 히로인 모드 풀 스로틀로 가겠다는 얘기지. 파악했습니다.

"아하하, 왠지 사이가 좋아 보이네요……."

맥스 님이 살짝 떠보려는 것처럼 던진 그 말에는, 아주 조금 부러워하는 것 같은 느낌도 담겨 있었다. 그래서 내가 설명했다.

"그러니까. 얘도 어패를 좋아하거든요. 그래서 한 번 같이 가보자고 얘기해서, 이렇게 같이 왔어요."

"헤에!" 맥스 님의 눈이 반짝거렸다. "어패를 좋아하는 여성은 별로 없는데 말이죠~!"

그 말에, 히나미가 고개를 끄덕였다.

"아하하! 그런가요?"

받아들일 태세가 됐다는 걸 눈치챘는지, 히나미는 슬쩍 품 안으로 파고드는 것처럼.

"그래도, 정말 재미있는 게임이라고 생각해요. 여럿이서 해도 재미있지만, 제대로 하면 정말 깊이가 있거든요!"

"맞아요!"

"그리고 게임 밸런스가——."

그런 느낌으로 포인트를 제대로 잡은 게임 이야기를 피로

했다. 뭐, 이 녀석도 실제로 어패를 좋아하니까.

"——같은 점도, 정말 좋아해요!"

"아, 예. 정말 잘 알겠습니다!"

맥스 님도 해리 님도 처음에 가졌던 긴장이 풀린 모습으로 즐겁게 얘기하고 있는 게, 히나미가 완전히 마음에 든 것 같다. 뭐, 안 그래도 커뮤니케이션 능력의 괴물 같은 존재인데, 거기에 어패라는 공통된 언어까지 손에 넣으면 호랑이한테 날개, 마왕한테 베호마*라고 해야겠지.

나도 요소요소에서 그 대화에 끼어들면서도 히나미의 수완에 감탄하고 있었더니, 대전이 끝난 건지 다른 참가자들도 속속 이쪽으로 다가왔다. 그 눈들은 유난히 반짝반짝 빛나고 있었고, 그 시선은 하나같이 나한테 향해 있다. 설마 내가 저 퍼펙트 히로인 히나미보다 주목받는 날이 올 줄이야.

"저기…… 저, 온라인에서 한 번 붙었다가 엉망진창으로 깨졌는데…… 뵙고 싶었어요!"

"저기, 죄송하다고 해야겠죠?"

"저도 플레이 영상 같은 걸 보고 움직임을 참고했어요!"

어패 팬들이 차례로 감정을 던져 와서, 곤혹스러워졌다.

그리고 악수해주세요, 언제부터 어패를 하셨어요, 오프 대회는 참가 안 하나요, 같은 느낌으로 계속 질문을 던져오니까, 왠지 엄청나게 유명한 사람이 된 것 같은 기분이 드

---

* 게임 드래곤 퀘스트 시리즈의 회복 마법. 한 명의 HP를 무조건 전부 회복시킨다. 최종 보스인 마왕이 그런 주문을 쓴다면…….

내. 어패 세계에서 어느 정도 유명하다는 건 알고 있었지만, 설마 이 정도일 줄이야.

내가 사람과 말의 파도를 헤쳐나가고 있는데, 갑자기 생각지도 못한 말이 날아왔다.

"──그나저나 nanashi 님, 진짜 잘 생겼네요?!"

"예?"

나는 깜짝 놀랐다.

그건 내가 태어나서 지금까지 한 번도 들어보지 못했던 말이었고.

나는 거기서 "아, 아니요, 무슨……" 하고 부정할 뻔했지만, 잠깐 생각하고, 그 말을 멈췄다.

왜냐하면 지금 날 칭찬하고 있는 건 틀림없이 히나미한테 배워서 제대로 된 복장을 차려입었기 때문이고, 정기적으로 미용실에 다니고, 나 자신도 매일 아침 머리카락 세팅을 연습해 왔고, 표정 근육 트레이닝도 열심히 하면서, 밝은 표정을 지을 수 있도록 노력했기 때문이다.

그렇다면 나는 그걸 부정하지 않고, 그렇다고 까불다가 방심하지도 않고.

그것을 정면으로 받아들여야겠지.

그래서 나는 그 칭찬에 대해, 이렇게 대답했다.

"……고맙습니다."

자신을 갖고 똑바로 서서, 상대의 눈을 보면서 웃어 보였다.

이 대응이 옳은 건지는 모르겠지만, 그렇게 말한 뒤에, 내 마음속에서 묘하게 후련한 기분이 들었다.

그렇구나. 나는 지금까지는 안 해왔지만.

다른 사람의 칭찬을 솔직히 받아들이는 건, 의외로 기분 좋은 일인지도 모르겠다.

그런데, 그 뒤로도 참가자들이 제각기 ──

"그나저나 nanashi 님 엄청나게 멋있는데요?!"
"목소리도 진짜 좋죠?!"
"nanashi 님은 인생에서도 강캐겠죠?!"

지금까지 살아오면서 거의 들어본 적이 없는 말들의 러시를 차례로 한 몸에 받으면서, 내 안에 있는 가치관이 흔들려가는 게 느껴졌다. 멋이란. 좋은 목소리란. 인생의 강캐란 무엇인가. 내 가치관이 하나하나 무너져간다.

"아, 아뇨 뭐, 그것보다 어패 얘기를……."

내가 당혹스러워하면서 살짝 말렸지만, 그 말들의 소나기는 멈추지 않았다. 오히려 더 가속됐다.

"너무 겸손해하지 마세요, 진짜 멋있잖아요?!"
"왠지 아주 밝은 캐릭터라는 느낌이거든요?!"
"저기…… 뒤에 계신 분은 역시 여자 친구인가요?"

아냐, 이건 내가 생각했던 어패 오프 모임이 아니야. 내가 생각했던 건 훨씬 금욕적으로 승패를 겨루는 수라의——

"그~ 러~ 니~ 까~!!"

결국 나는 숨이 막힐 것만 같아서, 큰 소리를 내고 말았다.

"저는 어패 플레이어 nanashi!! 그 이상도 이하도 아니니까 잘생겼다든지 그런 건 상관없어요! 그리고 얘는 그냥 친구고 절대로 여자 친구가 아니에요!! 이상!!"

내가 단숨에 쏘아붙였더니, 잠깐 침묵이 지나간 뒤에, 사람들이 웃음을 터트렸다.

"nanashi 님 진짜 재미있는데요?!"

"역시 밝은 캐릭터는 커뮤니케이션 능력이……."

"인생에서도 랭킹 1위려나?"

나는 또 그 말들을 한 몸에 받으면서 눈을 감았고, 그리고 모든 것을 깨달았다.

"이제는, 무슨 말을 해도 소용없겠네……."

포기한 것처럼 말했더니, 뒤에 있는 히나미가 유쾌하다는 것처럼 웃고 있었다. 야, 이게 재미있냐.

——그런데, 그 때.

"실례합니다!"

갑자기 내 오른쪽, 입구 쪽에서 여성의 목소리가 들려왔고, 나는 깜짝 놀랐다.

왜냐하면 그 목소리의 주인은, 틀림없이 히나미가 아니었으니까.

내가 목소리가 들려온 쪽을 봤더니—— 처음 보는 한 여성이 눈을 반짝이면서 날 보고 있었다. 이 오프 모임, 히나미 말고도 여자 참가자가 있었던 건가. 여성은 아마 나랑 비슷한 또래인 것 같다. 어두운 갈색으로 염색한 뱅 헤어에 베레모 같은 모양의 까만색 모자를 쓰고 있다.

"……nanashi 님, 만나고 싶었어요!"

콧소리가 섞인, 왠지 붙임성 있게 느껴지는 톤의 목소리다.

자세히 보니 그 여성은 상당히 타이트한 회색 긴 소매 니트를 어른스럽게 소화하고 있는데—— 이럴 수가, 그 니트는 가슴 언저리에 하트 모양 구멍이 있었다. 세상에.

그쪽을 쳐다보면 바로 들킨다는 말을 들은 적이 있어서 똑바로 쳐다보지는 않았지만, 아마도 그런 구멍이 있는 것 같다. 목을 완전히 덮고 있는 목깃 부분에는 살짝 프릴 모양이 들어가 있고, 금색으로 보이는 체인에 하얀 장식이 달린 목걸이도 걸고 있다.

신기한 디자인의 니트를 입은 것 치고는 기발하다기보다 어딘가 세련된 분위기가 느껴지는 건, 아래쪽에 심플한 디자인의 까만색 스커트를 입었기 때문일까. 타이트하게 잘

록한 허리께에서 바깥쪽으로 완만하게 퍼져 나간 짧은 치맛자락 밑으로는 하얗고 가느다란 다리가 늘씬하게 뻗어 있다. 전체적으로 한류 아이돌 같은 분위기라고나 할까, 생물로서의 강함이 느껴지는데 말이야.

몸에 딱 붙는 세로 골지 니트가 과도할 정도로 강조해주고 있는 보디라인은, 솔직히 말해서 역대 최대급으로 어디를 봐야 좋을지 모를 정도로 자기주장이 확실했기 때문에, 어디를 봐도 성희롱이 될 것만 같다는 압박감이 느껴졌다. 그래서 나는, 의연한 태도로 상대의 눈을 똑바로 보며 말했다.

"안녕하세요. 처음 뵙겠습니다, nanashi입니다."

그리고 미즈사와 같은 이미지로 싱긋 웃었다. 이럴 때는 미즈사와 같은 이미지로 움직이는 게 중요하다. 왜냐하면 본보기가 되는 이미지가 있으면 괜찮게 처신할 수 있는 경우가 많고, 흉내를 내기 위해서 머리를 쓰기 때문에 여자의 봐서는 안 될 부분을 의식하지 않을 수도 있게 되니까. 내가 생각해도 꽤 괜찮게 한 것 같다는 기분이 드는데.

"저, 참가자 목록 보고 진짜진짜 깜짝 놀랐어요! 우와~! 진짜다!"

그 여자는 눈을 반짝반짝 빛내면서 얼굴 앞에서 자기 손바닥을 맞댔다. 그러자 팔이 옆구리 안쪽으로 꼬옥 하고 들어왔고, 즉, 그러면서 시야 한쪽에 있는 그 부위도 몸 중앙쪽으로 모이게 됐을 거라는 생각이 들지만, 나는 미즈사와니까 그 여자의 눈만 보면서 말할 거리를 찾았다.

"하하하, 고맙습니다. 그러니까…… 이름이?"

"레나예요!"

"아~ 레나군요. ……아."

나는 다른 곳으로 끌려갈 것만 같은 시선을 붙잡아 두기 위해서 미즈사와가 되려고 했지만, 그걸 너무 의식한 나머지 아주 자연스레 『레나』라고 불러버리고 말았다. 처음 만난 사람을 그렇게 부르는 건 실례라고 생각하니까, 서둘러서 다시 말했다.

"아, 죄송해요. 레나 님이군요."

그랬더니 레나 님은 어째선지 눈을 더 반짝이면서 나한테 스윽 다가왔다.

어쩌면 이즈미보다도 가까운 이 거리감. 걸쭉한 꿀과 샴푸 냄새가 섞인 것 같은 향기가 콧구멍을 관능적으로 자극해서, 순간적으로 멍~하고 사고가 정지돼버렸다.

"그냥 레나라고 불러도 되거든요~?"

응석 부리는 것 같은 높은 톤의 목소리로, 촉촉한 눈을 살짝 치켜뜨고.

뇌를 직접 녹여버리려고 하는 것 같은 향기가 내 의식 속으로 달콤하게 침식하기라도 한 것처럼 몸 전체로 퍼져 나갔고, 이성이 휘청, 하고 흔들렸다.

"그, 그래? 그럼, 레나."

그리고 나는 그 제안을 간단히 받아들이고 말았다. 미즈사와를 인스톨했기 때문에 편하게 대하려고 하는 것도 있겠지만, 왠지 조종당하는 것 같은 기분이란 말이야.

뭐 타마 양이라든지도 그냥 편하게 부르고 있으니까, 그렇게까지 이상한 일은 아니…… 지?

"와~ 기뻐요! 저는 nanashi 님이라고 부르면 되나요?"

"아~ 응, 괜찮아."

그런 느낌으로 약간 페이스에 말려들기는 했지만, 간신히 이상한 느낌으로 너무 당황하는 일도 없이, 그럭저럭 무난하게 대회를 진행했다고 본다. 뭔가 파도에 휘말려서 말을 놓기는 했지만, 뭐 그건 됐고.

"저기 레나, nanashi 님이 곤란해하는데요?"

내 분위기를 눈치챘는지, 옆에 있던 맥스 님이 끼어들었다. 어느 정도 아는 사이인지, 편한 말투다.

"에~ 그런 거 아니거든요, 그쵸? nanashi 님 곤란한가요?"

"응. 엄청 곤란해."

"뭐라고요~?!"

레나는 큰 소리를 내면서 놀랐고, 그리고는 날 보면서 아하하, 하고 웃었다. 말은 안 해도 재미있다는 느낌이 전해지는 것 같은, 그런 친밀감이 담긴 동작이다.

참고로 지금 던진 농담은 내가 인생 공략을 시작한 뒤로 실컷 당해왔던 『놀리기』의 기본 콤보 같은 것이고, 이 정도라면 실전에서도 어느 정도 자유롭게 쓸 수 있게 됐다. 그냥 상대의 말에 과장해서 긍정하기만 하면 되니까. 내 주 캐

릭터 파운드로 비유하자면 아래 던지기 공상 콤보라고 해야
겠지.

"뭐야~ 너무해~."

그렇게 말하면서, 레나가 흐리멍텅하게 풀어진 눈으로 날
쳐다봤고, 내 어깨를 살짝 건드렸다. 뭐야 이 엄청난 빈틈
은, 이라는 느낌. 횡어택 최대 홀드도 간단히 들어갈 것 같
은데.

날 빤히 바라보는 시선을, 나도 똑같이 마주 봤다. 창백하
다고 말해도 될 만큼 햇볕에 그을리지 않은 것 같은 느낌의
피부에, 안쪽이 보이지 않은 새카만 눈동자. 동안이면서도
예쁜 데다, 항상 생글생글 웃는 표정에서는 신기한 흡입력
이 느껴진다.

팔까지 딱 밀착된 니트의 소매 끝쪽을 봤더니, 손목에 까
맣고 투박한 팔찌를 여러 개 차고 있는 게 눈에 들어왔다.
목깃의 여자다운 프릴이나 타이트한 실루엣의 섹시한 느낌
과 조금 안 어울린다고 할 수도 있는 투박한 디자인이고, 그
손목은 부러지지는 않을까 걱정이 될 정도로 가늘었다.

레나는 나를 빤히 보면서, 이렇게 말했다.

"nanashi 님, 너무 멋있거든요?"

유혹하는 것 같은 촉촉한 표정. 아까도 참가자분들이 잘
생겼느니 어쩌니, 라는 말을 해서 쑥스러웠는데, 이렇게 여
자애가 정면에서 말해주니까 또 다른 파괴력이 있었다. 게
다가 이 레나의, 내 몸에 완전히 밀착되는 것 같은 시선과

목소리. 본능적인 부분을 억지로 자극하는 것 같은 분위기가 내 머리를 뜨겁게 만들었다.

"하하하, 그러니까, 고마워."

나는 간신히 말문이 막히지 않고 고맙다는 말을 했다. 미즈사와라면 『그러니까』 같은 게 들어가지 않았겠지만 이건 어쩔 수 없다. 내 말을 들은 레나는 미소를 짓더니, 갑자기 다른 쪽으로 시선을 돌렸다. 왠지 잠깐 쓸쓸하다는 생각이 들 뻔 했는데 뭐야 이거.

뭔가 노도와도 같이 지나가 버린 나와의 대화를 끝내고, 레나는 그대로 히나미를 보면서 눈을 깜박거렸다.

"……여자가 있잖아~?!"

정말 놀란 것처럼 말하고, 레나는 슥, 하고 히나미한테 다가갔다.

"안녕하세요. 처음 뵙겠습니다, 레나예요."

그리고 히나미의 얼굴을 빤히 쳐다봤다. 관찰하는 것 같은 눈동자와 싱긋 웃는 모양으로 올라간 입꼬리. 부드러운 말투와 대조적으로 시선이 냉정한 게 인상적이다.

"처음 뵙겠습니다! Aoi예요!"

히나미는 밝은 목소리와 만점짜리 웃는 얼굴로 대답하고는, 레나의 온 몸을 훑어봤다.

"아~ 이거 귀여워요!"

그렇게 말하면서 손가락으로 가리킨 것은 레나가 손목에 차고 있는 까맣고 투박한 팔찌였다. ……뭐야, 그게 귀엽다고? 오히려 디자인적인 면에서 따지자면 멋있다든지 그쪽 계열이라고 해야 할 것 같은데 말이야.

"아~ 이거 알아본거예요?! 이거 투박해서 귀엽죠!"

"맞아요~! 정말 잘 어울리네요!"

하지만 아무래도 귀엽다는 것 같다. 나왔다 리얼충 특유의『귀여움』에 대한 감각. 그 스트랩 때고 그랬지만, 이번에도 나는 이해할 수 없는 것 같다. 뭐냐고『투박해서 귀엽다』라는 게. 투박함과 귀여움이 공존할 수 있는 건가.

"Aoi 님이야말로 정말 멋져요! 이 피어스 정말 좋네요~!"

"고맙습니다~! 이거 정말 좋아하는 거거든요! 취향이 맞네요."

"그쵸~! 에~! 그나저나 머리카락도 살랑살랑하고 얼굴도 작고 피부도 곱다~! 인형 같아요!"

"레나 님이야말로 몸매가 정말 좋잖아요!"

뭔진 모르겠지만 둘이서 한 치의 양보도 없이 서로 칭찬하는 느낌이다. 오히려 배틀 같은 느낌이 드는데.

"Aoi 님은 오프 모임 처음이시죠?"

"맞아요!"

"모르는 게 있으면 뭐든지 물어보세요~."

"고맙습니다~! 레나 님은 자주 오시나요?"

"저는 벌써 몇 번 와봤어요! 이젠 거의 단골이네요~."

레나는 그렇게 말하면서 씁쓸하게 웃고, 계속해서 말했다.

"Aoi 님은…… 혼자 오셨나요?"

"아, 그러니까" 그렇게 말하면서, 히나미는 시선을 빙글 돌려서 날 봤다. "저기 있는 nanashi 군이랑 같이 왔어요."

그랬더니.

레나가 깜짝, 놀라면서 나와 히나미를 번갈아가며 봤다.

"……그러셨어요? ……친구?"

"맞아요! 어패 친구라고 할까, 뭐라고 할까."

"흐응……?"

무표정이라고 할까 무감정이라고 할까, 얼어붙은 표정.

마침내 레나는 또 우리를 번갈아 가며 보고, 빙긋 입꼬리를 끌어 올렸다.

"엄청나게 미남 미녀라는 느낌! 앞으로도 계속 오프 모임 나오실 거죠?"

"아하하. 그럴 생각이에요~."

두 사람이 웃었다. 뭔가 엄청난 언어의 인파이트가 오간 것 같다는 느낌인데, 처음 만난 여자들의 대화는 이렇게까지 격렬한 걸까. 템포가 너무 빨라서 따라갈 수가 없네.

내가 미지의 세계 때문에 충격을 받고 있는데, 대화를 마친 레나가 슬쩍 내 옆으로 다가와서, 내 등과 옆구리 사이를 부드럽게 두 번 톡톡, 두드렸다. 그냥 부르려고 한 행동이겠지만 그 손놀림이 묘하게 간지러워서, 까딱하면 목소리가 나올 뻔했다.

"응?"

내가 아무렇지도 않은 척 대답을 했더니, 레나가 내 귀에 얼굴을 가까이 들이댔다. 몸 전체가 가까이 다가와서 내 옷과 레나의 옷이 쓸렸고, 근질근질한 감각이 위팔 언저리를 덮쳐왔다.

"저기요오⋯⋯."

숨결이 섞인 목소리와 함께, 달콤한 냄새가 또다시 의식 속으로 흘러들어왔다.

"으, 응?"

내가 고개를 돌리지 않고 정면을 보는 채로 말했더니, 레나는 숨결 성분이 더욱 많아진 목소리로,

"솔직히 말해서, 사귄다든지 그런 건가요?"

그런 말을 했다.

나는 그 말을 부정하기 위해서 레나 쪽으로 고개를 돌렸다. 레나가 내 귓가에 얼굴을 내고 있었던 탓에, 서로 정면으로 마주보는 모양이 됐다. 하지만 어째선지 레나는 한 걸음도 물러나지 않고 날 빤히 보고 있다. 어떻게 그 위치를 유지할 수 있는 건데, 얘는. 근거리에서 마주보는 모양이 됐지만, 나도 그 새카만 눈동자에서 눈을 돌릴 수가 없다.

"저, 정말로, 그냥 친구 사이야."

내가 한 걸음 떨어지면서 대답했더니, 레나는 날 떠보는 것처럼 빤히 쳐다봤다.

"정말인가요오?"

"응."

"……그럼 됐고요."

그렇게 말하고, 레나는 다시 휙, 하고 다른 사람들 쪽으로 고개를 돌렸다. 겨우 날 얽매는 것 같은 눈동자에서 해방되기는 했지만, 대체 뭐가 됐다는 거지?

＊ ＊ ＊

일단 참가자들의 질문 공세와 레나와의 대화가 끝나자, 이제야 어패 오프 모임답게 자유 대전 모임이 시작됐다. 일단은 안심이네. 참고로 히나미는 주최자 해리 님이 참가하라고 열심히 권했지만, 아직 도전할 수준이 아니라는 이유로 거절하고 있다. 뭐, 적당히 봐주면서 싸울 수는 없을 테니까, 남은 수단은 관전뿐이겠지. 정체를 밝힐 생각이 없다면 현명한 판단이라고 본다.

"nanashi 님, 일단 한 판 해보죠!"

해리 님이 팔을 걷어붙이면서 말했다.

해리 님은 평소에는 플레이어보다 실황 중계자로 이름이 알려진 사람이지만 오프라인 대회, 온라인 대회 모두 안정된 중상위권 성적을 내는 강호. 사용하는 캐릭터는 요구르라는 체격이 작은 1등신 캐릭터. 다단으로 사용할 수 있는 공중 점프와 빠른 공중 이동 속도를 살리면서 싸우는, 약간 특수한 파이터다.

공중 공격 지속과 위력, 강한 판정에 의해서 공중에서의 행동이나 인파이트에는 강하지만, 리치가 긴 캐릭터한테는 엄청나게 약하다는 극단적인 특징을 지녔다. 온라인에서는 그다지 강한 상대랑 만나본 적이 없었으니까, 한번 싸워보고 싶었다.

"꼭 해봐요!"

그렇게 해서 나와 해리 님은 빈자리에 앉아서 대전을 준비했다. 레나가 "기대된다~!"라고 말하는 소리가 들려왔다. 다른 여자가 히나미 밖에 없다는 점을 빼놓고 생각해도, 왠지 엄청나게 눈에 띄는 목소리라니까.

서로가 버튼 설정을 확인한 뒤에 캐릭터를 선택했다. 스테이지는 가위바위보를 하고, 이긴 사람이 심플한 스테이지 몇 개 중에서 하나를 선택하는 간이 방식이다.

"잘 부탁드립니다."

"예~. 잘 부탁드려요."

서로 인사를 한 뒤에 내가 가위바위보에 이겼고, 스테이지를 골랐다. 선택한 스테이지는 『보노 화산』. 평균보다 약간 좁고, 좌우에 발판이 하나씩 있는 심플한 스테이지이다.

요구르는 공중에서 자유자재로 날아다닐 수 있는 스타일이기 때문에, 기본적으로는 발판이 많이 있는 스테이지에서 강하다. 그래서 나는 그것을 최대한 살릴 수 있는 스테이지인 『투기장』을 제외하고, 그러면서도 해리 님이 발판을 어떻게 사용해서 플레이하는지 보고 싶다는 호기심 때문에 『보노 화산』을 선택했다.

시합이 시작되기 전에 몇 초 동안의 로딩 시간. 나는 기합을 넣으면서 왼손 엄지손가락으로 스틱을 빙글빙글 돌렸다. 탁탁탁, 스틱이 컨트롤러를 스치는 소리가 기분 좋게 울렸고, 내 투쟁 본능에 불을 붙였다.

그리고 몇 분에 걸친 시합이 끝나고——.

"이야, 역시 잘 하시네요."

해리 님이 쑥스럽게 웃으면서 말했다. 나는 그 칭찬을 부정하면 안 되겠다고 생각해서, "고맙습니다"라는 말로 대답했다.

"그런데 저도 깜짝 놀랐어요. 요구르가 그렇게 싸울 수도 있군요."

동영상 등에서 본 적은 있지만, 역시 실전에서 싸워보면 감각이 전혀 다르다. 공중에서 기술을 쓰면서 다가온 상대를 요격하며, 틈을 보인 상대에게 파고드는 요구르의 스타일은, 서로의 거리만 잘 관리하면 그렇게까지 위협적인 건 아니다. 오히려 내 특기 영역이다.

하지만 정말 위협적이었던 건, 그 공중 기동을 살린 복귀 저지다.

"대체 어디까지 쫓아오려는 거야, 라는 생각에 깜짝 놀랐어요."

해리 님은 스테이지 밖으로 날아간 상대를 끝까지 몰아붙여서 복귀 저지, 조기 격추를 노리는 스타일이다. 내가 사용하는 파운드는 한순간 모습이 사라지는 워프 계열 복귀 기술을 가지고 있기 때문에, 어떤 면에서 보면 복귀를 저지하기 힘들다고 할 수도 있다. 하지만 기술의 이동 거리 자체는 짧아서 루트 자체는 몇 가지로 제한된다. 요구르의 공중 기동력을 살려서 복수의 루트를 동시에 요격하는 행동을 해버리면, 순식간에 싸우기 힘들어진다.

"하하하, 고맙습니다. 그런데 nanashi 군, 대응이 정말 빠르네요."

"아하하. 잘 모를 거라고 생각하면서 방해하는 건 저한테 안 통해요."

그렇게 말하면서 웃었다. 분명히 버스트라인 직전까지 가는 게 아닌가 싶을 정도로 깊이 파고드는 해리 님의 복귀 저지는, 얼핏 보면 파운드한테 엄청나게 위협적이다. 하지만 그 움직임을 자세히 보면, 복수의 루트를 요격하는 것 같은 행동을 하기 전에, 상당히 이른 단계에서 나머지 선택지를 버리고 파고든다는 걸 알 수 있다.

복귀를 저지당할까 봐 두려워서 초조해지면 그게 안 보이겠지만, 사실은 그 직전에, 오히려 저지하려고 생각하는 루트가 다 보이고 만다.

"파운드의 경우에는, 스테이지에 가까울 때는 일찌감치 상B를 입력하면 무적 판정으로 공격을 피하면서 요격할 수 있고, 만약에 빗나간다고 해도 요구르가 스테이지로 돌아오기 전에 파운드가 돌아올 수 있으니까, 결정적인 반격은 피할 수 있거든요."

"이야~ 정말 맞는 말입니다. 그게 들키면 더 이상 어쩔 방법이 없으니까요."

해리 님은 분하다는 것 같으면서도 어딘가 기뻐 보였다.

스톡 4개에 3선승제였고 결과는 3-0. 처음 한 번은 선제 공격을 당했지만, 그 뒤로 시합 중에 대책을 생각했고, 마지막 한 판에서는 스톡을 세 개 남기고 승리하게 됐다. 시합 중에 대책을 완성해나가는 건, 계속 정상에 있기 위한 조건 중에 하나라고 생각한다.

"응, 응. 그 유명한 nanashi 군과 싸울 수 있어서 영광이었어요."

"아뇨, 뭘요. 저야말로 정말 고맙습니다."

그런 느낌으로 감상을 주고받고, 나는 뒤를 돌아봤다. 거기에는 나와 해리 님의 대화를 열심히 듣고 있던 구경하던 사람들과, 그것과 조금 다른 뉘앙스로 반짝반짝 빛나는 눈으로 우리를 보고 있던 레나가—— 그리고 그 뒤에는 엄청나게 근질거린다는 표정으로 날 보고 있는 히나미가 있었다. 그렇게 하고 싶으면 너도 하라고.

그래서 나는 히나미에게 다가가서는, 씁쓸하게 웃으면서 말을 걸었다.

"너, 정말 안 해도 되겠어?"

"……뭐, 뭐어~! 솔직히 난 상대도 안 되잖아!"

"아…… 그래."

끝까지 그 스타일을 유지하겠다는 거구나. 솔직해지면 좋을 텐데.

      ＊ ＊ ＊

그 뒤로 기왕 이렇게 된 김에, 라는 이유로 간이 토너먼트가 개최됐고, 당연히 나도 거기에 참가하게 됐다. 레나도 포함해서, 히나미를 제외한 모든 사람들이 참가해서 우승을 겨룬다. 히나미는 그 시합을 손가락만 빨면서 지켜봤다.

1차전. 나와의 싸움이 끝난 참가자가 입이 떡 벌어져서 말했다.

"고, 고맙습니다……! 정말 아무것도 못 했네요……."

"저야말로 정말 고맙습니다~."

나도 답례하고, 컨트롤러를 본체에서 뽑았다.

뭐 당연하다고 할까, 위험한 상황 하나 없이 승리. 이런 오프 모임에 올 정도니까 참가자들 수준이 상당히 높을 거라고 생각했는데, 어쨌거나 나는 전국 랭킹 1위 보유자니까. 대충 봐도 수준만 따져보면 어느 참가자보다 내가 한두 레벨 정도 높을 것 같으니까, 이번 3판 선승제 룰에서는 기본적으로 아무한테도 지지 않을 것 같다.

2차전. 화면 안에서 내 파운드가 자유자재로 뛰어다닌다.

상대를 농락하고, 틈이 생기면 치명타를 때려 넣는다.

"우와아! DA 후 딜레이에 가드 캔슬 상어택으로 격추! 냉정하네~."

"역시 이런 반격 확정 때, 냉정하게 최대한의 공격을 하는 게 랭킹 1위답네요."

"거의 벼랑에 몰려 있었고, 반사적으로 잡아서 뒤로 던지고 싶어지는 상황이니까요. 잘 보고서 하면 돼요."

"음~ 역시 기본이 중요하네요~."

구경하는 사람들이 내 플레이를 엄청나게 열심히 분석하고 있다. 제발 그만 해줘. 왠지 묘하게 낯 간지러우니까. 게다가 말하는 내용들이 하나같이 내 생각을 정확히 맞히고 있는 게 또 무섭다.

하지만, 동시에 실감하는 구석도 있었다.

나는 지금까지 내가 게임에 이렇게까지 열중하고 있다는 걸 대놓고 보여준 적이 없었는데, 이 장소에서는 아주 당연하다는 것처럼, 어패에 대한 전문적인 내용이 통하잖아.

나는 또 한 번 승리한 뒤에, 다시 한번 주위를 둘러봤다.

여기 있는 사람들은 전부 어패를 좋아하고, 제각기 진지하게 플레이하는 사람들이다.

그렇게 생각하기만 해도, 다들 처음 보는 사람들이지만 예전부터 알고 있는 사람인 것 같은. 말로 표현할 수 없는 편한 기분이 들었다.

"좋았어! 고맙습니다!"

대전 상대들이 하나같이 어패를 사랑하는 사람들인 이 공간. 연령대의 폭도 넓고, 본명도 사회적 위치도 모르는 그 관계성.

하지만 나는 어째선지 아주 신이 나서, 본래의 내 모습을 표현하고 있다는 기분이 들었다.

"어떻게 거기서 어택 홀드가 되는 거야?!"

"페이크 잡기를 정확히 노린 걸까요. 그전까지 계속 가드를 했던 건 이 순간을 위해서……?"

"하긴, 위쪽 던지기로 버스트 할 수 있는 확률이 됐으니까, 공중 공격보다는 잡기가 더 낫겠네요."

"그렇구나, 그게 nanashi의 사고 회로인가……!"

……하지만 역시, 이렇게까지 내 행동을 분석하니까, 좀 거북하기도 하네?

"——우와아~!!"

그때.

다른 대전하던 쪽에서 환호성이 들려왔다.

뭔가 멋진 플레이라도 나왔나 싶어서, 다음 대전이 시작되기 전의 짧은 틈에 그쪽을 봤다. 그리고 거기에 펼쳐진 광경을 보고, 나도 모르게 뿜어버리고 말았다.

왜냐하면, 그 모니터 앞에 앉아 있던 사람은.

"졌다~! Aoi 님, 엄청나게 잘하시네요?"

"어~ 그런가요? 정말 기쁘네요, 고맙습니다!"

너무나 기쁜 얼굴로 원통해하는 남성 한 명과, 그런 남자한테 칭찬을 받는 한 여성.

그렇다. 거기 있는 사람은 퍼펙트 히로인의 가면을 뒤집어쓴 전국 랭킹 2위 플레이어 NO NAME이었다. 저 자식이 뭐 하는 거야.

"저기…… 쟤도 토너먼트에 참가한 건가요?"

그렇게 물었더니 뒤에서 내 플레이를 보고 있던 맥스 님이 고개를 끄덕였다.

"맞아요! 역시 하고 싶다고 해서 말이죠! 기왕 하는 김에 토너먼트 시드 자리에 넣어 드렸죠."

"아하하…… 그렇군요."

계속 근질거리는 표정이다 싶었더니, 결국 참지 못했구나. 뭐, 저 녀석도 어패에 대해 엄청난 감정을 지니고 있으니까. 그나저나 컨트롤러는 기본적으로 개인 지참인데, 일단은 가지고 온 건가. 역시 처음부터 할 생각이었잖아.

그런데 괜찮을까. 이 녀석의 플레이는 좀 다른 차원 수준으로 정확하고, 파운드로 저 스타일은 꽤 특징이 있으니. 플레이하는 걸 보고 NO NAME이라는 걸 눈치채는 사람이 있을지도 모르는데 말이야.

뭐, 일단은 당장 내 눈앞에 있는 시합에 신경 써야지.

그렇게 해서 내가 세 판째 시합을 위해 다시 한 번 집중하려고 숨을 들이쉬는데, 맥스 씨가 흥분한 목소리로 이런 말을 했다.

"우와, 정말 세네요! 저 **폭시**!

"……폭시?"

그 말을 듣고, 나는 다시 히나미 쪽을 보고 말았다. 저 녀석 메인 캐릭터는 폭시가 아니라, 나랑 똑같이 파운드일 텐데——.

어쩌면 NO NAME이라는 걸 들키고 싶지는 않지만 어패는 하고 싶으니까 고육지책으로 다른 캐릭터를 선택해서 참가했다든지, 그런 걸까. 그렇다면 대체 얼마나 어패를 좋아하는 거냐고. 나도 남 말 할 입장은 아니지만. 그렇게까지할 거면 차라리 정체를 밝히든지 말이야. 혼자서 씁쓸하게웃었지만, 나는 다시 마음을 다잡고 게임에 집중했다.

"……세 판째, 잘 부탁드리겠습니다."

"자, 잘 부탁드립니다."

그리고 나는, 무난하게 세 판째도 이겼다.

* * *

2차전을 무사히 승리한 내가 히나미 쪽으로 갔더니, 마침시합이 시작되던 참이었다. 구경하던 사람에게 물어봤더니이번이 세 판째, 그 전에 두 판은 전부 히나미가 이겼다는것 같다.

"저분…… 엄청나게 잘하네요?"

주최자 해리 님이 말했다. 나는 어떻게 대답해야 할지 고민하다가, "예, 뭐……"라고 애매하게 대답했다. 그랬더니 그 옆에 있던 레나가 흥미진진하다는 것처럼 말했다.

"nanashi 님이 가르쳐줬나요~?"

"가르쳐줬다고 할까…… 그러니까."

뭐라고 말해야 좋을지 고민하는 나와, 그런 내 표정을 빤히 쳐다보는 레나. 야 잠깐 히나미, NO NAME이라는 건 안 들켰지만, 너 앞으로 어떤 설정으로 하려는 건데. 그걸 공유하지도 않고 멋대로 시합을 시작하니까, 내가 지금 엄청나게 곤란하거든. 여기서 이상한 거짓말을 계속하는 것도 미안하니까, 나중에 어떻게 돼도 난 모른다.

"그냥 가끔씩 대전하면서…… 제 플레이를 흉내 내다가 점점 잘하게 됐다고 봐야겠죠."

구체적인 언급은 피하면서 말했다. 히나미가 내 플레이를 참고하면서 실력이 늘었다는 건 사실이니까, 일단 거짓말은 안 했다. 나는 히나미의 가면을 상대해온 덕분에, 거짓말은 안 했지만, 진실도 말하지 않는 그런 화법이 많이 늘었다.

해리 님이 감탄했다는 것처럼 고개를 끄덕였다.

"헤에~! 여자애가 저렇게까지 잘하는 것도 보기 드문데 말이죠."

"잠깐만요, 그게 무슨 말인가요~!"

해리 님의 농담에, 레나가 신난다는 말투로 태클을 걸었다. 그러나 싶더니, 레나는 진지한 표정으로 고개를 끄덕이고는 게임 화면을 열심히 들여다봤다.

"그런데 정말…… 손도 못 썼어요."

"뭐. 싸워봤어?"

깜짝 놀랐다.

"예! 2차전에서 상대했는데, 세 판 연속으로 졌어요."

"하하, 그거 참……."

아무렇지도 않게 말하는 레나에게 씁쓸하게 웃어 보였다. 아무렇지도 않다는 말투였지만 은근히 정신이 딴 데 가 있다는 느낌인 게, 마음에 두고 있다는 뜻이겠지.

그나저나 폭시로 3연승이라니. 레나가 얼마나 잘하는지는 모르겠지만, 2차전이라는 얘기는 레나도 누구한테 한 번 이긴 뒤에 히나미랑 대전했다는 뜻이겠지. 그냥 초보자한테 3연승, 이라는 얘기는 아닐 것이다.

"nanashi 님, 저 대신 복수 해주세요."

"뭐야, 내가 레나랑 같은 팀인 거야?"

"에~! 그럼 Aoi 님 팀인가요~??"

날 떠보는 것처럼 빤히 쳐다본다. 그 시선은 진지했지만, 그것은 타마 양 같은 솔직함이라기보다는 어딘가 히나미에 가까운, 속을 읽을 수 없는 느낌이었다.

"아니, 어느 쪽 팀도 아니라고 할까…… nanashi 팀이겠지."

"너무해~. nanashi 님 미워."

"왜?!"

내가 지금까지 단련해온 목소리 톤으로 밝게 딴죽 겸 리액션을 했더니, 레나가 재미있다는 것처럼 웃었다. 그리고는 내 어깨를 툭, 두드렸다. 뭐지, 얘가 건드리면 묘하게 간지럽다고 할까, 몸이 오싹해지는 기분이 든다니까. 그런 데는 내성이 없으니까 자제해줬으면 좋겠다.

"nanashi 님, 재미있네요?"

"하하…… 고마워."

그런 느낌으로 레나랑 해리 님과 이야기하는 사이에 히나미의 대전이 시작됐다. 저 녀석의 주 캐릭터는 파운드니까, 폭시를 얼마나 잘 다루는지는 모른다.

시합 개시와 동시에 히나미의 폭시가 광선총을 마구 쏘면서 견제, 자잘한 대미지를 입히면서 상대를 움직이게 만들고, 점프 급강하에서 이어지는 공중 중립 공격을 중심으로 싸운다. 공중에서 스틱을 기울이지 않고 공격 버튼을 눌렀을 때 나가는 폭시의 공중 중립 공격, 일명 공중립은 공격 자체의 위력은 세지 않지만 상대를 날려버리는 방법과 착지할 때의 틈을 발생하게 하는 능력이 뛰어나서, 명중만 확인하면 그 뒤에 다양한 콤보로 이어갈 수 있는 편리한 기술이다. 히나미는 명중을 확인한 뒤에 정확하게 콤보를 이어갔다.

"착실하네요……."

해리 님이 고개를 살짝 끄덕이면서 말했다.

공중립은 가드 당해도 불리해지는 프레임이 적기 때문에,

치명적인 반격을 맞는 일도 거의 없다. 게다가 캐릭터에 따라서는 가드해도 반격할 수 없는 경우도 있고. 뭐, 솔직히 말해서『일단 날리면 강한』기술 중에 하나다. 콤보로 이어져서 화력을 발휘하는 건 물론이고, 들어가는 방법에 따라서는 높은 확률로 그대로 강한 위력의 상 어택으로 연결되고 격추도 할 수 있는, 그런 무서운 기술이다.

"Aoi 씨, 공중립에서 연결되는 콤보를 잘 하네요~."

"……그러게요."

히나미는 자잘한 점프와 급강하, 견제기로 사용하는 공앞, 공뒤 등을 섞어가며 서서히 상대의 선택지를 빼앗고 주도권을 차지해간다. 그리고 갑자기 날아오는 급강하 공중립을 깔끔하게 명중시켰다. 물 흐르는 것처럼 고화력 콤보로 연결. 추가 공격이 닿지 않는 곳까지 날아간 상대에게 마무리로 광선총을 명중시켜가며 철저하게, 1%라도 많은 대미지를 뽑아냈다.

"으아……."

보면서 나도 모르게 소리가 흘러나왔다. 이건 정말이지 뭐라고 할까, 그야말로 히나미라고밖에 표현할 방법이 없는 정확한 플레이. 로우 리스크 미들 리턴의 행동을 반복하면서 상대한테 틈이 생기기를 기다린다. 틈이 생기고 화력을 뽑을 수 있는 상황이 오면, 특유의 정확한 조작으로 확정 콤보를 이어가서 대미지를 뽑아낸다. 그렇지 않은 상황에서는 상대의 콤보 기동 기술을 거부하고, 상대의 공격이 가능한 단발 화력으로 끝나게 만든다. 그 결과, 콤보를 날리는 히나미와 단발 공격으로 끝나버리는 상대. 화려한 전개는 없지만, 정신을 차려보면 엄청난 차이가 발생해 있다.

그런데 저 녀석, 언제 폭시를 연습했던 거지. 원래 성능이 좋은 캐릭터니까 웬만큼 대충 사용해도 강하기는 하지만, 저렇게까지 정확한 콤보를 쓰려면 어느 정도 연습이 필요했을 텐데 말이야. 제대로 쓰려고 마음먹으면 상당히 난이도가 높은 캐릭터니까, 아무리 히나미라고 해도 웬만큼 연습해서 할 수 있는 수준이 아니다.

"저 노 액션 던지기, 아주 정확하네요."

갑자기, 옆에서 보고 있던 해리 님이 말했다. 나도 크게 고개를 끄덕였다.

"저렇게 공중립을 날려대면, 아무래도 가드를 할 수밖에 없겠죠."

노 액션 던지기. 공중에서 아무런 동작도 하지 않고 상대의 눈앞에 착지해서 그대로 잡아서 던지는, 가드에 대한 정석적인 행동이다.

착지했을 때 상대가 기술을 사용하면 그걸 맞게 될 리스크도 있는 행동이지만, 히나미는 그런 노 액션 던지기를 기분 좋을 정도로 깔끔하고 정확하게 사용했다.

얼핏 보면 신기할 지경이지만, 그 원리는 단순하다.

"저거, 완전히 가드를 유도하고 있네요."

히나미가 펼치는 공중 중립 공격은, 기본적으로 점프한

뒤에 급강하하면서 날리고 있다. 지상에서 갑자기 날아오는 통상기와 달라서, 그 전에 반드시 공중에 있다는 사실을 확인할 수 있기 때문에, 어떤 의미에서는 『폭시가 공중에 있을 때는 무조건 가드를 한다』는 것만 철저하게 지키면 공중립을 맞을 일이 없다.

그리고 히나미는 노골적으로 공중립을 많이 사용했고, 일단 그게 맞으면 콤보를 이용해서 화력을 뽑아냈다. 거기에 그 콤보를 사용해 높은 확률로 상대를 격파했다.

이 패턴이 반복되다 보니 상대의 머릿속에는 어쩔 수 없이 그 광경이 새겨졌다.

『저 공격을 맞으면 안 된다』

『저건 위험하다』

그런 생각이 안이한 가드를 유도하는 것이다.

그건 이미 공중립에 대한 대책으로서의 가드라기보다는, 공중립이 날아올 거라고 머릿속에 새겨두는 것에 의해 **가드를 할 수밖에 없게 만드는** 상태에 가깝다.

히나미는 상대가 공중립의 환영에 겁을 먹고, 공중에 있는 폭시를 보고 자동으로 가드를 한 그 순간.

공중에서 아무것도 하지 않고 대담무쌍하게 상대의 코앞에 착지하고, 그대로 잡기에 들어가는 것이다.

나는 히나미의 플레이를 보면서 서서히 그 전모를 파악했다.

"……그나저나 저 녀석, 기본적으로 그것 하나만 쓰고 있네요."

"어, 그런가요?"

옆에서 듣고 있던 레나에게 고개를 끄덕여 보였다.

메인 캐릭터도 아닌 폭시를 저렇게까지 다루는 히나미. 대체 어느새 연습한 거냐는 생각도 했지만, 단순한 이야기였다.

저 녀석은 이 시합 중에.

아니, 아마도 오늘 시합 전체에서.

견제기나 최소한의 행동을 제외하면 기본적으로 거의 『공중립에서 이어지는 콤보』와 『노 액션 잡기』 두 가지 행동만 하고 있다.

물론 광선총을 쏘거나 견제기로서의 공뒤. 또는 콤보 중에 각종 공중기와 갑자기 끼워 넣는 대시 A, 상대 공중립을 가드했을 때에 사용하는 약공격 등을 쓰는 경우도 많다.

하지만 기본적으로 화력을 발휘하기 위한 시동기는 공중립과 던지기 두 종류. 나머지는 상황을 만들기 위한 덤 정도로만 사용하고 있다.

즉── 히나미가 어느새 폭시를 저만큼이나 쓸 수 있게 연습했을까, 라는 생각은 잘못됐다. 저 녀석은 폭시의 모든 기술을 제대로 다루고 있는 게 아니라, 『공중립에서 이어지는 콤보』만을 여러 가지 패턴으로 완벽해질 정도로 연습했고, 그것만 써서 몰아붙이고 있는 것이다.

그래서 저 녀석이 펼치는 행동은 전부 완벽한 정확도로

이루어지고, 그것만 보면 숙련된 폭시 유저로 보인다. 하지만 사실은 연습한 몇 종류의 행동만 사용하고 있을 뿐. 그래서 겉으로 보이는 행동은 전부 세련된 것처럼 보이지만 자세히 살펴보면 그 정도일 뿐이다.

"아마도 원 패턴으로 보이지 않도록 행동하면서 그 선택지로 몰아가고 있는데…… 실제로 제대로 대미지를 뽑아내는 건 거의 그것뿐이에요."

폭시는 지상 이동 속도가 빠르고 공중 세로 방향 이동 속도도 빠르다. 그 결과, 실제로는 공격이 원 패턴이지만 자꾸만 그 재빠른 행동에 눈이 가고, 상대가 알아차리지 못하게 만든다. 게다가 공중립이 들어간 뒤에는 다종다양한 콤보가 들어가니까, 얼핏 보면 공격 배리에이션이 많은 것처럼 보인다.

하지만 사실 저 녀석은, 플레이어 스킬에 의한 거리 관리와 행동으로 상대를 농락하면서도── 정작 중요한 공격은 **단순한 이지선다로 밀어붙이고 있을 뿐**이다. 뭐야 저 플레이 스타일은.

"……듣고 보니, 그러네요."

"nanashi 님, 어떻게 알았어요?"

한참 동안 관전하면서, 해리 님과 레나도 알아차린 것 같다. 신경 써서 보면 아주 단순한 얘기다.

"뭐, 안다고 해서 대처할 수 있는 문제는 아니지만……."

폭시는 공격 속도가 빠르고, 일단 유리한 상황을 만들면 거기서부터 몰아붙이는 타입의 파이터다. 냉정하게 몇 번이나 행동을 선택하는 게 아니라, 노도와도 같은 공격에 사고가 따라가지 못하는 사이에 행동을 유도당하고, 그 결과 상대가 노리는 행동을 선택하게 돼버리는 쪽에 가깝다. 가위바위보 중에서, 상대가 어떤 걸 낼지 예상하는 게 아니라, 상대가 당황하게 만들어서 힘이 들어가는 바위를 유도하고, 그걸 낸 타이밍에서 보를 내는, 그런 플레이라고 설명하면 되려나.

그런 상황에서는 공격 패턴을 눈치채는 능력이나 정확한 조작 이전에, 당황하지 않는 멘탈이 더 중요해진다. 그리고 그건 하루아침에 익힐 수 있는 게 아니고.

"아…… 끝났다."

그리고 시합은 히나미가 목숨을 두 개 남긴 채로 끝났다. 이걸로 스코어는 3-0. 히나미의 승리다.

"고맙습니다~!"

히나미는 기분 좋게 웃으면서 말하고, 상대에게 살짝 고개를 끄덕였다. 그 화려함과 은근히 보이는 천진난만한 느낌에, 상대도 왠지 졌지만 괜찮네, 라고 생각하게 만드는 게 히나미의 무시무시한 점이다.

씁쓸하게 웃으면서 그런 모습을 지켜보고 있었더니, 문득 히나미가 내가 보고 있다는 걸 알아차렸다. 그리고는 척, 하고 엄지손가락을 세우면서 나한테 웃어 보였다.

"nanashi 군, 해리 님, 레나 님! 이겼어요!"

"아하하. 축하합니다. Aoi 님은 힘이 넘치네요."

"축하드려요~!"

그런 느낌으로 히나미는 착실하게 승리를 쌓아가면서도 간단히 사람들 사이에 파고들었고, 오히려 사람들하고 너무 잘 어울리고 있는데 이래도 괜찮으려나? 같은 쪽으로 걱정하게 만들 정도로 활약했다. 이 녀석은 어패에서도 인생에서도 크게 활약하는 능력이 대단하다니까. 평소처럼 연습한 콤보를 정확하게 사용하고 있다. 내가 나설 필요는 없겠지.

"저기, 다음엔 내가……."

그렇게 말하면서 토너먼트 표를 보다가, 알아차렸다.

"잠깐. 저기, 이거……."

"아, 이제 알았어?"

히나미가 빙긋, 대담하게 웃었다.

그렇다. 아니 뭐, 어떤 의미에서 보면 당연한 일이지만.

이대로 계속 이기면, 결승전은 나랑 히나미잖아.

* * *

"뭐, 역시 이렇게 되네."

말한 대로, 역시 이렇게 돼버렸다.

"에~! nanashi 군이 상대면 승산이 없는데!"

"그, 그래……."

결승전. 두 사람은 타당하게 계속 이겨 나갔고, 타당하게 부딪쳤다. 뭐 전국 1위와 전국 2위 랭커가 참가했으니까, 당연한 얘기겠지. 히나미가 서브 캐릭터를 쓰고 있기는 해도, 어지간한 상대하고는 기초적인 플레이어 스킬 자체가 다르니까.

그런데 이 녀석, 대체 어쩔 생각이지. 분명히 폭시의 조작 정밀도도 상당히 대단하지만, 제대로 연마한 무기라고는 공중립에서 이어지는 콤보 밖에 없다는 걸 알고 있으면, 아무래도 나한테는 안 통할 텐데. 히나미도 내가 대전하는 모습을 지켜보고 있었다는 걸 알고 있을 테니까, 자기 수법을 다 들켰다는 건 알고 있겠지.

그렇다고 파운드를 쓰면 정체가 들킬 우려가 있으니 그럴 수도 없고. 그게 nanashi와의 시합이라면 더더욱. 나와 호각으로 싸울 수 있는 파운드는, 정말 손에 꼽을 정도밖에 없으니까.

나는 의문을 품으면서도 자리에 앉아서 컨트롤러를 접속했고, 그리고 최소한의 힘으로 잡았다.

"저기. nanashi 군."

목소리가 들려와서 고개를 돌렸다.

그리고 입꼬리를 끌어 올린 채로 날 보고 있는 히나미의 표정은 한눈에 봐도 대담한 게, 뭔가 꿍꿍이가 있는 것 같았고.

"……뭔데?"

나는 그 분위기만 보고도 묘하게 가슴이 두근거리고 말았다.

그리고 히나미는, 조용한 수면에 물을 한 방울 떨어트리는 것처럼——

"평범하게 싸우면 이길 수가 없으니까 말이야……."

이런 제안을 했다.

"특수한 룰로 해볼까?"

아직 구체적으로 어떤 내용인지도 모르면서, 내 가슴이 본능적으로 오싹, 하고 뛰었다.

"특수한 룰이라니…… 핸디캡을 적용해달라는, 그런 얘기는 아니겠고."

"물론이지."

히나미는 최소한의 귀여움은 유지한 채, 대담한 미소를 짓고는.

"뭐 단순한 얘기거든? 서로 메인 캐릭터는 안 쓰는 거야. 그러니까, 둘 다 파운드랑 폭시는 사용 금지."

서로가 익숙하지 않은 캐릭터를 써서, 단순한 어패 능력만을 겨룬다.

정체가 들킬지도 모르는 파운드 이외의 캐릭터를 써서, 나와 싸우고 싶다고.

"좋아. 힘겨루기라는 얘기구나."

내가 빙긋 웃었더니 히나미도 즐겁다는 얼굴로 나를 쳐다 봤다. 하긴, 그렇게 하면 히나미도 정체를 숨긴 채로, 이 nanashi와 NO NAME의 어패 대전을 즐길 수 있겠지.

의도를 이해해서 유쾌한 기분을 맛보고 있는데, 히나미는 입꼬리를 끌어올린 채로 고개를 끄덕이고는 하나만 더, 라 는 말을 덧붙였다.

"응. ——그리고, 같은 캐릭터 대결."

그 말에, 구경하던 사람들이 술렁거렸다.

나도 그 너무나 호전적인 제안에 가슴이 두근거리고 말 았다.

같은 캐릭터 대전.

즉, 캐릭터의 성능이나 상성에 의존하지 않은, 플레이어 스킬과 수읽기 경합.

"하하……. 변명할 여지도 없는 레벨에서, 완전한 힘겨루 기를 하자는 건가."

내가 말했더니, 히나미는 고개를 끄덕이는 대신에 또 빙 긋 웃었다.

"맞아. 어쩔래?"

퍼펙트 히로인의 가면 속에서 뿜어져 나온, NO NAME의 도발.

그리고 나는, 가면이고 뭐고 있는 그대로의 nanashi다.

이렇게 재미있는 제안을 거부할 리가 없지.

"좋아. 해보자."

그 말에 구경하던 사람들이 또다시 확 끓어올랐다. 아마도 이 기획, nanashi가 참가했다는 것만 해도 상당히 레어한 일이겠지만, 게다가 그 상대가 바로 NO NAME이니까. 사람들은 모르고 있지만 꽤나 엄청난 일이 벌어지고 있다. 토너먼트 결승전, 전국 1위와 2위의 같은 캐릭터 대전이라니.

"후후. 그럼, 캐릭터 선택하자."

"그래. 해보자고."

한 발도 물러나지 않는 눈싸움을 벌였다. 구경하는 사람들도 그 열기에 호응해서 큰소리를 질렀다.

나와 히나미의, 결승전이 시작된다.

서로의 메인 캐릭터를 봉인한 미러 매치. 거기서 중요한 것은 당연히 어떤 캐릭터로 싸울지.

한쪽이 임의로 캐릭터를 선택하면『사실은 그 캐릭터를 그럭저럭 써봤다』같은 치사한 짓도 가능해지겠지만, 뭐 서로의 성격상 그런 짓은 절대로 안 하겠지만, 이런 건 하고 안 하고 보다는 규칙상 불가능해지는 구조로 만들어두는 게 중요한 거니까.

그 점을 고려해서 의논한 결과, 이렇게 하기로 했다.

"해리 님!"

히나미가 주최자 해리 님을 불렀다.

"으응?"

"랜덤으로 고르는 것도 왠지 재미가 없으니까, 이번엔 해리 님이 골라주시는 건 어떨까요?"

히나미가 묻자, 해리 님이 조금 고민했다.

"그렇군요! 전 괜찮은데, nanashi 군도 괜찮은가요?"

그렇게 물었고, 나도 고개를 끄덕였다.

"예. 괜찮아요."

"그렇군요, 그렇다면……."

해리 님은 모니터에 표시된 캐릭터 선택 화면을 보면서 잠시 고민했다. 그리고는 납득한 것처럼 고개를 끄덕이고, 우리 두 사람을 봤다.

"음! 역시 요구르가 제일이겠지! 두 사람이 어떻게 쓰는지, 참고삼아서 보고 싶기도 하고."

그 말을 듣고, 히나미는 아주 솔직한 표정으로 고개를 끄덕였다.

"알겠습니다! nanashi 군, 그래도 되겠어?"

"그래. 좋아."

내숭을 떠는 히나미와 나는 얌전히 그 제안을 받아들였다. 그 모습을 본 해리 님이, 아주 조금 걱정된다는 것처럼 우리를 봤다.

"일단 물어보는데…… 두 사람, 요구르는 얼마나 써봤어?"

"전 거의 안 써봤어요! 아주 살짝 써보기는 했지만, 그것 말고는 동영상 같은 데서 조금 본 정도겠죠~."

"저도 비슷해요."

"좋았어! 그럼 공정하겠네!"

그렇게 말하고, 해리 님이 소년처럼 미소를 지었다. 세세한 곳까지 배려해주다니, 역시 주최자라고 해야 할까.

히나미가 해리 님을 지정한 걸 보면 요구르를 유도했다고 생각할 수도 있겠지만, 이 녀석 성격상 그건 아니겠지. 아마도 목적은 그냥 단순하게 공정한 느낌의 연출이다.

"그럼 nanashi 군과 Aoi 양, 요구르 미러 매치로! 이건 이 것대로 재미있는 결승전이 될 것 같은데!"

그 목소리에 구경하던 사람들도 끓어올랐다.

"아, 그리고 말인데……."

해리 님이 미안하다는 것처럼 말했다.

"이 결승전, 내 채널에서 중계해도 될까? 조금 재미있을 것 같아서 말이야."

"채널…… 아, YouTube 말인가요?"

"응, 맞아."

중계, 라는 건 생방송이라는 걸까.

뭐 이미 온라인에서 나랑 싸운 사람이 멋대로 올린 영상 같은 건 인터넷에 꽤 많이 올라와 있고, 이 오프에 참가한 것도 딱히 숨기는 건 아니니까. 큰 문제는 없다.

"괜찮아요. 그런데……."

내가 히나미의 안색을 살폈더니, 히나미는 아무렇지도 않다는 표정으로 해리 님을 봤다.

"얼굴이랑 목소리만 안 나오면 괜찮아요!"

"아, 그건 걱정하지 말고! 실황 중계 같은 건 이쪽에서 알아서 넣을 테니까!"

"아하하. 실황 중계까지 들어가는 건가요? 알겠습니다~."

히나미는 깔깔 웃으면서 말했다. 이런 사소한 순간의 목소리나 동작이 일일이 즐거워 보이고 화려한 것도, 퍼펙트 히로인 모드일 때의 특징이겠지. 모든 사람들이 더 기뻐해 줬으면 싶으니까 이것저것 해주고 싶다는 기분이 들게 만든다. 정확히 말하자면 난 그런 기분 안 든다.

"오케이~! 그런 준비할 테니까 잠깐만 기다려줘!"

그렇게 해서 갑자기 정해진 나와 히나미의 대전 생방송. 딱히 내가 말할 필요는 없으니까 평소대로 대전만 하면 되는 건데, 왠지 조금 긴장이 되네?

* * *

지하철역에서 걸어서 5분 거리에 있는 오프 모임 장소.

세 대가 있는 대전용 모니터 중에 한 대 앞에 모여서 대전의 행방을 지켜보는 십여 명. 그 모니터가 뭔가 컴팩트한 기구를 경유해서 노트북 컴퓨터와 연결돼 있다.

"여러분 안녕하세요, 해리입니다."

"맥스입니다."

해리 님과 맥스 님이 모니터와 또 다른 기구를 이용해 컴퓨터와 연결한 마이크를 향해서 시원시원한 말투로 말했다. 조금 전까지보다 조금 더 연기하는 것 같은 말투인데, 이게 실황 중계자 모드라는 걸까. 소위 인터넷 생중계하는 모습은 처음 봤는데, 은근히 아무것도 없는 곳을 향해서 혼자 말하는 느낌이네. 그리고 생각보다 목소리가 크다.

"사실은! 오늘은 말이죠……."

해리 님이 간결하게, 지금부터 열리는 시합에 대해 시청자들에게 설명했다. 오늘 열리는 어택 하우스 오프 모임의 토너먼트 결승전이라는 것과, 결승전은 같은 캐릭터 대전이라는 점—— 그리고 그중에 한 명이 그 유명한 nanashi라는 점. 나는 쓸데없는 정보를 얻지 않기 위해서, 시청자 숫자라든지 어떤 댓글이 올라오고 있는지에 대해서는 듣지도 않고 보지도 않았다.

"자, 너무 오래 기다리시게 할 수는 없으니까, 바로 시작해보실까요! 두 분 모두 준비되셨으면 고개를 끄덕여주세요!"

소리 내서 대답하지 않아도 된다는 뜻이 담긴다는 말에, 두 사람 모두 말없이 고개를 끄덕였다. 준비 같은 건 이 자리에 앉은 순간부터 이미 다 돼 있습다.

"그럼 시작해볼까요!"

그 말을 신호로 나와 히나미는 캐릭터 선택 창에서 요구르를 골랐고, 미리 정해뒀던 스테이지를 선택했다. 넓이는 중간 정도, 좌우에 발판이 하나씩 있는 심플한 스테이지다.

　화면이 바뀐다. 연출과 함께, 요구르 둘이 스테이지에 등장했다.

『3! 2! 1!』

　컨트롤러를 쥔 손에서, 쓸데없는 힘을 뺐다.

　쓸데없는 생각을 치워버리고, 조용한 머리로 화면을 바라봤다.

『GO!』

　게임 시작 보이스와 동시에, 나와 히나미의 요구르는 거의 동시에 작은 점프로 뛰어올랐다. 모든 캐릭터 중에서 제일가는 공중 횡이동 속도와 다단 점프를 살려서, 공중 공격을 템포 있게 펼치면서 상대에게 다가가고, 다시 떨어진다.

　서로가 다단 점프를 반복하고 지속 기간이 긴 견제기를 사용하면서 전후 거리를 조절한다. 잘 모르는 사람들이 보면 앞뒤로 뿅뿅 뛰어다니면서 상대에게 맞지도 않는 기술을 적당히 연타하는 것처럼 보일 수도 있는 이 심리전. 다른 캐릭터를 사용해도 같은 구조의 견제전이 종종 벌어지지만, 이렇게까지 현저하게 공중 전후 이동을 반복하는 건 같은 요구르를 사용하는 미러 매치이기 때문이겠지.

"이거, 뭐 하는 건가요?"

심리전을 보면서, 맥스 님이 해리 님에게 물었다. 그 목소리는 마이크를 타고 전국으로 전해지고 있겠지.

"이건 말이죠~ 상대의 움직임을 읽으면서 상대의 빈틈과 자신의 공격이 맞물리는 타이밍을 재는 거예요~. 뭐, 앞으로 갈지 뒤로 물러날지, 어디서 공격을 펼칠지 서로 수를 읽는 싸움이기도 합니다."

"그렇군요, 수읽기인가요."

해리 님과 맥스 님의 실황 중계를 배경으로, 나와 히나미의 심리전은 계속됐다.

보통 상대라면 공격 타이밍, 이동의 관성, 그리고 거리. 그것들을 기준으로 판단해서 『이 순간에 앞으로 다가가면 확실하게 공격이 맞는다』는 필승의 타이밍이 발생할 수도 있겠지만, 그건 어떤 의미에서 보면 상대의 실수에 의존하는 것이다. 히나미 만큼 상황 판단력이 좋은 플레이어가 상대일 때는 쉽게 발생하지 않는 상황이다. 오히려 쉽게 그런 상황을 만들지 않는 게 상위 플레이어의 증거라고 할 수도 있다.

서로가 전혀 틈을 보이지 않으면 발생하는 것은── 교착상태. 틈을 보이지 않고, 그러면서 상대의 무리한 공격을 막을 수 있는 위치에서 견제기를 날리며, 요구르 둘이 『요구』『구르』같은 소리를 내면서, 아무것도 없는 공중에서 계속 발차기를 날린다. 겨우 그것뿐인 광경이 10초가량 이어졌다.

"상대가 갑자기 뛰어 들어왔을 때, 자신의 견제기에 맞을 수 있도록. 또는 반대로 상대의 기술이 끝난 틈에 자신의 기술이 딱 끼어들 수 있게. 자신에게 유리한 타이밍과 거리의 조정을 반복하고 있네요."

"그렇군요~."

하지만, 적어도 어느 정도의 리스크를 감수하지 않으면 리턴도 없다. 먼저 움직인 건 히나미다. 한 걸음 더 파고들어서, 날 흔든다.

하지만 거기엔 내가 깔아놓은 공중 앞공격 판정이 있었다. 거리를 좁히려던 히나미의 요구르가, 무방비한 상태로 거기에 달려들었다. 로우 리스크의 견제기가 잘 작용했기 때문이다.

"어이쿠! 퍼스트 히트!"

"먼저 nanashi 님의 공격이 맞았네요."

히나미의 요구르가 살짝 주춤하고, 틈이 생겼다. 하지만 어디까지나 스친 정도, 히나미의 요구르한테 지금부터 콤보를 먹일 만큼의 경직은 발생하지 않았다. 나는 이어서 공격을 날렸지만, 히나미가 잘 피했다.

다시 뉴트럴한 상태로 돌아갔다.

"지금처럼 상대가 이쪽으로 파고들어서 공격을 날리려고 했을 때, 사전에 그 공간에 견제기를 깔아두면, 상대가 공격하기 전에 이쪽의 공격이 먼저 맞게 되죠. 그게 견제기라는 겁니다."

"그렇군요. 공격 판정 속으로 뛰어들게 되는 건가요."

"예. 뭐, 수읽기니까 맞는 것도 어쩔 수 없다고나 할까, 어떤 의미에서는 운에 맡기는 일이기도 하지만요."

자, 다음 전개. 보통은 살짝 주눅이 들어서 소심하게 플레이하겠지만, 히나미는 그런 성격이 아닐 테니까. 신경 쓰지 않고 다시 공격해올 거라고 예상한 나는, 다시 견제기를 깔아놓으면서 탄탄하고 안정적인 플레이를 했다.

그때. 히나미가 거리를 절묘하게 관리해서, 내 견제기의 후 딜레이를 노리고 공격을 날렸다. 히나미의 공격이 나한테 명중했다.

"아, 보세요, 반대로 이런 것도 있습니다. 견제기를 읽고, 그 기술의 후 딜레이를 노리고 공격을 날리면, 이번에는 나중에 날린 쪽의 공격이 맞죠. 뭐 이건 거리 관리가 상당히 힘들지만요."

"원래 끼어들기 힘든 견제기의 빈틈을 노리고, 오히려 공격을 날렸다는 건가요."

"예, 맞습니다."

그렇게 서로 공격을 명중시키기는 했지만, 어느 쪽도 지속 공격, 콤보로 이어지지 못하는 스치는 대미지다.

"뭐, 다양한 패턴이 있지만, 기본적으로 빠지는 행동이 유리한 가위바위보라고 생각하면 됩니다."

"……빠지는 행동이 유리한? 그게 대체 뭔가요?"

"말로 설명하기는 조금 힘든데 말이죠. 기본적으로 이런 심리전은 『뒤로 빠지는』 행동이 유리합니다."

"그게 대체 무슨 뜻인가요?"

히나미는 뒤로 빠지면서 내 공격을 피했다. 그리고 내 후 딜레이를 노리고 공격을 날렸다. 이번에도 콤보로 이어질 정도는 아니었지만, 확정적인 반격의 기회를 줬다는 건 반성해야겠지.

"보세요, 지금처럼, 상대의 움직임에 맞춰서 뒤로 빠지면, 기동력에 큰 차이가 있을 때가 아니면 상대의 공격을 피할 수 있잖아요? 그래서, 공격을 피했다는 건 상대에게는 공격의 후 딜레이가 있으니까, 그걸 노릴 수가 있다는 거죠."

"그렇군요."

"그래서 빠지는 행동이라는 건, 기본적으로는 지지 않는 선택지예요."

"어, 그렇다면 계속 뒤로 빠지기만 하면 되는 게 아닌가요."

아무래도 히나미는 나한테 파고드는 것보다, 내 공격을 피하고 반격하는 위주로 싸우는 것 같다. 뭐, 요구르로 리스크와 리턴을 생각해서 싸우면, 그렇게 될 수밖에 없겠지.

"……그렇게 생각하겠죠? 그래서 『스테이지』라는 게 의미가 있는 거예요."

"스테이지."

"예. 보세요…… 스테이지에는 끝이 있죠?"

"아, 예, 그렇군요."

뒤로 빠질 대로 빠진 히나미가 스테이지 끝에서 가드에 들어갔다. 눈앞에 착지하고 그대로 노 액션 던지기를 사용하면 장외로 끝낼 수도 있지만, 요구르는 가드 상태에서 빠른 공중 공격의 발생이 빠르고, 판정이나 위력도 우수하다. 함부로 고를 수 있는 선택지는 아니다. 일단은 상황을 지켜봐야겠지.

"끝이 있으니까, 뒤쪽에 여유가 있을 때는 얼마든지, 거의 노 리스크로 미들 리턴 같은 『빠지기』 행동을 할 수가 있어요. 하지만 끝까지 몰리게 되면, 더 이상 빠질 수가 없게 되겠죠."

"뭐, 더 이상 빠질 곳이 없으니까요. 그런 걸 『라인을 잃는다』고 하죠."

"예, 맞아요. 반대로 말하자면, 상대를 끝까지 몰아붙인 쪽은 라인에 여유가 있으니까, 거기서부터 얼마든지 뒤로 빠지는 행동을 선택할 수 있죠."

"아, 그렇군요."

이렇게 라인을 잃은 히나미한테는, 이제 수읽기에서 이기는 방법밖에 없다. 호각이었던 가위바위보에서, 불리한 가위바위보를 계속 거듭하게 된다.

그래서 나는 히나미의 가드에 대해 공격의 끝부분이 맞을락 말락 하는 정도 거리에서, 공중 기술을 견제기로 깔았다. 이렇게 나가면 상대는 라인을 되찾지도 못하고, 로우 리스크로 압박을 가할 수가 있다. 그리고 더 이상 참지 못하고 틈을 보인 상대에게 확정적인 한 방을 때려 넣으면 된다. 왜냐하면 나는 여기서부터 얼마든지 뒤로 빠지면서 히나미의 공격을 피할 수 있으니까.

"빠지는 행동이 강하다는 건, 『얼마든지 빠지는 행동을 할 수 있는』 상황에서 엄청나게 유리하다는 뜻이겠죠? 즉 『빠지기』라는 것은 엄청나게 강한 행동이지만, 쓰면 쓸수록 남은 사용 횟수가 줄어들고, 반대로 상대의 『빠지기』 횟수를 늘려주게 되는 특수한 선택입니다."

"최강이지만 양날의 검, 이라는 뜻인가요."

"그렇다고 봐야겠죠."

내 요구르는 점프의 예상 위치, 긴급 회피 예상 위치, 가드 상태에서 날리는 반격을 맞히기 힘든 공격의 끝부분만 간신히 닿는 위치 등에 견제기를 깔아놓으면서, 히나미의 행동을 가만히 지켜봤다. 일단 벼랑 끝에 몰아넣은 nanashi는 끈질기거든.

"빠지면 그 자리에서의 가위바위보에는 웬만해선 지지 않지만, 너무 빠지면 뒷일이 감당하기 힘들어집니다. 그래서 앞으로 쭉 나서면서 하는 『수 싸움』이라는 이름의 가위바위보가 되는 거죠."

"그렇군요…… 한마디로 서로가 『빠지기』라는 최강의 행동을 소비하게 만들면서, 상대가 『빠지기』를 선택하지 않은 타이밍에서 상대가 사용한 수에 이긴다…… 는 느낌인가요?"

"예. 물론 예외는 있지만, 기본적인 구조는 그렇다고 봐야겠죠."

해리 님과 맥스 님이 호흡이 척척 맞는 해설을 하는 사이에도, 나와 히나미의 벼랑 끝 눈치 싸움은 계속됐다. 나는 마음대로 빠질 수 있지만 상대는 빠질 수 없는 상황.

그리고 계속 압박을 가한 결과, 그때가 찾아왔다.

"어설퍼."

빠질 수도 없는 데다 앞으로 나서기도 힘들다. 그런 상황에서 상대의 반응을 보기 위한 소심한 가드를 놓치지 않고, 나는 히나미의 요구르를 잡았다.

하단 던지기, 공중 앞, 공중 앞. 낮은 퍼센트에서 던지기로 시작해서 확정되는 콤보가 들어갔다. 장외로 날아간 히나미의 요구르를, 내가 쫓아간다.

"자, 여기서부터!"

해리 님이 부추기고, 나도 거기에 응하는 것처럼 추격타를 날렸다.

복귀 저지. 벼랑 전개. 하지만 나는 콤보를 연결하면서 다단 점프를 두 번 소비해버렸기 때문에, 너무 멀리 쫓아갈 수는 없다. 그렇다고 일단 스테이지에 발을 대서 다단 점프를 회복, 그리고 다시 저지하러 갈 만큼 히나미가 멀리 날아간 것도 아니다. 나는 히나미가 날아간 방향으로 요구르를 조작해서, 공중 상공격을 날렸다.

하지만 히나미의 요구르는 아래 방향으로 공중 긴급 회피를 잘 사용해서, 내 공격을 피하고 직접 벼랑 끝을 붙잡았다.

"아~! 아무 결과도 없이 끝났네요~."

"지금 그건 콤보로 연결되는 건가요?"

"아뇨, 콤보라기 보다는 유리한 수 싸움이라고 할까요. 공격이라는 건 맞으면 경직이 발생하고, 그 뒤로 잠시 움직이지 못하는 시간이 있는데, 그것이 상대 공격의 후 딜레이보다 크면, 그만큼 다음 행동이 상대보다 늦어지게 되겠죠?"

"불리 프레임이라는 그거군요."

"예, 맞아요. 그렇게 되면 다음 가위바위보가 불리한 상황에서 시작돼요."

"불리한 가위바위보…… 비겨도 지는 싸움, 같은 건가요?"

"예, 바로 그겁니다. 반대로 유리한 가위바위보에서 이기면, 또 유리한 싸움이 계속되는 거죠. 콤보가 완전히 들어가지는 않아도, 유리한 상황이니까 얼마나 화력을 벌 수 있을까, 라는 점도 이 게임에서는 중요하니까요."

내 요구르는 히나미가 벼랑 위로 올라오기 전에 스테이지로 돌아와서 라인을 차지했다.

"그리고, 이번에는 그게 단발로 끝났다는 얘기군요."

"예. 뭐, 이건 Aoi 님의 판단이 좋았어요. 그 위치에서는 상대 요구르가 급강하하기 전에 아래 방향으로 긴급 회피로 벼랑을 잡을 수 있고, 그렇게 하면 장외에서의 추가 공격을 피할 수도 있죠."

"아~ 단순한 얘기군요."

"그래요, 아주 단순하죠. 하지만 머리로는 이해해도 공중에서 아래로 긴급 회피는 아무래도 무서우니까, 저 같으면 중요한 상황에서는 저렇게 못 하거든요~ 하하하."

"아니, 하하하라고 할 때가 아니거든요."

추가 공격은 피했다. 하지만 히나미는 라인이 거의 남아 있지 않았고, 한마디로 아직 내가 유리한 상황이라는 뜻이다. 나는 견제기를 더 많이 던지면서 다시 히나미를 압박했다.

"······30퍼센트, 아래 던지기."

그런데 뭐지. 히나미는 표정을 보지 않아도 알 수 있을 만큼 냉정한 말투로, 뭔가를 중얼거리고 있다.

히나미는 내 머리 위를 넘어서 라인을 회복하려고 했지만, 나는 뒤로 빠지면서 기술을 깔아서 그것을 저지. 동시에 공격을 명중시켰다. 히나미는 라인이 없는 불리한 전개를 계속 유지하게 됐다.

이렇게 상대가 라인을 만회하지 못하도록 막으면서 유리한 상황을 유지하는 것. 이것도 이 게임에서 중요한 요소 중에 하나다.

"nanashi 군, 역시 확실하네요~."

"그러게요. Aoi 님, 상당히 불리한 상황이 이어지고 있습니다."

"같은 캐릭터이기도 해서, 기동력이나 판정이 강한 기술로 억지로 밀어붙이기도 힘드니까요. 이대로 대미지가 쌓이면 순식간에 힘들어질 수도 있는데 말이죠."

복귀 저지와 벼랑 전개라는 건, 그대로 상대를 날려버리는 건 물론이고, 특히 낮은 퍼센트일 때는 그 정도로 대미지를 쌓아가는 데 큰 의미가 있다. 나는 다단 점프를 구사하며 공중 공격을 드문드문 연속으로 사용해서, 공격 판정의 벽을 만들었다. 몰려 있는 쪽은 라인을 회복하고 싶지만 앞으로 나서면 공격에 맞고, 게다가 뒤쪽은 벼랑이니까 빠질 수도 없다. 그렇게 제한된 상황 때문에 괴로워지고, 마침내 빈틈이 생긴다. 이건 히나미 수준의 톱 플레이어라도 예외는 아니다. 나는 그 부분을 확실하게 노릴 뿐이다.

"……5."

그때. 히나미가 또 뭔가를 중얼거렸다. 그리고 동시에 히나미의 요구르가 다단 점프를 해서 지면에 착지, 조금 떨어진 공중에 있는 내 쪽으로 지상 대시를 사용해서 다가온다.

──이건.

거기서 알아차렸다.

지금 이 순간. 내 요구르는 공중에서 할 수 있는 다단 점프를 다 써버렸다.

"……!"

나는 소리 없는 비명을 질렀다. 원래는 그 다단 점프와 공중 기동력을 살려서, 뒤로 빠지면서 피할 수도 있다. 하지만 내 요구르는 더 이상 공중에서 점프를 할 수가 없어서, 지금부터는 지면을 향해 낙하하는 게 확정된 상황이다. 공중 회피를 사용해서 위치나 타이밍을 빗겨나가게 할 수는 있고, 공격하면서 착지할 수도 있지만, 그래도 낙하지점은 어느 정도 예측할 수 있다. 그리고 그 착지하는 순간, 약간이기는 하지만 빈틈이 발생한다.

히나미는 내가 다단 점프를 다 써버린 순간, 미리 그것을 읽고서 바로 착지했고, 달려온 것이다. 착지 노리기. 지금부터는 내가 불리해지는 싸움이다.

"큭……."

요구르의 다단 점프는 총 5회까지. 아까 그 「……5」라는 카운트는, 내 다단 점프 횟수를 세고 있었던 거겠지.

나는 착지와 동시에 공중 공격을 썼다. 하지만 히나미는 유리한 수읽기를 구사해서 내가 착지하는 순간에 사용한 공중 앞공격를 대시 가드로 막고, 내 캐릭터를 잡았다.

그리고.

"30퍼센트……."

박력 있는 목소리로, 작게 중얼거렸다.

"──아래 던지기."

말한 것과 동시에 히나미의 요구르가 내 요구르를 땅바닥에 처박고, 대각선 위쪽으로 살짝 날려버렸다. 30퍼센트대. 아까 내가 히나미를 잡았을 때와 같은 대미지다.

"공앞…… 아냐."

히나미는 무서울 정도로 냉정한 목소리로 그렇게 중얼거리고는 던지기가 끝나자마자 방향을 반전, 대각선 위쪽으로 점프해서 나한테 공중 뒤 공격을 때려 넣었다.

"오오, 여기서 공뒤!"

해리 님이 흥분한 목소리로 외쳤다.

나도 놀랐다. 나도 이 퍼센트대에서 히나미를 잡고서 똑같이 아래 던지기를 했다. 그리고, 내가 거기서 연결한 건 공앞.

하지만, 분명히 다르다. 왜냐하면 요구르의 공중 기술은 공중 앞 공격보다 공중 뒤 공격이 아주 조금이지만 위력이 강하다. 조작 난이도는 조금 어렵지만, 아래 던지기에서 공중 공격으로 콤보를 이어가려면 그대로 점프해서 공앞을 입력하는 것보다, 던지기가 끝난 순간에 방향만 전환, 그대로 뒤로 점프해서 적을 몰아붙이고, 공후를 먹이는 쪽이 화력이 더 크다.

……하지만. 내 착각이 아니라면.

지금 히나미, 아마도 30퍼센트에서 아래 던지기를 하고 공중 공격으로 연결한 건, 날 따라 한 거겠지?

캐릭터마다 어느 퍼센트에 어느 던지기를 하면 콤보로 이어지는지가 다르고, 물론 자신의 주 캐릭터라면 그걸 파악해두는 게 당연한 일이지만, 자신과 상관없는 캐릭터라면 그걸 전부 파악하기가 힘들다. 뭐 실제로 나는 거의 모든 캐릭터의 콤보 루트를 파악하고 있지만, 히나미는 나랑 달라서 nanashi의 플레이 스타일을 카피해서 최단 거리로 실력을 쌓아온 플레이어다.

다른 일에도 시간을 할애하고 싶다는 이 녀석의 생활 패턴 관계상, 아마도 필요한 정보와 아닌 정보를 확실하게 구분해서 불필요한 시간을 소모하지 않으려고 해 왔을 것이다. 그렇다면 다른 캐릭터의 콤보 루트를 외워둘 필요도 없고, 자신이 사용하는 캐릭터 외에는 『어느 방향으로 던지면 콤보를 이어갈 수 있는가』가 아니라 『어느 방향으로 공격을 빗나가게 하면 상대가 콤보를 연결하기 힘든가』만 기억하면 된다. 『이 캐릭터한테 잡혔을 때는 이 방향으로 스틱을 입력하면 안정적』같은 선택지가 캐릭터마다 꽤 다른데, 요구르도 그런 캐릭터 중에 하나다.

그 전에 히나미가 했던 언동을 바탕으로 생각해봐도, 던지기에서 이어지는 콤보 루트는 내가 하는 걸 보고 정보를 파악했다고 생각하는 게 자연스럽겠지.

그렇다면 이 녀석은 싸우는 중에 상대한테서 콤보 루트를 배우고, 그리고 **그 첫 번째 실천**에서부터 **보다 화력이 강한 쪽으로 개선한 루트로 수정해서** 나한테 날렸다는 뜻이 된다.

"……말도 안 돼."

싸우면서 상대의 움직임을 똑똑히 보고 그걸 완전히 흡수한 것만 해도 무서운데, 그걸 당연하다는 듯이 더 좋은 쪽으로 수정했다.

응. 역시 이 히나미라는 플레이어, 인간으로서의 성능이
너무 뛰어나네요.

　　　* * *

"우와…… 정말 볼 가치가 있는 시합이었네요."

"아하하. 저도 엄청나게 뜨거워졌습니다."

결승전이 끝나고. 나는 머릿속으로는 플레이를 다시 돌이
켜보면서, 해리 님에게 웃어 보였다.

"그나저나 Aoi 님, 정말 대단하던데요?"

"아하하. 고맙습니다."

칭찬하는 말에, 히나미가 솔직하게 대응했다.

"우와~! 이건 어패 계의 샛별입니다. nanashi 군을 그렇
게까지 괴롭히다니!"

"음~" 히나미는 씁쓸하게 웃으면서도 고개를 살짝 숙이
고. "그래도…… 결국 졌네요."

분하다는 표정을 감추지도 않고 말했다.

그렇다. 캐릭터를 요구르로 고정한 3판 선승제로 행해진
결승전.

3-1로 히나미를 이기고, 내가 우승을 차지했다.

"하하하. 아직 한참 멀었다는 뜻이야."

"……흐~응."

내가 까불면서 말했더니, 히나미가 날카롭게 노려보는 눈

빛으로 받아쳤다. 아마 진짜로 화가 났을 것 같은데, 과제에 영향이 없기를 빌고 있다.

"nanashi 님 역시 대단해요! 저희가 이긴 거죠?"

"아니, 레나는 관계없는데."

"예~?!"

내가 슬쩍 무시하는 것처럼 말했더니, 어째선지 레나는 엄청나게 기뻐했다. 얘는 그거구나, 뭔가 무시하거나 괴롭히면 되레 기뻐하는 그런 타입.

해리 님도 노트북 컴퓨터 화면을 보면서 만족스러운 표정을 지었다.

"덕분에 생방송 분위기도 상당히 좋았어요! 설마 nanashi 님의 첫 생방송이 요구르가 될 줄은 몰랐다는 댓글도 있었지만, 뜨거운 전개 덕분에 다들 꽤나 만족했고요! Aoi가 대체 누구야?! 라는 말도 있었죠~. 구독자 수도 늘어났습니다, 정말 고마워요."

"하하, 도움이 됐다니 다행이네요."

댓글이나 구독자수 같은 엄청나게 인터넷 네이티브한 말들이 오가니까 조금 어지럽기는 했지만, 나도 최대한 자연스럽게 굴려고 의식하면서 대답했다. 내가 오타쿠이기는 해도 어디까지나 게임 오타쿠라서, 그쪽 문화에 대해서는 잘 모르거든.

"그리고 저야말로, 오프라인에서 이렇게 많은 분들과 대전하는 건 처음이다 보니, 정말 좋은 경험이 됐어요. 정말

고맙습니다.”

내가 다시 한번 고맙다고 말하자, 해리 님이 갑자기 생각 났다는 것처럼,

“아, 그렇지! 그거 말인데요! 조금 신경이 쓰였거든요!”

날 가리키면서 흥분한 목소리로 말했다.

“신경이 쓰여요?”

“예. 왜, 보통 온라인 출신 플레이어들은, 오프라인 조작은 힘들어하는 경우가 많잖아요. 그런데 nanashi 군은 온라인이 메인일 텐데, 이상하게 처음부터 자연스럽게 잘 조작했잖아요? 그거 뭔가 비결이라도 있나요? 뭔가 연습이라고 하고 있다면, 참고하고 싶어서 말이죠~!”

“아…….”

나는 생각하면서 말문이 막혔다.

왜냐하면 내가 오프라인에서도 강한 이유는 대부분이—.

슬쩍 시선을 돌렸더니, 나랑 오프라인에서 실컷 싸워온 전국 랭킹 2위 보유자도 날 보면서, 뭐 딱히, 같은 표정을 짓고 있었다. 그러니까, 음, 뭐 아마도 자기가 엮이지만 않으면 된다는 얘기려나.

그렇다면 뭐, 최대한 사실을 말해야겠다.

“실은…… NO NAME과 정기적으로 오프 모임을 했거든요.”

“예?!”

“NO NAME이라면 그?!”

“말도 안 돼, 무슨 관계야?!”

충격적인 사실에, 주위에서 별생각 없이 듣고만 있던 참가자들도 우르르 몰려왔다. 응, 뭐, 그렇게 되겠지. 왜냐하면 지금까지 정체불명, 오프라인에 단 한 번도 나타나지 않았던 전국 랭킹 1위와 2위가 사실은 둘이서 몰래 만나고 있었다는 얘기니까. 은근히 업계를 뒤흔들 수 있는 수준의 사건이겠지.

"하하…… 뭐, 깜짝 놀라셨겠죠."

"승률은 어떤가요?!"

"몇 번이나 만나셨어요?!"

"NO NAME은 어떤 사람인가요?!"

이젠 내가 대답할 틈도 없이, 질문들이 줄줄이 날아왔다. 내가 슬쩍 본인 쪽을 봤더니, 이번에는 싫다는 것처럼 눈살을 찌푸리고 있다. 응, 너무 자세한 얘기는 말하지 말라는 얘기군요, 알겠습니다. 뭐, 하긴 그 정체불명의 전국 2위 NO NAME이 나랑 똑같은 고등학교 2학년이고, 같은 학교고, 게다가 여자인데다 미인입니다, 라고 말하면 업계가 뒤흔들리는 수준 정도가 아니겠지. 거기서부터 뭔가 스토리가 시작될 레벨이다.

"으, 음~ 사실 본인이 너무 노출되는 걸 싫어해서, 자세한 정보는 말할 수 없거든요……."

"아, 그, 그렇겠군요……. 그럼, 말 안 해도 돼요!"

해리 님이 아쉬워하면서도, 분위기를 바꾸려는 것처럼 말했다. 으, 왠지 죄책감이 드네. 오늘은 여러모로 신세를 졌으니까, 어느 정도는 말하는 게 좋겠다는 생각이 들었다.

"그, 그러니까. 그래도 해도 되는 범위에서 말하자면……."

"오오?!"

그 말에 구경하던 사람들이 끓어올랐다. 아무래도 그 NO NAME이라는 이름대로, 연령도 성별도 모든 것이 블랙박스인 플레이어다. 이 정보는 어패 업계에 있어 커다란 한 걸음이 되겠지.

그렇게 해서 나는 히나미의 특징 부분에서, 개인을 특정할 수 있을지도 모르는 부분을 찾아가며 머릿속에서 음미했다.

"NO NAME은…… 그러니까, 예를 들자면."

"예를 들자면?!"

잠시 생각하고, 퍼뜩 생각이 들었다. 응. NO NAME이라는 플레이어, 또는 인간을 표현하는 데 가장 적합할 말은, 아마도 이것뿐이다.

나는 자신만만하게 고개를 들고, 머릿속에 떠오른 말을 그대로 전하기로 했다.

"NO NAME은── 마왕 같은 녀석이에요."

"마, 마왕……."

그 말을 들은 사람들이 전율했고, 침을 꿀꺽 삼켰다.

"……어라?"

뭔가 극단적인 오해가 발생한 것 같은 기분도 들지만, 그래도 틀린 말은 아니니까 괜찮…… 겠지?

참고로 그 본인은 다른 사람들 사이에 섞여서 사로잡힌 히로인 같은 얼굴로 날 보고 있는데, 그거, 네가 잡는 쪽이거든.

* * *

수십 분 뒤. 뜨거운 토너먼트를 거쳐서 한바탕 뜨겁게 달아올랐던 오프 모임도 많이 진정되고, 잡담 모임으로 이행돼 있었다.

"헤에, 그럼 다들 꽤 인연이 있네요."

돈을 나눠 내고 가까운 편의점에서 적당히 음료수와 술 등을 사와서는, 다 같이 나눠 먹으며 어패와 주변 상황에 대한 이야기를 나눴다. 거기서는 온라인 플레이만 하는 내가 모르는 정보들이 잔뜩 오갔다. 물론 나와 히나미, 다른 미성년자들은 음료수를 마셨고.

참고로 내 옆에는 해리 님과 레나가 앉아 있는데, 특히 레나는 왠지 그럭저럭 거리가 가까워서 발이 서로 부딪치거나, 그리고 슬쩍 시선을 돌리기만 해도 하트 모양 구멍이 시야에 들어오니까 가능하다면 가려줬으면 좋겠다. 미즈사와를 인스톨하지 않으면 죽어버릴 거야.

"그러게요~. 아, 이 오프에는, 아시가루 님도 종종 와요."

"어, 아시가루 님이라면 그 프로 게이머?"

"예, 맞아요."

레나가 말하는 오프 모임 정보에, 내가 물고 늘어졌다. 아시가루 님이라면 전국 최강의 『리저드』 사용자고, 세계대회에도 정기적으로 참가하는 데다 컨디션에 따라서는 상위 랭크에 들어가기도 하는, 프로 어패 플레이어 중에 한 사람. 간단히 말하자면 엄청나게 대단한 사람이다.

"역시 잘해? 아시가루 님."

"엄청나게 잘해요~. 솔직히 전 아무것도 못 한다니까요."

"아하하. 그렇겠네."

"뭐가 그렇겠네예요~! 진짜~."

레나가 투덜대는 것처럼 말하면서도 재미있다는 듯이 웃으면서, 내 무릎과 허벅지 중간 언저리를 만졌다. 그러니까 간지러우니까 하지 말라고. 손가락이 떨어진 뒤에도 묘하게 감촉이 남으니까.

해리 님도 옆에서 고개를 끄덕이고 있다.

"뭐, 캐릭터가 리저드다 보니까, 상대하는 방법을 모르면 아무것도 못 한다는 느낌이지."

"아~ 리저드는 캐릭터마다 대책 방법이 있어야 하는, 그런 느낌이니까요."

도적 캐릭터인 리저드는, 폭죽이나 덫 같은 설치계 무기를 스테이지에 뿌리고, 공격 하나하나가 묵직한 타격을 쓰면서 싸우는 중~원거리 파이터다. 습득해둬야 하는 테크닉이나 공격의 세트 플레이가 많아서, 대전 중에 항상 동시에 여러 가지 패턴을 생각해둬야 하는 그 성질상, 강하지만 다루기 힘든 캐릭터라고 불린다.

하지만 그만큼 잘 다뤘을 때의 제압력은 상당해서, 특히 대책이 마련되지 않은 상대한테는 엄청나게 강하다. 상대가 뿌려놓은 도구에 어떻게 대처해야 좋을지 고민하게 만들고, 그 틈에 흐름을 장악해서 아무것도 못 하게 만드는 상태에서 승리해버리는, 그런 시합을 많이 봤다.

그런 리저드를 아마도 국내에서, 어쩌면 세계에서 가장 잘 사용하는 사람이 그 아시가루 님이다.

훈제 오징어를 집어 먹으며, 해리 님도 분하다는 것처럼 말했다.

"그 사람이랑 싸우려면, 리저드용 대책을 제대로 마련해야 하거든. 나도 도저히 못 이길 것 같더라니까~."

"이해해요! 저도 그건 좀 무리예요."

맥스 씨가 거기에 동의했고, 나도 그런 건가, 하고 납득했다.

"분명히 철저하게 사용하면, 애당초 수 싸움조차도 못 할 것 같으니까요."

"맞아! 솔직히 가까이 갈 수도 없고, 가까이 가더라도 어설프게 움직이면 순식간에 DA나 횡강으로 받아치니까! 뭐, 서두르지 않으면 어떻게 될 것도 같은데, 그게 마음대로 안 되니까……."

"헤에…… 싸워보고 싶네요."

그렇게 어패에 대한 이야기를 나누며, 해리 님과 맥스 님과 레나는 캔 츄하이를, 나는 콜라를 마셨다. 좋아하는 것에 대해서 열심히 이야기를 나눌 수 있는 시간이, 별것도 아닌 편의점 과자와 음료수를 세상에서 제일 맛있는 것처럼 느껴지게 만들었다.

……어, 잠깐?

"레나, 그거, 술?"

"예, 맞아요~."

어라? 그런데 미성년자는 술을 마시면 안 되는…….

"저기, 레나는, 지금 나이가?"

내가 묻자, 레나가 태연하게 웃었다.

"아, 역시 착각했을 것 같더라. 저, 만으로 스무 살이에요~."

"예?!"

이 사람, 엄청나게 연상이었잖아. 어쩐지 묘하게 어른스러운 흡입력 같은 게 느껴지더라니. 분위기상 레나라고 부르기 시작했고 분위기상 반말로 말했었는데, 생각해보니 서로 제대로 자기소개도 안 했잖아. 나는 고등학생이라고 말하긴 했는데, 그러고 보니 다른 사람들 나이는 제대로 못 들었네. 인간관계는 참 어렵다.

"그럼 레나 누나네요, 죄송합니다."

내가 그렇게 말했더니 레나, 가 아니라 레나 누나가 빙긋, 유혹하는 것처럼 웃었다.

"에~ nanashi 군이라면 그냥 레나라고 불러도 되는데?"

"그게…….."

뭔가 엄청나게 확, 거리를 좁혀왔잖아. 정신적으로도 육체적으로도. 또 달콤한 냄새가 정신을 멍하게 만든다. 위험해, 이럴 때는 미즈사와를 인스톨해야지. 그러지 않으면 더 이상 아무 말도 못 하는 돌덩이가 돼버릴 것 같으니까.

이런 때, 미즈사와라면……?

나는 생각하면서, 얼마 전에 미즈사와랑 했던 대화를 떠올렸다.

그리고.

"하긴 뭐…… nanashi 군이니까 그대로도 괜찮겠네."

자신만만한 척하면서, 장난스러운 톤으로 말했다. 이게 정답인지는 모르겠지만 미즈사와를 인스톨했더니 이런 말이 나왔다. 아마도 얼마 전에 미즈사와랑 진로에 대해 얘기했을 때, 『뭐, 나니까』 같은 자신만만한 모습을 보여준 적이 있었기 때문이다. 내가 까불고 있다는 위화감을 제외하면, 대화로서는 성립된 것 같다고 생각한다.

"아하하~! 역시나 nanashi 군이네?"

뭐가 또 그렇게 재미있는지, 즐겁다는 투로 말하는 레나. 왠지 이 사람, 역시 놀리거나 거만하게 굴면 좋아하는 경향이 있다니까. 신기하네.

"저기 그럼, 레나?"

"응. nanashi 군."

그런 느낌으로 서로의 호칭을 확인했다. 뭐지, 이 정신을 차려보니 몸이 닿아 있을 정도로 가까워져 있는 느낌 같은 건. 스무 살쯤 되면 보통 이렇게 되는 걸까. 나도 최대한 당연한 일이라는 표정으로 거기에 맞춰주고 있으니, 경험치가 정말 대단하다.

그런 느낌으로, 내가 어른들과의 새로운 대화를 헤쳐나가고 있는데——

갑자기 조금 떨어진 곳에서 히나미 목소리가 들려왔다.

"그게요, 하나도 안 해요~! 남자애들 중에는 좀 있지만, 여자들 중에는 없거든요. 그래서 학교에서는 거의 얘기를 안 해요."

슬쩍 봤더니, 히나미가 남성 참가자 몇 명에게 둘러싸여서, 그 중심에서 뭔가 자기 얘기를 하는 것 같았다.

"아~! 분명히 여자 플레이어는 거의 못 봤네요."

"그쵸! 그게 너무 외로워서 여기 온 것도 있어요~."

아마도 화제는 학교에 어패 플레이어가 있는지, 려나. 유유자적하게, 그러면서도 매력적인 톤으로 술술 말하고, 그리고 그걸 고개를 끄덕이면서 들어주는 사람들도 정말 즐거워 보인다—— 그런데, 왠지 공주님같이 돼 있는데 괜찮으려나. 뭔가 양대 공주님이 부딪치는 것 같은 전개가 벌어지는 건 피하고 싶다. 슬쩍 분위기를 봤더니, 레나는 감정을 읽을 수 없는 새카만 눈동자로 히나미 쪽을 몇 초 동안 슬쩍 보고 있었다.

"nanashi 군은, 오프라인 대회에는 출전 안 해요?"

해리 님 목소리에 다시 고개를 돌렸더니 맥스 씨와 레나도 흥미진진한 표정으로 날 보고 있었다. 오프라인 대회, 말이지.

"솔직히, 지금까지는 별로 관심이 없었거든요."

"그랬어?"

레나의 맞장구에, 내가 고개를 끄덕였다.

지금까지는 온라인에만 틀어박혀 있었는데, 물론 아무 생각 없이 그랬던 건 아니다.

"수백 번, 수천 번의 대전 승률을 바탕으로 종합적으로 산출되는 랭킹이라는 게 있는데, 그날 하루 컨디션에 좌우되는 대회에 나가는 의미가 있을까…… 싶어서."

"아, 그렇구나. 하긴, 그 말도 일리가 있네."

그것은 원래 내가 가지고 있던 『인생』에 관한 사고방식에 가까운 것이고.

아무리 평소의 승률이 높아도, 실전에서 긴장하고 실패하면 패배자 취급을 받는다. 기껏 어패라는 게임이 신급 게임인데, 그게 오프라인이라는 이름의 『인생』이 돼버리는 순간에 쓰레기 게임의 요소가 발생해버린다. 난 그게 싫었다.

노력과 실력으로 결과를 겨루는 세상에서는, 최대한 우연성을 배제하고 싶었다.

"하지만……."

"응?"

나는 지금까지 겪어온, 말 그대로의 「인생 경험」을 떠올리면서.

"최근에는, 그런 것들까지 포함해서 즐기는 것도 좋겠다는 생각이 들었거든요. 그래서 이렇게, 처음으로 오프 모임에도 나와 봤고."

그랬더니 해리 님이 빙긋 웃었다. 눈꼬리에 깊은 주름이 생기는, 상냥한 웃는 얼굴이다.

"헤에…… 여러모로 심경의 변화가 생겼다는 건가요. 뭐, 학생이니까."

"아, 그런 것도 좀 있을 것 같네요."

나는 가벼운 말투로 말하면서 슬쩍 웃었다. 이런 상황에서 친근감을 주는 태도는, 히나미의 이미지를 떠올리면서 연출하고 있다.

"그래서 앞으로는, 그런 데도 한 번씩 나가볼까, 생각하고 있어요."

"오! 그거 좋네요. 그럼 다음에 대회가 있으면 얘기할게요."

"정말요?"

"응. 뭘로 연락하면 될까요? nanashi 군은 트위터라든지 하던가?"

"그러니까…… 안 하는데요."

계정이 있기는 하지만, 기본적으로는 구경만 할 뿐이고 트윗을 올리지는 않는 계정이고, 사실 누군가와 교류하기 위한 SNS 계정은 하나도 없다.

"그래요? 그런데 말이죠, 아무래도 nanashi라는 이름으로 계정이 있으면 여러모로 편리하거든요."

"역시 그럴까요?"

내가 물었더니 옆에서 듣고 있던 레나도 고개를 끄덕였다.

"이쪽 바닥에서는, 기본적으로 트위터를 이용해서 연락하거든~. 댓글이라든지 DM으로."

"아~ 그럼 계정을 만들어볼까."

"nanashi 군이 만들면, 순식간에 유명해질 것 같은데~."

레나가 눈을 살짝 치켜뜨고 쳐다보면서 말했다. 뭔가 아주 기분이 좋아 보이는 표정인데, 왜 레나가 그렇게 좋아하는 거지.

"레나도 계정 있어?"

"있거든~? 그러니까~."

말하면서, 레나는 스마트폰을 꺼내서는 자기 계정의 프로필을 보여줬다.

"아~ 고마워."

화면을 봤더니, 거기에는 『레나@어패 계정』이라는 이름의 계정이 표시돼 있었고, 프로필 사진은 엄청나게 제대로 찍은 셀카 사진이었다. 팔로우 56에 팔로워 521이라는 밸런스가 조금 인상적이다.

"난 이 계정으로 사람들이랑 정보 교환하고 있어~."

그렇게 말하면서 무방비하게 스마트폰을 건넸다. 나는 조금 곤혹스러워하면서도 그걸 받아들고, 지난 트윗들을 봤다. 『트레이닝 모드 하자』라는 문장과 함께 어패 사진이 첨부된 트윗에, 셀카가 첨부된 일상 트윗, 오프 모임 관련 트윗 등등 다양하다. Amazon의 위시 리스트에서 찜해놨던 물건이 들어왔어~! 같은 트윗도 있는 게, 레나도 이쪽에서는 꽤 알려진 사람이려나. 뭐, 어패 하는 사람 중에서 이 외모라면 당연히 눈에 들어오겠지.

"아, 귀엽다."

내 눈에 들어온 것은 『고양이 카페 와봤음』이라는 문장과 함께 첨부된 사진인데, 레나가 고양이를 안고 있는 사진이었다.

"그치~? 이거 말이야……."

레나가 나한테 불쑥 다가오더니, 그 사진에 대해서 설명해주기 시작했다. 화면 하나를 둘이서 보는 모양이 되다 보니 거리가 엄청 가까워져서, 어깨가 서로 닿았다. 풍겨오는 달콤한 냄새가 또 내 의식을 침식했고, 닿은 어깨에서는 조금씩 체온이 전해져 왔다. 왠지 계속 이 거리를 유지하고 있으면 위험할 것 같은데.

나는 레나의 이야기에 "그래요?" 같은 가벼운 맞장구를 치면서, 설명이 일단락된 타이밍에 스마트폰을 돌려주고, 다시 해리 님과 맥스 님 쪽 이야기로 돌아갔다.

"그러니까, 그럼 저도 트위터 계정 만들면 연락 드릴게요~."

"알았어요. 그런데 트위터 시작했다는 연락은 뭘로 하면 좋을까요?"

해리 님은 살짝 웃으면서, 장난스레 말했다.

"아하하, 그러네요. 그럼, LINE 연락처 알려드릴게요."

"응, 그게 좋겠네요."

"나도~!"

그렇게 해서 나는 해리 님과 맥스 님, 그리고 레나와 LINE 연락처를 교환했다. 나는 이미 라인 연락처 교환 방법을 몰라서 당황하는 일은 없지만—— 키쿠치 양과 사귀고 있으면서 이렇게 다른 여자와 LINE 연락처를 교환하니까, 왠지 죄책감이 드네…….

서로 친구로 등록하자, 해리 님이 눈이 휘둥그레져서 말했다.

"어라. 이거 본명으로 나오는데, 괜찮아요?"

"아……."

그 말을 듣고서 생각이 났다. 난 이 오프 모임에서는 nanashi라는 이름만 썼지만, LINE에는 『토모자키 후미야』라는 본명이 있는 그대로 나와 있었다.

뭔가 nanashi라는 이름과 토모자키 후미야라는 이름이 이어지는 게 조금 낯 간지럽다는 기분도 들었지만, 뭐 본명을 안다고 해서 어떻게 되는 것도 아니니까.

"괜찮아요! 뭐 어떻게 되는 것도 아닌데요!"

"아하하, 그래요, 알았어요. 그럼 일단 제 쪽에서는 nanashi라고 등록 해둘게요."

"알겠습니다."

내가 고개를 끄덕였다. 참고로 해리 님은 닉네임 그대로 『해리』, 맥스 님은 『시바타/ max』, 레나는 『R*』라고 돼 있었다.

그런데, 스마트폰 화면을 빤히 보면서, 레나가 싱글~ 하고 웃었다.

"nanashi군 본명이 후미야 군이구나?"

"아, 응."

그리고 또, 내 눈을 똑바로 쳐다봤다.

"저기. 후미야 군이라고 불러도 돼?"

"저기, 뭐 되긴 하는데……."

되긴 되는데, 왠지 역시 키쿠치 양과 사귀는 입장에서 그렇게 부르니까 또 죄책감이 든단 말이야. 하지만 여자 친구 있으니까 후미야 군이라고 부르지 말아 달라고 말하는 것도, 뭔가 의미가 없고 말하기도 힘들고.

"그럼 후미야 군! 좋았어."

"아니, 뭐가 좋다는 건데요."

그런 농담을 주고받았다. 뭔가 엄청나게 친하게 느껴지네. 침식당한다는 느낌이 들면서도 불쾌하지 않은 게 신기하다.

세 사람과 무사히 연락처를 교환하고는 다시 어패 이야기로 돌아왔고, 나는 여러 가지 이야기를 들었다.

"──그렇군요! 그럼 지역에 따라서 대책을 마련하기 쉬운 캐릭터, 그렇지 않은 캐릭터가 있군요."

해리 님과 맥스 님처럼 YouTube를 하는 사람, 또는 프로가 되고 싶은 사람. 간토 지방과 간사이 지방, 온라인과 오프라인. 내가 모르는 세상이 거기에 펼쳐져 있으니까, 한 사람의 어패 플레이어로서 관심이 가지 않을 리가 없었다.

"응. 역시 그 지역에 많이 사용하는 플레이어가 있는지 아닌지, 그 영향이 은근히 크거든."

"뭔가…… 현실, 이라는 느낌이네요."

내가 묻고 싶은 걸 묻고, 말하고 싶은 이야기나 들은 이야기들을, 최대한 재미있게 전한다. 지금까지의 『인생』과 조금 다른 점은, 그 모든 것의 베이스에 내가 아주 좋아하는 『어패』가 있다는 점.

그것은 조금 놀라우면서도, 아주 마음이 편한 공간이었고.

──히나미도 같은 생각을 했으면 좋겠다는, 그런 생각도 했다.

* * *

다음 날 아침.

나는 침대 위에서 스마트폰으로 SNS나 관련 사이트들을 돌아보며, 쓸쓸하게 웃고 있었다.

"온라인 전국 1위 플레이어 nanashi가 엄청난 미남이었다……."

내가 구경하는 데 쓰는 트위터 계정으로 타임라인을 보고 있는데 흘러들어온 『어패 관련 속보』의 기사 제목. 기사 내용을 봤더니, 거기에는 본 게시판의 어패 오프 모임에 nanashi가 나타났다는 이야기, 압도적인 플레이어 스킬로 당일 토너먼트에서 우승했다는 이야기, 그리고―― 그 nanashi가 미인을 데리고 온 미남이었다는 이야기가 적혀 있었다.

"……이, 이건."

그게 전부가 아니었다.

팔로우 하고 있는 어패 플레이어가, 당일 오프 참가자의 『nanashi 님 진짜 잘 생겼고, 게다가 고등학생!』이라는 트윗을 리트윗 한데다가 『이거 진짜?』라는 트윗까지 올렸다. 결승전인 나와 히나미의 대전 생방송을 편집한 영상이나, 과거에 나와 온라인에서 대전했던 사람이 올린 대전 영상이 관련 영상으로 나오기도 하고. 어제오늘 전국의 어패 플레이어들은, 완전히 nanashi 이야기만 하고 있는 것 같다.

"뭔가…… 생각보다 훨씬 주목받고 있네."

전구 1위다 보니 어느 정도 지명도가 있을 거라고 생각하기는 했지만, 솔직히 오프 모임에 한 번 참가했다고 이렇게까지 화제가 될 줄은 몰랐다. 프로가 돼서 해외 대외에서 활약하는 유명한 프로 플레이어까지 『nanashi가 드디어 오프라인에 진출인가』 『게다가 잘 생겼다니, 말도 안 돼. S 티어잖아』 같은 트윗까지 올려서, 보기만 해도 위가 쓰려오는 기분이 들었다.

사람에 따라서는『어패를 잘 하는 데다 잘 생기기까지, 신은 너무 불공평해. nanashi 용서 못 해』같은 악의인지 농담인지 그 혼합인지 모를 트윗까지 올려서, 위가 더 쓰려왔다.

　하지만 뭐, 온라인 랭킹 1위가 고등학생 플레이어고, 게다가『미남』이라는 소문까지 붙었으니, 뭔가 한마디 하고 싶기도 하겠지.

　"미남…… 이라고."

　그건 어제 하루만 해도 몇 번이나 들었던 칭찬하는 말. 지금까지는 음침한 캐릭터네 칙칙하네, 못생겼네, 재수 없네 하는 말들을 들어왔던 나한테 대한, 그것들과 정반대의 평가. 게다가 잘 꾸민다느니 커뮤니케이션 능력이 좋다느니 밝은 캐릭터라느니, 마치 내가 우리 반 리얼충들을 봤을 때 떠올리는 것 같은 감상을 차례로 들었다. 그런 건, 내 인생에서 처음 해보는 경험이었다.

　나는 전신 거울 앞에 서서 내 모습을 빤히 쳐다봤다.

　"……그렇구나."

　그리고, 알아차리고 말았다.

　거울에 비친 내 모습. 지금까지 머리카락을 세팅하고 마네킹이 입은 옷을 통째로 사서 입고, 그런 자신을 보며「꽤 세련돼졌네」같은 생각을 한 적이 있었다. 그게 내 자신감으로 이어지기도 했고.

　하지만―― 지금은 그런 것과 또 다른, 감각이 느껴졌다.

거울에 비친 모습은 머리카락도 세팅하지 않고, 잘 때 입은 잠옷 차림 그대로의 내 모습. 세련된 모습이라고는 찾아볼 수 없는, 생활감이 넘치는 내 모습.

그런데도, 말이야.

나는 나 자신이 —— 기분 나쁘다고 생각하지 않았다.

일어나서 까치집 지은 머리를 살짝 잡아줬을 뿐인, 하나도 세팅하지 않은 버석버석한 머리 모양.

한눈에 봐도 오래 입어서 너덜너덜해진, 위아래 한 세트의 새카만 색에 심플한 디자인의 스웨트.

딱히 꾸미지도 않은 평범한 방이라는 배경이, 뭔가 플러스적인 요소를 만들어주는 것도 아닐 텐데.

그런데도 나는.

그런 나를, 왕재수 오타쿠라고 생각하지 않았다.

이게 성장인지 자만인지는 모르겠다.

애당초 단순하게 표정이나 자세의 변화 때문에 그렇게 보이는, 것뿐인지도 모른다.

아니면 어제 칭찬을 잔뜩 들어서 일시적으로 마음이 들떠 있을 가능성도 있다.

하지만 나는. 이 변화는 틀림없이.

겉모습이 세련되게 변한 것보다, 커뮤니케이션 능력이 몸에 붙은 것보다 훨씬—— 소중한 것이라는 생각이 들었다.

"……좋았어."

빤~히, 내 얼굴을 바라봤다.

17년을 함께 살아온 그 얼굴. 변하지 않는 내 간판.

딱히 단정한 것도 아니지만 그렇다고 너무 막 생긴 것도 아닌, 하지만 나 스스로는 그렇게까지 싫지는 않게 된 그 얼굴을 보면서, 무조건적으로 긍정하는 것처럼 천천히 고개를 끄덕였다.

"잘 생겼다니……. 뭐, 난 전혀 모르겠지만."

남의 일처럼 중얼거리고, 그리고는 갑자기 바보 같다는 생각이 들어서 혼자 웃었다.

기쁘지 않은 건 아니다. 하지만, 그게 내 가치라고 생각하는 것도 아니다.

만약에 가치가 있다면, 그건 나 자신을 바꾸겠다고 생각해서 바꾸는 데 성공한, 그 행동과 의지에 있다.

뼛속부터 게이머인 나는, 진심으로 그렇게 생각한다.

"……자!"

나는 마음을 다잡고, 컴퓨터 앞에 앉아서 검색을 시작했다.

어제 해리 님과 맥스 님한테서 들은, 어패 관련 이야기들에 대해서.

나는 먼저 해리 님이 YouTube 채널을 검색하고, 거기에 올라와 있는 동영상 목록을 봤다. 잔뜩 올라와 있는 영상들 제일 위쪽에『전국 최강 플레이어가 나보다 요구르트를 잘 쓰다니. nanashi VS Aoi【어패】』라는 영상이 올라와 있었고, 그걸 보고 씁쓸하게 웃었다. 아니, 이해는 하는데, 설마 이런 제목으로 올렸을 줄이야.

나는 왠지 창피해서 내 영상은 넘어가고, 해리 님이 예전에 올린 영상들을 배경으로 틀어놓은 채로 다시 검색을 시작했다.

오프 모임 일정이나 간토 지역과 간사이 지역의 차이. 해리 님을 비롯한 YouTube 채널로 수익을 내고 있는 플레이어. 프로로서 외국에서 활약하고 있는 선수.

지금은 프로로 활약하면서 YouTube 채널을 가지고 있는 사람이 더 많은 편이고, 저명한 프로 플레이어의 트위터를 찾아서 들어가 보면 상당히 높은 확률로 YouTube 채널 링크가 붙어 있다. 다들 상당한 빈도로 영상을 올리고 있는데, 연습과 영상 작성의 밸런스 같은 건 어떻게 하고 있는 걸까. 예전에는 사회인으로 살면서 활동하는 사람도 많았던 걸 생각해보면, 그 사회생활이 동영상이 됐다고 생각하면 되는 걸까.

그리고 해외 대회에 원정 갈 때 드는 비용에 대해서. 스폰서와 프로 게임 팀에 대한 지원에 대해서. 상금이나 사회적 지위, 역사부터 향후 전망까지. 다양한 내용을 검색했다.

실제 플레이와 또 다른, 생활에 밀착해 있는 어패의 존재 방식이 나한테는 너무나 신선했고. 아는 것 같으면서도 알려고 하지 않았던 넓은 세상을 보며, 어패라는 존재가 얼마나 깊이가 있는지 새삼 깨닫는 기분까지 들었다.

"다들 대단하구나……."

해리 님 말고 다른 어패 영상도 봤다. 지금까지 진지한 대전 영상이나 대회 영상은 자주 봤지만, 내가 볼 필요가 없는 초보자 강좌나 캐릭터 소개 같은 건 그냥 넘어갔었다. 그 전까진 의식하지 않았지만, 해리 님처럼 채널을 운영하면 이런 것들로도 수익이 발생하는 거니까. 그걸 의식하고 보니, 편집 방법이나 말투, 구성 등에 제각기 개성이 있어서, 그저 게임만 하는 게 아니라 다양한 연구를 했다는 게 느껴졌다.

"그렇구나……."

온라인 랭킹. 나는 그게 어패의 전부라고 생각했지만, 그게 아닌지도 모르겠다. 왜냐하면 이렇게 조금만 시야를 넓혀보니까, 이렇게나 다양한 세상이 펼쳐져 있었다.

그건 뭐라고 할까 —— 마치 인생 같은.

즐기는 사람, 진지한 사람. 또는 프로 게이머, 유튜버.

진지하게 시합에 특화된 프로도 있고, 플레이보다 말로 재미를 주는 엔터테이너도 있고.

그걸 일로 삼는 사람도 있고, 본업을 하면서 취미로 하는 사람도 있다.

방향성이나 거기에 들이는 정열도 다양하고, 틀림없이 거기에 귀천은 없다.

　그렇다면.

　만약에 내가 한다면, 어떻게 될까.

　그런 걸 멍하니, 생각하는 내가 있었다.

4 대전의 승패는 어디까지나 화면 앞에 있는 사람에게 달렸다

월요일. 제2피복실.

"아, 토모자키 군. 일단 우승 축하해."

히나미가 심기가 불편한 얼굴로 말했다. 주초 아침에 보자마자 갑자기 할 말은 아닌 것 같은데 말이야, 이 녀석아.

"뭐야, 그 얘기부터?"

"그래, 그 얘기부터. 축하해."

한눈에 봐도 토너먼트에 진 걸 마음에 두고 있는 히나미는, 엄청나게 빈정대는 말투로 나한테 말했다. 거기에는 퍼펙트 히로인은 고사하고 평소의 냉철한 마왕도 흔적조차 찾아볼 수 없었고, 있는 건 그저 승부에 졌다고 분해하는 어린애 같은 모습뿐이다.

그래서 나는, 그 도발에 넘어가 주기로 했다.

"고마워. 꽤 여유 있었어."

"뭐~?"

머리의 혈관에서 빠직, 하는 소리가 들렸다. 원래 저런 소리가 존재할 리가 없는데도 들려왔다는 걸 보면, 상당히 열이 받았다는 뜻이겠지. 더 이상 자극하면 정말로 날 죽일지도 모른다. 어떻게든 냉정하게 달래줘야 한다.

"역시 중요한 상황에서 수읽기가 부족했어. 뭐, 승률에 얽매이면 그 이상 위로 올라가진 못하니까. 아무튼 수고했어."

"뭐어어~?"

퍼엉, 머리의 혈관이 터지는 소리가 났다. 이런 실제로 존재하지 않는 소리가 들렸다는 건, 상당히 열이 받았다는 뜻이겠지.

하지만 히나미는 숨을 크게 들이쉬고, 몇 초 동안 숨을 참았다. 그리고 분노를 어둠의 불꽃과 함께 크아아아, 하고 토하고는, 날 노려보며 이렇게 말했다.

"변명은 안 해. 이번에는 내가 졌어. 다음엔 이길 거야. 이상."

그리고 홱, 하고 고개를 돌려버렸다. 화를 참고서 똑바로 대응한 건 참 장하지만, 그 다음 행동이 꼴사납다. 이런 어린애 같은 행동도 의식해서 하는 걸까.

"무슨 애냐."

"시끄러. 과제 늘린다."

"뭐야, 횡포야?"

"시끄러."

풍부할 것으로 추정되는 어휘 중에서 『시끄러』 하나만 계속 밀어붙이는 히나미. 폭시로 공중립만 썼던 것처럼, 이건 이것대로 강하다. 분명히 지능지수가 떨어진 것 같지만, 더 이상 반항하다가 정말로 과제를 늘리기라도 하면 곤란하니까 얌전히 물러났다. 대단해, 나, 어른이야.

"그러니까, 오늘은 어쩔 거야? 과제라든지."

그리고 다른 이야기로 넘어갔다. 더 이상 이 녀석의 이야기에 맞춰줘 봤자 서로에게 마이너스만 될 것 같으니까. 스킬은 유효하게 활용해야지.

"그러게. 그런데 지난번에 내준 과제, 지난 주말부터 딱히 진전은 없지?"

"그렇지 뭐."

다음 과제. 『내가 주최자가 돼서 네 명 이상과 같이 놀러 간다』.

주말에 학교 사람들을 만나지도 않았으니, 딱히 진전은 없다.

"그렇다면 오늘 이후로 확실하게 과제를 위한 행동을 반복하도록 하면 돼. 적어도 며칠이네, 늦어도 이번 주말까지는 달성하지 않으면 이 과제는 실패야."

"그, 그래. 의외로 여유가 없네."

네 명 이상이나 되면 스케줄 조절 같은 것도 필요할 테니까, 슬슬 본격적으로 움직이지 않으면 위험할 것 같은데 말이야.

과제에 대해 몇 가지 확인을 마치자, 그다음은 그냥 자연스레 잡담을 하게 된다.

거기서 나는, 신경 쓰였던 일에 관해 물어보기로 했다.

"저기 말이야."

"뭔데?"

그것은 오프 모임에 참가하고, 새로운 세상을 알게 되고. 또는 학교에서 나눠준 진로 희망서을 보고, 생각하기 시작했던 것.

그것에 대해 이 녀석한테도 물어보고 싶었다.

"히나미는 진로, 어떻게 할 생각이야?"

그렇다. 진로.

앞으로 나는 어떻게 되어갈 것인가. 어떻게 살아가고 싶은 걸까.

그리고 동시에── 이다음의 『스승』은, 어떻게 할 생각인 걸까.

"……어떻게 하냐니?"

히나미는 눈살을 찌푸리면서 물어봤다.

"대학에 갈 건지, 아니면 뭔가 다른 생각이 있는 건지. 대학에 갈 거라면, 그다음에는 어떻게 할 생각인지."

"아, 그 얘기구나."

히나미는 아무렇지도 않다는 투로 말하고, 망설임 없이 말을 늘어놨다.

"당연히 난 대학 갈 거야. 도쿄대."

"도, 도쿄대……."

당연하다는 것처럼 말하는 히나미를 보고 주눅이 들었지만, 이 녀석의 학력을 잘 생각하면 당연한 일인가. 우리나라에서 제일 들어가기 힘든 대학이라고는 하지만, 매년 수천 명은 합격하니까. 거기에 히나미가 못 들어갈 이유는 없지.

"그, 그다음에는?"

더 캐묻자, 히나미는 생각하지도 않고.

"그다음에는 최대한 경쟁률이 높은 회사에 취직이지. 어디에 들어갈지 구체적으로 정한 건 아니지만 종합상사, 외국계 투자 은행 같은 곳을 목표로 삼을 것 같아. 그런 의미에서 보면 게이오도 괜찮지만, 뭐, 일단은 도쿄대가 좋겠지."

"그, 그렇구나……."

뭔가 술술술 엄청나게 스케일이 큰 이야기가 나오고 있는데, 대체 언제부터 생각한 계획일까. 뭐 이 녀석의 스펙을 생각해보면 그렇게까지 부자연스런 이야기는 아니겠지만, 도쿄대에 들어가는 걸 전제로, 하지만 그다음 진로를 생각하면 게이오도 괜찮을 것 같다고 말하는 게 정말 무섭다.

"그, 그다음에는?"

내가 반쯤 무시무시한 것을 보는 기분으로 그다음에 대해 물었더니, 히나미는 이번에도 바로 대답했다.

"결혼은 언젠가는 해야 할 것 같다고 생각하지만, 물론 그게 골이라고 생각하지는 않아. 취직도 한 번 들어갔다고 계속 같은 곳에 있을 생각도 없고, 어디까지나 처음에 어디로 들어갈지 고를 뿐이야. 그 경험을 통해서 보이는 것도 있을 테고, 아무래도 고등학생 입장에서 인생의 골까지 내다 볼 수는 없으니까. 단순하게, 시대가 변하기도 할 테고."

"그, 그렇구나. 알았어."

줄줄이 늘어놓는 구체적이면서도 이상적인 비전을 들으

니 현기증이 났다. 하지만 말하는 내용들이 너무나 히나미다워서 납득도 했고. 히나미가 유일하게 진심으로 좋아하는 것 같은 어패 오프 모임에 데려가기는 했지만, 이런 기계적인 부분에는 딱히 영향을 주지 않은 것 같다.

"그나저나 대체 뭔데? 자기가 물어봐 놓고서 꽤나 시시한 반응이네?"

"뭔가 의논을 해볼까 싶었는데 레벨이 너무 달라서 전혀 어떻게 할 수가 없었어."

나는 좀 더 이렇게 즐겁게, 때로는 의미심장하게 장래에 대해 의논할 수 있을까 싶었는데, 네가 하나하나가 엄청나게 높은 계단을 혼자서 무지무지 빠르게 달려 올라가버렸잖아. 이 녀석은 항상 이야기하는 스케일이 너무 커다랗고 너무 구체적이다. 날 두고 가지 말아줘.

"흐응" 히나미가 무난한 맞장구를 쳤다. "그럼, 그러는 넌 어떤데?"

"나…… 말이지."

그 질문을 듣고, 생각에 잠기고 말았다.

하고 싶은 일. 인생의 목표.

선택해야 할 길이 어떤 방향인지, 조금이나마 보인 것 같은 기분도 들지만, 그 너머의 풍경이 아직 보이지 않는다.

나는 대체, 어디로 가고 싶어 하는 걸까.

"……난."

"저기. 잡담 같은 질문에 그렇게까지 열심히 고민하지 말아 줄래? 부담되거든."

"내가 잘못한 거야?!"

남이 진지하게 생각하는데, 뭐냐고. 사람은 자기가 진지한 이야기를 할 때 부담된다는 말을 듣는 게 제일 창피한 법이라고. 이렇게 되면 나도 가만히 있을 수는 없지.

"너야말로, 그렇게 간단히 정해도 되는 거야?"

"간단? 어디가? 엄청나게 어려운데. 도쿄대도 상사 회사도 투자 은행도."

"그게 아니라."

이 자식 알면서 하는 소리겠지.

"잘 생각하고 결정한 거야?"

"반대로 이렇게까지 구체적인 답을 술술 말했는데, 제대로 생각도 안 했을 것 같아?"

"으……."

듣고 보니 그렇긴 한데, 내가 하고 싶은 말은 그런 게 아니라.

이 녀석이 말하는 이상이라는 게 뭔지, 중요한 전제가 빠져 있다는 생각이 들었다.

그건, 그래. 말로 표현하자면——.

"그게 아니라. 넌 그걸 정말로, 하고 싶다고 생각하는 거야?"

"……역시나 나왔네."

히나미는 알기 쉽게 한숨을 쉬고, 진력이 난다는 느낌의 맥 빠진 얼굴로 날 쳐다봤다.

"『정말로 하고 싶은』거네 뭐네, 또 그 얘기?"

그리고 히나미는 고개를 숙이고, 한심하다는 것처럼 고개를 저었다. 엄청나게 바보 취급하고 있다.

"시끄러, 그래, 또 이거다 왜! 가르쳐준다고 했잖아, 너한테, 내가! 인생을 즐기는 방법을!"

내가 말도 안 되는 순서로 쏘아붙이자, 히나미가 도발하는 것처럼 웃었다.

"기본적으로 지금까지는, 하나도 배운 게 없는 것 같은데."

"아, 아니. 그건…… 아닐 텐데."

"아니면 뭔데? 내가 뭘 배웠는데?"

"그러니까……."

나는 잠깐 고민하고, 헉, 하고 깨달았다.

왜냐하면 나는 그걸 위해서 이 녀석을, 거기에 데리고 갔으니까.

"오프 모임! 재미있었잖아? 토너먼트."

"……그건 그렇지만."

"그치?"

내가 자신만만하게 말했더니 히나미가 눈살을 찌푸렸다.

"하지만, 내가 어패를 좋아하는 건 원래 그랬던 거잖아. 딱히 네가 가르쳐줘서 그런 건 아니고."

"그, 그게…… 뭐, 그건."

"……하아."

그리고 이 녀석의 한숨으로 내 반론은 끝났다. 아무 말도 안 했는데, 숨 쉬는 것 하나만으로도 압박감이 대단하다.

"그리고 어패가 재미있는 것과, 인생의 진로는 아무 상관 도 없잖아."

"그, 그런 건 아니잖아……."

부정하면서도 내 목소리는 점점 작아져 갔다. 애당초 내 목표가 애매하기 때문에, 그걸 자신 있게 발언할 수가 없 었다.

"그런 건 아니라고?"

"아, 그래, 맞아. 꼭 상관이 없다고 할 수는 없어."

"소심하게 말하네……."

히나미는 왠지 조금씩 어린아이가 다치지 않도록 데리고 놀아주는 어른 같은 말투가 되어갔다. 아무리 실력 차이가 있다고 해도 봐주는 플레이는 매너가 아니라고. 티배깅*은 굳이 말할 것도 없고.

"흐응. 그럼 뭔데? 넌 어패를 일로 삼겠다는 거야?"

"그, 그건……."

그 구체적인 말에, 어째선지 가슴이 세게 뛰었다. 뭔가를 고발당한 것 같은 감각과 불안과 망설임에 가까운 소용돌이 가 마음을 어지럽혀서, 갑자기 왠지 불편한 기분이 들었다.

---

* Tea-Bagging. 주로 FPS 게임에서 상대 플레이어를 쓰러트린 뒤에 그 옆이나 얼굴 위 에서 티백을 들었다 놓았다 하는 것처럼 앉았다 일어나는 동작을 반복하며 모욕하는 행 위. 여기서는 대전 중에 계속 앉았다 일어나기를 반복하면서 상대가 행동하기를 부추 기면서 도발하는 행위를 말한다.

"아, 아니…… 꼭 그런 건 아니지만."

"뭐야 그게. 확실하게 말하라고."

히나미는 김이 샜다는 것처럼 고개를 갸웃거렸다. 하지만 대체 왤까. 나는 그 이야기를 계속하는 데 묘한 저항을 느끼고 있었다.

그래서 나는, 어쨌거나 다른 이야기를 하기 위해서.

"하, 하지만, 네가 말하는 목표는 뭐랄까, 네가 하고 싶어서라기보다는, 다른 사람들이 대단하다고 말해줄 것 같아서 목표로 삼은 것 같다는 느낌이 드는데 말이야."

"흐응."

히나미는 관심 없다는 듯이 맞장구를 쳤다. 왠지 내 말은 더 이상 전해지지 않는다는 느낌이 물씬 풍겨온다.

마침내, 히나미는 손가락으로 내 미간을 똑바로 가리켰다. 그건 마치 내 안에 있는 약간의 불성실과 도망치고 싶어 하는 마음을 지적하는 것 같은──

"자신의 장래 목표조차 정하지 못했으면서, 남의 장래에 대해서 잔소리할 자격이 있다고 생각해?"

반론할 여지가 없는, 맞는 말 중에 맞는 말이었다.

"……아니요."

동정하는 것 같은 얼굴로 고개를 저으시는 히나미 앞에서, 나는 힘없이 고개를 떨굴 수밖에 없었다. 또 졌습니다. 승리를 알고 싶어.

＊ ＊ ＊

"그래서, 오프 모임에 갔었는데 말이야——."

점심시간. 학생 식당.

나는 키쿠치 양과 둘이서 점심을 먹으며 서로의 근황에 대해서 천천히 이야기하고 있다. 참고로 나와 키쿠치 양은 일주일에 몇 번씩 부정기적으로 같이 점심시간을 보내고 있다. 뭐 매일 그렇게 해도 좋지만, 내가 친구들과의 관계를 소홀히 하지 않았으면 좋겠다고, 키쿠치 양이 서로에게 무리가 되지 않을 때만 해도 된다고 제안해줬다.

오늘은 키쿠치 양에게 이런저런 이야기를 하고 싶어서, 내가 먼저 같이 점심을 먹자고 얘기했다.

"——그래서, 우승했거든."

"예?! 토모자키 군 대단하네요."

"응. 뭐, 온라인 랭킹에서는 전국 1위니까."

내가 탕수육 정식을 먹으면서 아무렇지도 않게 말했더니, 키쿠치 양이 깜짝 놀라서 날 쳐다봤다.

"저, 전국 1위라면……?"

"그러니까, 우리나라에서 어패를 하는 사람 중에, 승률이 제일 높다고 하면 되려나. 엄밀히 따지자면 조금 다르지만……."

"어, 어. 저, 전국이라는 게, 우리나라 전체 얘기죠?"

키쿠치 양이 같은 말을 되풀이하면서 말했다. 뭐, 보통 이런 반응이지. 전국 1위니까.

"아하하. 응, 맞아. 우리나라에서 1등."

나는 간단하게 긍정했다. 그랬더니 키쿠치 양은 몇 초 동안 얼어붙었다.

"……왠지 조금, 납득했어요."

"뭐, 납득?"

예상치 못한 반응에 깜짝 놀라서 물었더니, 키쿠치 양이 짓궂게 웃었다.

"응. 납득."

"그, 그게 무슨 뜻이야?"

"……그러니까."

키쿠치 양은 열심히 생각하는 표정으로 할 말을 찾았다. 작은 소리로 "으음~……" 같은 소리를 내는 걸 보니, 뭔가 엄청나게 응원해주고 싶어진다.

마침내 아, 하고 고개를 들더니 이런 말을 했다.

"정말, 이상한 사람이라고 생각했거든요……."

"저기, 한참 고민한 결과가 그거야?"

"아, 죄송해요!"

내가 놀리는 것처럼 말했더니, 키쿠치 양도 즐겁게 웃으면서 사과했다. 뭔가 이런 거리가 가까운 농담을 말하는 건, 당연히 우리 두 사람이 사귀기 시작했기 때문이기도 하지만── 예를 들어서 이즈미랑 이야기할 때 오가는 분위기를 몸이 기억하고 있기 때문이기도 하겠지. 인생은 학습입니다.

"그런데 뭐랄까…… 역시 보면서, 다른 사람이랑 조금 다른 구석이 있구나, 라고, 생각했으니까……."

"그, 그래?"

분명히 어패나 다른 게임에 대한 자세나 사고방식에 대해서는 어지간한 사람들과 다르다고 생각하기는 하지만, 이렇게 키쿠치 양한테 보이는 범위의, 그야말로『인생』이라는 게임에서도 그런 부분이 나타나고 있다고 하니까, 그다지 실감이 들지 않는다.

"응. 뭔가 엄청나게, 진지하다고 할까, 성실하다고 할까."

"아…… 그런 얘기구나."

그 점에 대해서는, 듣고 보니 부정할 수가 없다.

"분명히 지난번에 집에 갈 때, 미미미도 조금 이상하다고 할까, 엄청나게 진지하네, 라고 했었지."

"나나미 양이…… 말인가요?"

키쿠치 양은 확인하려는 것처럼 작은 소리로 말했고, 나는 고개를 끄덕였다.

"지난번에 진로 희망서 나눠줬잖아?"

"응."

키쿠치 양은 내 입에서 나오는 말을 즐겁다는 듯이, 그다음이 기대된다는 것처럼 들어주고 있다.

"별생각도 없이, 그냥『진학』이라고 적고 점수에 맞는 대학 이름을 적으면 된다고 생각하기는 하지만, 정말 그래도 되는 걸까? 라고, 쓸데없이 열심히 생각했거든. 그 얘기를 했더니, 정말 진지하다는 말을 들었어."

"그렇군요. 저도 그렇게 생각해요."

키쿠치 양이 푸근하게 웃었다.

"왠지, 하고 싶어~ 라고 생각하는 일을 향해서 달려가고, 누가 뭐라고 해도 계속 달려가고, 언젠가 결과를 내서 『내가 뭐랬어』라고 할 것 같다나."

그랬더니 키쿠치 양이 귀엽게 손으로 입을 가렸다.

"후후, 왠지 알 것 같네요."

"또는 달려가기는 했지만, 결국 완전히 망해버릴지도 모르겠다고."

"아하하. 그것도 알 것 같아요."

"알 것 같은 거야?!"

뭐야 이 나에 대한 양극단적인 이미지. 두 사람한테서 완전히 망할 것 같다는 미래도 보인다는 이야기를 들으니까, 내 장래가 더 불안해지거든.

"나나미 양이랑…… 같은 역에서 내린다고 했던가요?"

"아, 응."

갑작스러운 질문에 고개를 끄덕이며 대답했다. 이어지는 것 같으면서도, 조금 동떨어진 것 같은 대화다.

키쿠치 양은 생각하는 것처럼 잠시 침묵하더니, 마침내 놀리는 것처럼 계속 말했다.

"나나미 양도 토모자키 군을, 이상한 사람이라고 생각할지도 모르겠네요?"

"너무해?!"

그런 느낌으로 키쿠치 양도, 잠깐 생각한 다음이기는 하지만, 편하게 농담을 말해줬다. 왠지 즐겁다.

"하지만 분명히 게임에 관해서는…… 진지해지고 싶다는 생각도 있기는 하네."

"역시 그런가요?"

"응."

그리고 나는, 생각나는 점에 대해 말했다.

"어패에 대해서는 물론이고, 평소에 하고 있는 나 자신을 바꾸기 위한 노력도, 눈앞에 있는 과제를 처리하는 것보다 『정말로 하고 싶은 일』을 생각하지 않으면 손에 잡히지 않는다고 할까……."

"후후, 토모자키 군 답네요."

"그런 건, 역시 좀 이상할지도 모르겠네."

뭐, 주위 사람들 이야기도 들어봤지만, 나랑 비슷한 생각인 사람은 없었으니까. 눈을 마주봤더니, 키쿠치 양은 납득했다는 것처럼 천천히 고개를 끄덕였다.

"……그렇구나."

"응?"

키쿠치 양은 눈을 깜박이면서도 날 빤히 쳐다봤다.

그리고 어째선지 기쁘다는 것처럼.

납득하려는 것처럼, 이런 말을 했다.

"틀림없이 토모자키 군 안에서는,

이 하루하루의 생활도──『게임』으로 레벨업 했군요."

그 말에, 나는 정신이 번쩍 들었다.

그건 내 마음 속을 말로 바꿔줬다는 감각보다, 그 이상으로.

내 배경에 있는 **전제**를 이해해줬다는 사실에, 감동했다고 할까.

"응. 그럴지도."

내는 샘솟는 감정을 표현하고, 웃었다.

그리고 그 때, 나는 내가 어째서 이렇게 열심히 내 장래에 대해 고민하고 있는지, 그 이유를 알 것 같은 기분이 들었다.

그래서 나는, **그 말**의 톤에, 긍정적인 느낌을 담으면서.

"나한테──『인생』은 **게임**이니까, 진지하게 생각하고 싶어.

머릿속이 개운해진 기분이 든다.

분명히 내가 조금 달라졌는지도 모른다. 하지만 그건, 게이머로서 그 누구보다, 게임에 대해 진지하게 생각하고 있을 뿐이다.

그렇다면 그걸 창피하게 생각할 필요는 없고, 오히려 자랑스럽게 생각해야 한다고 본다.

정했다. 나는 이 『인생』에 대해서도 고민하고, 고민하고 또 고민해야지.

왜냐하면 나는 nanashi니까—— 나는 이 게임이, 너무나 좋으니까.

* * *

"헤에…… 히나미 양도 어패를?"

"응."

식사를 마치고. 나와 키쿠치 양은 따뜻한 보리차를 마시면서 잡담을 즐기고 있었다. 공짜로 나오는 대신에 맛이 싱거운 기분도 드는 보리차고, 익숙해지면 고향의 맛. 정취까지 느껴지는 게 재미있다.

"그래서, 결승에서 붙었거든……."

"헤에! 히나미 양은 뭐든지 잘하네요."

나는 키쿠치 양에게 오프 모임에서 히나미가 어떻게 했는지에 대해서도 말했다. 뭐, 잘 생각해보면 그 모임 장소에 많은 사람들이 있기는 했어도 여자랑 단 둘이 놀러 갔다는 게 되니까, 숨기지 말고 있는 그대로 말해줘야겠다고 생각했다. 어쨌거나 나랑 키쿠치 양은 사, 사, 사귀는 사이니까.

"저기……."

키쿠치 양이 보리차를 찔끔찔끔 마시면서 말했다.

"응?"

"그게요. 토모자키 군은…… 히나미 양이랑 사이가 좋네요."

그리고 날 빤히 쳐다봤다.

"아~ 그, 그런가?"

사이가 좋다고 할까 사제관계라고 할까, 뭐 최근 반년 동안에 여러 사람들과 사이가 좋아지기는 했지만, 특히 히나미만 콕 찍어서 말하면 조금 서늘한 기분이 든단 말이야.

"왜요, 같이 가게에도 왔었고."

"아, 그랬구나."

연극 때부터 히나미의 행동 동기에도 관심을 가진 것 같고, 키쿠치 양이라면 뭔가를 알아차린 건지도 모른다고 생각하기는 했었는데, 생각해보니 그런 일도 있었네. 뭐 일단, 히나미의 숨겨진 얼굴이 나 때문에 들키는 일만은 없게 해야겠다.

"그래도 말이야, 왜, 최근에 친구들이 많이 생겼잖아."

나는 얼버무리려는 것처럼 말했다.

그랬더니 키쿠치 양은 왠지 불만스러운 투로,

"……그런가요?"

날 빤히 쳐다봤다.

"응. 왜, 나카무라에 미즈사와에 타케이에…… 최근에는 타치바나도."

"음…… 그러네요."

"그, 그치."

키쿠치 양치고는 보기 드문 축축한 시선 때문에 초조한 심정을 감추지 못하면서도, 어떻게든 수습하기 위해서 웃었다. 이런 점에서 위화감을 느끼는 걸 보면, 역시 키쿠치 양은 예리하다.

"하긴, 그러니까…… 나나미 양이라든지, 이즈미 양하고도, 친해졌으니까요."

"응, 응. 맞아."

딱히 히나미하고만 친한 게 아니라는 점을 강조했지만, 어째선지 키쿠치 양은 그것 때문에 더 심기가 불편해진 것 같기도 했다.

"그렇…… 군요. 토모자키 군은, 많은 사람들과 친하니까요."

"응 요즘에는. 뭐, 그러니까 딱히 히나미만 친한 게 아니라는, 그런 얘기야."

"……그렇구나."

키쿠치 양은 어딘가 쓸쓸한 느낌으로 그렇게 말하고, 잠시 생각한 뒤에 웃었다.

"아, 그보다 말이야."

거기서 나는 갑자기 생각난 이야기로 화제를 바꿨다. 상황을 넘기려는 것 보다는, 키쿠치 양에게 전하고 싶은 말이 있었기 때문이다.

"응?"

키쿠치 양이 깜짝 놀라서 고개를 갸웃거렸다.

"이거……" 말하면서, 키쿠치 양에게 내 스마트폰 화면을 보여줬다. "나도 트위터, 시작해봤어."

키쿠치 양은 내 스마트폰에 표시된 『nanashi』라는 계정을 빤히 보고, 고개를 갸웃거렸다.

"……나나시?"

"아, 응. 내가 어패에서 쓰는 이름. 그냥 깊은 의미는 없지만……."

그리고 나는 솔직한 마음을, 최대한 창피해하지 않으려고 노력하면서.

"제일 먼저…… 키쿠치 양한테 말해주고 싶다는, 생각에."

키쿠치 양의 눈을 똑바로 보면서 말했더니, 그대로 미소를 지었다.

그렇다. 화면에 표시된 것은 팔로우 0, 팔로워 0이라는 숫자.

이건 정말로 새로 만든, 아직 아무한테도 가르쳐주지 않은 토모자키 후미야, 즉 nanashi의 첫 계정이다.

"사귀는 사이니까, 중요한 건 제일 먼저, 말이야."

"어……" 키쿠치 양은 눈까지 휘둥그레지면서 놀라고, 마침내 서서히 미소를 지었다. "……기뻐요."

나는 조용히 고개를 끄덕이면서도 시선은 스마트폰 화면을 봤다. 그리고 트위터 검색 창에서 키쿠치 양의 계정 ID를 검색하고, 팔로우했다.

"그러니까…… 저기, 앞으로도 잘 부탁할게?"

내가 영문 모를 인사를 했더니 키쿠치 양은 멍~하니, 기쁜 것처럼 스마트폰 화면을 들여다봤다. 거기에는 내 계정의 『팔로우 1』이라는 숫자가 나오고 있었다.

"……저도, 팔로우 해둘게요."

따뜻함이 느껴지는 톤으로 말하고── 내 계정의 숫자가 바로, 팔로우 1, 팔로워 1이 됐다. 지금 이 순간, 우리 둘밖에 모르는 비밀 계정이 여기에 있다.

응. 역시 키쿠치 양이랑 보내는 시간은 천천히 흐르고, 마음이 따뜻해지네.

* * *

방과 후. 나는 내 인생에 대한 태도가 확실해졌으니까, 그대로 진행해보기로 했다.

나는 내 인생의 목표── 즉 장기적으로 생각한 『하고 싶은 일』을 찾고 싶다. 그런 걸 바보같이 솔직한 건 너무 고지식하다, 고 생각하거나 말거나 상관없다. 왜냐하면 나는 nanashi고, 인생은 게임이니까.

그렇다면 당연히, 내가 할 일은 하나뿐이겠지.

그렇다. 항상 그랬던 것처럼 『정보 수집』이다. 게임이란 그런 거니까."

"타마 양."

자기 자리에 앉아서 스마트폰을 만지작대던 타마 양한테 말을 걸었다.

지금 내가 하고 싶은 일은, 진로에 대한 인터뷰. 지금까지 미즈사와네랑 미미미, 히나미한테도 물어봤으니까, 다음에는 타마 양한테 물어보자, 고 생각했다. 아무래도 자기가 하고 싶은 일을 하면서 하고 싶은 말을 한다는 점에서, 타마 양은 나랑 비슷하니까.

그건 틀림없이 사는 방식이 비슷하다는 이유도 있기 때문이고, 그렇다면 장래에 대한 타마 양의 사고방식은, 앞으로의 나한테도 참고가 되겠지.

"왜~?"

타마 양은 밝게, 나를 받아들이겠다는 것 같은 투로 말했다. 나도 자연스럽게 웃어 보이면서, 묻고 싶은 것을 그대로 묻기로 했다.

"진로는 벌써 정했어?"

그랬더니 타마 양은 음~ 그러니까, 하고 잠깐 생각하더니, 약간 작은 목소리로 말했다.

"사실…… 별로 말은 안 했는데 말이야."

"응."

"우리 집, 케이크 가게…… 라고 할까, 양과자점을 하거든."

"그랬어?"

그건 정말로 처음 듣는 이야기다. 뭐, 보통 자기 집에 대한 얘기는 거의 안 하니까.

"그래서 대학에 갈까 생각도 하는데, 대학에 다니면서 본격적으로 가게 일도 도와볼까 싶거든."

"아하!"

타마 양이 양과자점 점원. 왠지 의외로 잘 어울릴 것 같다는 기분이 든다.

"본격적으로 돕겠다는 건, 최종적으로는 물려받겠다는 얘기야?"

그랬더니 타마 양은 음~ 하고 고민했다.

"그건 일단 해봐야 알 것 같다고나 할까! 지금도 학교 쉬는 날에는 가게 일 돕기도 하는데…….."

"응."

"물려받을 생각이냐고 물어보면, 꽤 고민하게 되거든. 그래서 대학 다니면서 생각해보는 것도 좋을 것 같아서."

"아~ 정말 그럴지도 모르겠네."

뭐 앞으로 본격적으로 일을 돕겠다고 한다면, 해보면서 어떻게 할지 생각해도 늦지는 않는다. 납득할 수 있는 이야기다.

"하지만 우리 가게 과자도 좋아하고, 일도 좋아하니까, 일단 지금은 해볼까~ 싶은 생각이야!"

"……헤에."

들으면서 감탄했다. 진로에 대해서 상당히 구체적으로 정한 건 물론이고, 좋아한다든지 싫다는 감각만으로 결단하려고 하지 않는 점이, 엄청나게 타마 양답다는 느낌이다. 누군가에게 길을 정해달라고 하는 게 아니라, 자신의 의지로.

그리고 나도 아마, 선택할 때는 그렇게 하겠지.

그때.

"타―――― 마―――!!"

소리를 지르면서 돌진해온 사람은 확인할 필요도 없이 미미미였고, 그래도 딱 한 가지 평소와 다른 점이라면, 그 뒤에 똑같은 텐션으로 이쪽을 향해 손을 흔들고 있는 타케이도 있다는 점이겠지.

"우어―――!! 타마―――!! 뚝돌아―――!!"

뭐야 이거, 순식간에 난리가 났네. 얘네 둘, 텐션이 비슷하다고 생각하기는 했지만, 이렇게 합쳐지면 대체 얼마나 난리가 날지 모르겠다.

"둘 다 시끄러워!"

타마 양이 딱 잘라서 주의를 줬더니, 두 사람은 "예!" 하고 동시에 차려 자세를 하더니, 타마 양 앞에 나란히 서서 경례를 했다. 군대냐?

"하하…… 그나저나 뭔데, 너희 둘."

내가 씁쓸하게 웃으면서 물었더니, 미미미가 으하~ 하고 웃으면서 말했다.

"그게~! 왠지 타케이가 브레인 쪽을 슬쩍슬쩍 보고 있길래, 끼어들고 싶은 건가?! 싶어서 같이 와봤지! 분위기 파악 못하는 여자! 매력적!"

"그, 그런 이유였지이?!"

밝고 아무렇지도 않게 말하는 미미미와, 왠지 조금 횡설
수설하는 분위기의 타케이.

"......응?"

거기서 생각났다. 분명히 문화제가 시작됐던 때쯤에, 타
케이가 이런 말을 했던 게.

『우와! 타마 걔 완전 내 취향이거든!』

그 목소리가 머릿속에서 재생됐고, 나는 또다시 고개를
갸웃거렸다.

"......으으응?"

나는 타케이와 타마 양의 얼굴을 번갈아가며 보고, 타케
이가 타마 양 쪽을 슬쩍슬쩍 보고는 눈을 돌리고 있다는 걸
알아차리고는 더 크게, 정말 크게 고개를 갸웃거렸다.

"타케이. 잠깐 이리 와봐."

"응?! 뭔데 뚝돌이!"

타케이한테 손짓을 하고, 미미미랑 타마 양한테 등을 돌
린 채로 조용히 말했다.

"저기 말이야. 지난번에, 타마 양이 네 취향이라고 했었지?

"어, 어?! 마, 마, 말…… 하긴 했는데."

"지금 이쪽으로 온 거…… 그거 때문이야?"

내가 직설적으로 물었더니, 타케이는 얼굴이 새빨개져서
고개를 돌리더니,

"그, 그건, 말해줄 수 없는데에……!!"

딱 봐도 당황한 투로 말했다.

"그래. 알았어."

나는 몸을 빙글 돌려서 타마 양과 미미미 쪽을 봤다. 한눈에 봐도 수상한 분위기인 나한테, 미미미가 덥석 물고 늘어졌다.

"뭐야뭐야 무슨 얘기 했어~?! 이상한 얘기 했나~?"

하지만 타케이의 마음에 대해 두 사람한테 말할 수도 없고, 솔직히 거기에 대해서 내가 말해버리면 현실로 확정돼버릴 것만 같았고, 무엇보다 말하고 싶지 않았다.

"그건 말할 수 없어."

"뭐~?!"

미미미가 뿌~ 하고, 입술을 삐죽 내밀면서 말했다. 타케이는 여전히 타마랑 눈을 마주쳤다 피했다를 반복하고 있다. 타케이. 야, 타케이.

그리고 나는 한숨을 쉬면서 —— 사명감을 느끼고 있었다.

"그냥, 타마 양은 내가 지켜줘야만 해. 그것만은 알았어."

"브레인?! 갑자기 프러포즈야?!"

"토모자키…… 무슨 소리야?"

미미미가 펄쩍 뛰었고, 타마 양도 의아하다는 표정으로 말했다.

하지만, 그래도 내 안에서 솟아나는 사명감은 사라지지 않았다.

"아냐, 아무것도. 이 어둠은 내가 끌어안아야 해⋯⋯."

나는 그렇게 말을 끝내고, 더 이상 추궁하지 말라는 것처럼 다른 이야기를 했다. 미미미가 "뭐, 뭐라고⋯⋯?"라면서 당황하고 있지만, 다른 이야기로 바꾸면 아무 문제 없다.

"아, 그런데 타마 양. 아까 그 얘기, 얘들한테 말해도 돼?"

"응. 괜찮아."

"뭐야, 뭐야, 무슨 얘긴데~?"

갑자기 급커브를 튼 화제에도 당연하다는 것처럼 따라오는 미미미의 운동 신경에 감탄하면서, 나는 조금 전에 들은 흥미로운 이야기를 두 사람한테도 말했다.

"타마 양네 집, 양과자점이래."

"뭐!? 그랬어?! 양과자점이라면 양과자 파는 가겟집?!"

"응."

"뭐야, 가겟집이라니."

미미미는 어린애 같은 말투를 쓰면서 놀랬고, 타마 양은 솔직하게 고개를 끄덕였고, 나는 미미미한테 딴죽을 걸었다. 하나같이 제멋대로다. 참고로 타케이는 한 템포 늦게 "그랬어~?!" 같은 소리를 하고 있는데, 저 천연형 리얼충이 나한테 뒤처지다니. 타케이는 안절부절못하면 반응이 늦어지니까.

"미미미도 몰랐어?"

"응! 처음 들었어!"

미미미가 자기 양쪽 귀를 손가락으로 척, 하고 가리키면서 말했다. 아마도 의미는 없는 행동인 것 같으니까 "그렇구나"라는 말로 대충 넘겼다.

그나저나, 지금까지 거의 말한 적이 없다고 들었는데, 미미미한테도 말을 안 했었다니. 그럼 우리 말고는 아는 사람이 없다고 생각할 수 있는 수준이다. 오히려 왜 갑자기 나한테 말해주려고 했던 걸까.

"어떤 계열 가게인데?! 보통 양과자점이야?!"

"맞아. 케이크나 쿠키, 푸딩이라든지 파는."

"뭐야 그거!! 타마도 만드는 거야?!"

"응. 가끔씩 도와드리고 있어" 그리고는 앗, 하고 뭔가가 생각난 것처럼. "가끔씩만!"

"진짜~!!"

미미미가 즐겁다는 것처럼 웃었다. 사이가 좋아 보여서 다행입니다요.

참고로 슬쩍 옆을 봤더니, 타케이는 너무 빠르게 흘러가는 대화에 적응하지 못해서 눈이 빙빙 돌고, 얼굴이 파랗게 질려 있다. 얼마 전까지의 내 모습을 보는 것 같아서 측은하다는 기분이 들었다.

"뭐야 그거! 타마가 만든다니, 꼭 먹으러 가야겠다!"

"그런 소리 할 것 같아서 말 안 했거든."

"너무해?!"

차갑게 말하고, 살짝 짓궂게 웃는 타마 양. 본심을 말하고 있지만, 상당히 부드러운 분위기다. 말한 뒤에 이 웃는 얼굴이 있는지 없는지에 따라서 인상이 엄청나게 달라진다니까. 난 이런 스킬을 못 쓰는 걸 생각해보면, 이미 나보다 몇 단계는 앞서가고 있다는 뜻이 된다. 역시나 내 제자, 자랑스럽구나.

"그런데, 그럼 왜 갑자기 말해준 건데?"

내가 묻자, 타마는 잠깐 생각하고,

"물어봤으니까."

"그게 다야?!"

미미미가 앞으로 고꾸라지는 시늉을 했다. 응, 뭐야 그게, 라는 느낌이지만 왠지 엄청나게 타마 양 답네.

미미미의 거창한 반응에 타마 양이 아하하, 하고 신나게 웃었다. 그리고 다시 한번, 진지한 말투로 이렇게 덧붙였다.

"그리고, 최근에 나를 다른 애들한테 오픈했더니, 점점 재미있어진 것도 있고 해서, 이런 것도 괜찮겠다고 생각했거든."

다른 뜻이 전혀 느껴지지 않는 말투로 설명한, 아무리 봐도 진심을 그대로 같은 그 말.

"……그렇구나."

미미미는 미소를 지으면서, 부드럽게 지켜보는 것 같은 눈빛으로 고개를 끄덕였다.

아마도 그 진심을 듣고. 나도 똑같이, 안심한 것 같다.

타마 양은 지금 이 학교생활을 잘 즐기고 있구나, 라고.

"아. 그럼 말이야."

그래서 나는 한 걸음 더, 들어가려는 것처럼 말했다.

그건 과제에 대해서 생각했기 때문이기도 했지만, 그 이상으로.

모두에게 자신을 오픈한 타마 양을 보고, 그러고 싶다고 생각했기 때문이다.

"이따가 집에 가면서, 다 같이 가볼래? ――타마 양네 가게."

　　　* * *

그렇게 해서 지금 우리는 타마 양의 안내를 받아서 집으로 가고 있다. 참고로 아까 키쿠치 양이 LINE으로『오늘 같이 가실래요』라고 제안했지만, 지금 막 선약이 생겼다는 이유로 거절하고 말았다. 하고 싶은 일이 너무 많으면, 이런 폐해도 발생하는 건가.

그나저나 점심도 같이 먹었는데 집에 갈 때도 같이 있고 싶어 하는 건 좀 신기한 일인 것 같다. 나중에 어떻게든 보충해야겠지.

"이 역 처음 와봤어~! 역에서 얼마나 걸려?"

역 개찰구에서 나왔을 때, 미미미가 힘차게 말했다.

"음~ 3분 정도려나."

"오~! 꽤 가깝네!"

"가, 가깝다아."

그런 느낌으로 타마를 선두에 세우고 걸어갔다. 타케이는 역시나 노골적으로 안절부절못하고 있다.

살짝 어둡고 추운 겨울 하늘 아래를 잠시 걸어갔더니, 얼마 지나지 않아서 우리는 양과자점 『르 쁘띠 브와』에 도착했다.

나무를 모티프로 삼은 것 같은 갈색과 녹색 베이스의 스타일리시한 간판 밑에 펼쳐진, 전면이 유리로 된 가게. 따뜻한 주황빛이 흘러나오고, 기분 탓인지 여기까지 버터와 밀가루의 고소한 냄새가 풍겨오는 것 같은 느낌이 든다.

"헤에~! 뭔가 양과자라는 느낌이다! 타마감이 장난 아니네!"

"응. 이쪽이야."

"타마감은 또 뭔데?"

타마 양이 미미미의 농담을 무정하게 무시해버렸으니까, 내가 받아줘야겠지. 정확히 말하자면 타케이가 반응해줄 것 같은 말이었지만, 타케이는 아까부터 계속 안절부절못하고 있어서 무리다.

도로에서 몇 계단 정도 내려가야 하는 계단을 넷이서 내려갔다. 유리문을 열었더니 반지하 같은 공간이 펼쳐졌다. 일반적인 편의점의 절반 정도 면적이려나, 양과자점 치고는 조금 넓은 매장에는 쿠키와 피낭시에, 러스크 등의 다양한 구운 과자들이 가게가 좁다는 듯이 진열돼 있다.

계산대 앞에 있는 쇼 케이스 안에 깔끔하게 정렬해 있는 케이크는 쇼트케이크와 초코 케이크 등의 기본적인 것부터 망고 파이, 복숭아와 치즈 케이크, 레몬 롤 케이크 같은 변화구까지 아주 폭이 넓다.

"어, 엄청 좋은 냄새가 나네에……."

타케이가 동물로서의 본능을 발휘하고 있다.

가게 안을 둘러보고 있는데, 기척을 느꼈는지 안쪽에서 여성 점원이 한 분 나오셨다. 40대 정도려나, 눈꼬리와 입가의 웃는 모양 주름이 특징적이고, 외모는 어른 같은데 어딘가 소녀 같은 분위기도 느껴지는 여성이다.

여성 점원은 이쪽을 보더니 빙긋 미소를 짓고, 힘이 실린 목소리로 말했다.

"어머나, 하나비 왔니! 친구들이야?"

"다녀왔어~ 엄마. 친구는 맞는데, 신경 안 써도 돼."

"하나비 얘가 참, 그런 소리 하지 말고~."

뭐랄까, 처음부터 타마 양은 집에서도 이러는구나, 라는 생각이 들게 하는 대화라서 나도 모르게 웃음이 나왔다. 오히려 이런 환경에서 자랐기 때문에, 타마 양 같은 사람으로 자랐는지도 모르겠네. 아무래도 이분은 타마 양네 어머니인 것 같다.

"미안해, 우리 애 때문에. 천천히 있다 가!"

장난기가 담긴 웃는 얼굴로 말하더니, 타마 양네 어머니는 계산대 옆에 있는 천 칸막이를 손가락으로 가리켰다.

"세 명이나 왔는데 들어가도 돼?"

"괜찮아~."

"고마워! 자, 가자!"

그리고 타마 양은 재빨리 그 천 칸막이를 열더니, 신발을 벗고 안으로 들어갔다. 타마 양은 아무래도 어머니한테 아주 소탈하게 대하는 것 같은데, 고맙다는 말도 솔직하게 하는 걸 보면 사이가 나쁜 건 아닌 것 같다.

"실례하겠습니다~!"

"실례하겠습니다."

"시, 실례하겠습니다!"

미미미가 힘차게 타마 양네 어머니께 인사를 했고, 나도 따라서 고개를 꾸벅 숙였다. 타케이는 이상하게 말을 더듬었다.

"그래~! 얘가 정말이지, 이렇게 잘생긴 남자애랑 장사 같은 남자애를 데리고 말이야!"

"그런 건 됐으니까!"

"자, 잘 생겼다니, 쑥스럽네에?!"

타케이가 기뻐하며 말했다. 그런데 뭐랄까, 내 입으로 이런 말 하기는 그렇지만, 소거법으로 생각해보면 넌 『잘생긴』 쪽이 아닐 것 같은데 말이야. 날 보고 장사 같다는 감상이 나올 리가 없잖아. 뭐, 어패로 따지자면 천하장사급이지만.

"누가 왔어~?!"

갑자기 안쪽에서 남성의 목소리가 들려왔다.

"하나비가 친구들 데리고 왔어~!"

"뭐라고~?! 잠깐만 기다려! 이거 다 구우면 제대로 인사 좀 시켜줘!"

"자, 자, 그렇게 서두르지 않아도 되니까."

안쪽에 계신 남성은 타마 양네 어머니와 편하게 대화를 했다. 이 느낌을 보면, 타마 양네 아버지려나.

"그럼, 편하게 있다 가~."

사람 좋은 미소를 지어 보이고, 타마 양네 어머니가 손을 살랑살랑 흔들었다.

"젠장! 이거 다 구워졌을 때 또 와줘! 인사 시켜 달라고!"

"됐으니까, 자 가자!"

타마 양은 아버지의 말을 무시하면서 미미미의 손을 잡았고, 안쪽으로 성큼성큼 걸어갔다. 뭐야. 딱히 사이가 나쁘다는 분위기는 아닌데 뭘 저렇게 조급해하는 거지. 쑥스러워서 그러는 걸까.

"잠깐 기다려~."

한심한 소리를 하면서, 타케이도 그 뒤를 따라갔다. 나도 어머니께 꾸벅 인사를 한 뒤에 그 뒤를 따라갔고, 안쪽에 있는 방으로 갔다.

참고로 거기 들어가기 직전에 슬쩍 뒤쪽을 봤더니, 타마 양네 어머니는 여전히 웃는 얼굴로 우리를 지켜보고 계셨다. 응, 왠지 아주 좋은 분인 것 같네.

* * *

그렇게 해서 들어간, 타마 양의 방.

방안을 둘러보니 파스텔컬러의 소품이나 인형 등등, 의외로 귀여운 것들이 많은 여자애다운 공간이 펼쳐져 있다. 왠지 좀 더 기능적인 방일 거라는 이미지를 가지고 있었는데, 들어보니 방에 있는 물건들은 기본적으로 어릴 적에 부모님이 사주신 것이고, 딱히 타마 양의 취향은 아니라는 것 같다. 엄청나게 납득. 물건을 소중하게 사용하는 것 같네.

지금은 넷이서 작은 테이블을 둘러싸고 앉아서 잡담을 나누고 있다.

"뭐~ 그럼 타마가 만든 것도 가게에서 파는 거야?"

"맞아. 그 전에 할아버지가 확인하시기는 하지만."

"헤~!"

미미미가 타마 양한테 인터뷰를 하면서, 잡담을 나누는 중간에 이런저런 이야길 들었다. 이야기를 들어보니 타마 양은 특별한 예정이 없는 주말이면 가끔씩 할아버지께 과자 만드는 방법을 배웠고, 시험 삼아 만들기도 한다고 했다.

이 가게를 처음부터 만드신 할아버지는 몇 년 전까지 이 가게의 주인이셨지만, 체력에 한계를 느껴서 은퇴. 지금은 뒤를 이은 타마 양의 부모님, 그리고 뒤를 이을지도 모르는 타마 양한테 과자 만드는 방법을 가르치고, 그 완성도를 확인하는 역할을 하고 계신다는 것 같다.

나는 그 일자상전(一子相傳) 스타일에 솔직하게 감탄했다.

"정말로 대를 이어서 운영하는, 그런 가게라는 느낌이네. 왠지 요즘 세상엔 신기하다는 기분도 들어."

"그럴지도 모르겠네? 뭐, 내가 이어받을지는 아직 미정이지만……."

그런 삶의 방식도, 나한테는 신선했다. 우리 집이 아주 평범한 샐러리맨 가정이기도 해서, 이런 환경을 가까이에서 보니, 여러모로 자극이 됐다. 타케이도 "대단하다아……"라면서 감탄하고 있는데, 넌 대체 왜 무릎을 꿇고 있는 건데.

타마 양이 외동딸이다 보니, 이어받지 않을 경우에는 친척이나 믿을 수 있는 종업원 등의 누군가가 이어가게 된다는 것 같다.

그런 얘기를 하고 있는데 똑똑, 하고 방문을 두드리는 소리가 났다.

"하나비~! 과자랑 홍차 가지고 왔다~."

"아, 예~!"

타마 양이 대답하자 문이 열렸고, 양과자를 담은 접시와 홍차를 가득 따라놓은 머그컵을 얹어놓은 쟁반을 들고, 타마 양네 어머니가 들어오셨다.

"안 그래도 되는데. 고마워!"

타마 양은 한 마디 더하기는 했지만 제대로 고맙다는 인사를 했다. 우리 셋도 타마 양을 따라서 "고맙습니다"라고 감사의 뜻을 전했다. 그랬더니 타마 양네 어머니는 "뭘, 이런 걸 가지고!"라며 밝게 말씀하시면서, 그 쟁반을 우리 앞에 있는 테이블 위에 내려놓으셨다.

"이거, 우리 가게 특제 홍차하고…… 그리고, 하나비가 만든 피낭시에랑 마카롱이야!"

"어!"

그 말에 타케이가 노골적으로 기뻐하는 표정을 지으며 목소리를 냈다. 넌 참 알기 쉽다. 지금까지는 쥐 죽은 듯이 있더니.

"괜찮다면 하나비랑 같이 가게도 구경해도 되니까~."

그렇게 말씀하시면서, 어머님은 또 손을 살랑살랑 흔들며 방에서 나가셨다. 그 표정이 순수하고 천진난만한 게, 역시나 성격이 밝은 분이다.

우리들의 시선은 타마 양네 어머니가 두고 가신 과자에 쏠렸다.

"대단하다~! 이거 진짜 타마가 만들었어?"

미미미가 묻자, 타마 양은 쑥스럽다는 것처럼,

"응. 아마 이거, 얼마 전에 만든 거야. 할아버지가 가게에 내놓는 건 안 된다고 하셨지만."

"헤~! 꽤 엄격하시네?"

"뭐, 파는 거니까."

그런 이야기를 하는 사이에도, 항상 말이 많은 타케이의 시선은 오로지 그 타마 양이 만들었다는 과자로 향하고 있었다. 먹고 싶으면 먹어도 될 것 같거든 타케이.

그렇게 해서 나는 접시 위에 있는 피낭시에를 집어서, 입으로 가져갔다.

"……어, 맛있다!"

그 맛에 깜짝 놀랐다. 입에 넣은 순간, 버터의 향기와 거슬리지 않는 단 맛이 입안 가득 번졌고, 행복한 느낌을 자극했다. 살살 무너져 내리는 것 같은 식감은 처음 느껴보는 것이었고, 혀 위에서 녹아서 사라져버리는 것 같은 감각이 바로 한 입 더 먹고 싶다는 욕구를 자극했다.

"정말? ……고마워."

타마 양은 웬일로 쑥스러운 것처럼 말하더니, 그걸 먹고 있는 내 모습을 기쁘다는 듯이 바라봤다. 나는 그런 시선은 신경 쓰지 않고 우걱우걱우걱우걱, 단숨에 먹어치운 뒤에, 또 놀랐다.

"이, 이걸 타마가 만들었다고?"

"그렇거든?"

"진짜 맛있다…… 그런데, 이런 게 퇴짜를 맞는구나……."

나는 동시에 여러 가지 충격을 받았다.

이렇게 맛있는 과자를, 나랑 같은 반 친구가 만들었다는 사실에.

그리고, 이렇게 맛있는 과자라도, 가게에 내놓는 걸 허락하지 않았다는 사실에.

"아, 그러니까. 맛은 칭찬해 주셨는데…… 모양이 별로라서."

"아…… 그런 것도 따지는구나?"

"응. 구웠을 때 더 많이 부풀도록 제대로 계산해야, 예쁘게 나온다고."

"헤에……."

뭐 전문적인 건 모르겠지만, 프로가 하는 일이니까. 나 같은 건 상상도 못 하는 세세한 뭔가가 있겠지. 어떤 일이건 초상급자의 고집은, 초보자들은 이해하지 못하는 법이니까.

"마, 맛있다아……."

같은 피낭시에를 먹고 감동했는지, 타케이가 눈동자까지 반쯤 촉촉해진 상태로 그렇게 말했다. 타케이의 경우에는 뭔가 다른 데도 감동한 것 같다.

"아하하. 타케이도 고마워."

"무무무, 무슨 말씀을!!"

타케이는 엄청나게 말을 더듬으면서, 타마 양한테 말했다. 괜찮냐 타케이, 나처럼 돼버렸거든.

"정말이네!! 마카롱도 진짜 맛있어!"

미미미도 먹어보고 감동했더니, 타마 양이 또 쑥스러워했다. 뭐지 이 상냥한 시간은.

"이쪽은 말이야, 모양이라기보다는 색이 아직 부족하다고 하셨거든. 마카롱은 색도 중요하니까~ 라고, 할아버지가."

"그, 그건 꽤나 하이컬러한 할아버지시네?"

마카롱의 겉보기에 대해 이해하고 계시는 할아버지 얘기는 들어본 적이 없거든.

"뭐, 마카롱이라는 게, 원래는 전통적인 양과자니까."

"아, 맞다. 그냥 요즘 유행하기 시작한 게 아니었지."

이런 식으로, 양과자를 주제로 삼은 대화가 펼쳐졌다. 그

중심에 타마 양이 있다는 게 신선하고, 왠지 이런 분위기도 좋다.

"구운 정도나 오븐의 온도, 그리고 기온이나 습도에 따라서도 달라지니까, 아무튼 경험을 많이 쌓으라고 하셨어."

"헤에……."

미미미가 반짝반짝 빛나는 눈으로 타마 양을 바라봤다. 그것은 어딘가 동경하는 것 같기도 하고 쓸쓸해 하는 것 같기도 한 눈빛인데, 지금 미미미는 무슨 생각을 하고 있는 걸까.

혹시—— 장래에 대한 생각이려나.

"이거 장래에, 우리가 결혼하면 매일 과자를 구워달라고 해야겠네!"

"안 할 건데? 결혼."

장래는 장래인데, 쓸데없는 쪽의 장래였다. 미미미는 쿠웅, 하고 충격을 받았다는 표정을 지어 보였다.

"브레인! 못 한다는 게 아니라『안 할 건데』라고 했어!"

"만약 할 수 있다고 해도 안 한다는 얘기겠지."

"아주 대놓고 설명하네?!"

미미미가 떠들썩하게 굴고, 내가 열심히 놀리고, 타마 양이 뜬금없는 소리를 한다. 이건 다 같이 떠들썩하게 신이 난, 아무도 무리하는 사람이 없는 즐거운 시간이고.

하지만 그런 소란 속에서 혼자 굳어 있는 타케이는, 역시 거의 대화에 끼어들지 않았다. 힘내라 타케이.

*　*　*

　그리고 한 시간 정도 지났을까.

　"그래서, 여기가 메인인 케이크 매장이야."

　타마 양네 어머니가 권하신 것도 있어서, 우리는 타마 양을 따라서 가게를 구경하고 있다.

　"그쪽엔 하나비가 만든 것도 진열돼 있어~."

　가게에서 파는 대표적인 과자들을 소개해주시면서, 계산대에 계신 타마 양네 어머니가 추가 설명도 해주셨다. 타마 양은 어머니께 "진짜~ 됐으니까 가만히 있어!"라고 항의했지만, 어머니는 "그러면 엄마가 쓸쓸하잖니~"라고 받아치면서 계속 설명하셨다. 역시 사이가 좋아 보이네.

　"뭐라고?! 하나비가 친구들한테 가게 구경시켜주는 거야?! 아빠도 이거 다 굽고 다음 준비 작업 다 끝나면 바로 갈 테니까!"

　안쪽에서 들려오는 타마 양네 아버지 목소리에, 나도 모르게 피식하고 웃었다. 아버지는 계속 바쁘신 것 같네.

　"뭐랄까…… 타마 양네 집, 재미있지 않아?"

　내가 솔직한 감상을 말했더니 타마 양은 "안 재밌거든!"이라고 잡아뗐고, 부모님은 "그치~!" "역시 그렇지~!"라고 신이 나서 대답하셨다. 아버님은 됐으니까 계속 구우세요.

　그런 부모님 두 사람한테 완전히 빠졌는데, 미미미는 계산대 쪽으로 가서 계속 두 분께 말을 걸었다.

"우와~ 대단해! 이거 꼭 보석 같네요!"

"그렇지~ 사실은——."

그렇게 과자에 대한 설명도 잔뜩 듣고 있는 사이에, 마침내 아버지도 나오셔서 우리 셋은 다시 한번 인사를 했다.

타마 양네 아버지는 체격이 작으면서도 에너지가 넘치는 풍모인데, 야무지고 단정한 이목구비를 보면, 젊은 시절에는 상당한 미남이었을 것 같다고 여겨지는 풍격이 느껴졌다. 상당히 높은, 주방장 모자라고 하던가, 그런 모자를 쓰고 계시는데, 그 표정은 타마 양네 어머니와 비슷해서 정말 순수해 보였다. 그리고 한눈에 봐도 어머니보다 키가 작다.

이 가게만의 고집, 과자에 대한 토막상식 같은 것들을 듣고 있는 속에서, 미미미가 두 분께 이런 질문을 했다.

"타마 말인데요, 예전에는 어떤 애였어요?"

그랬더니 두 분은 일단 얼굴을 마주 보고, 왠지 슬며시 쿡쿡 웃으시고는 다시 미미미 쪽을 봤다. 어째선지 타마 양은 얼굴이 빨개져서, 초조한 것처럼 눈동자가 이리저리 움직였다.

"그러니까아. 하나비는 옛날부터 솔직하고 거짓말을 안 하는 애였지" 타마 양네 아버지가.

"역시 그랬군요."

"그래. 자기가 생각한 건 확실하게 말하고, 학교에서 누가 다른 애를 괴롭히면 자기가 나서서 말리고, 싫은 건 싫다고 딱 잘라서 말하는 그런 애였지."

"헤에!"

미미미와 아버지의 대화를 들으며, 지난 일을 생각했다.

바로 2학기 때, 우리 반에서 일어났던 괴롭힘을 대놓고 규탄하던 타마 양의 모습이.

그런 게, 예전부터 그런 성격이었기 때문이구나.

"그래서 우리 애가 만드는 과자도 거짓이 없는 솔직한 맛이라서, 할아버지도 호평이었지만……."

"만?"

미미미가 맞장구를 치자, 타마 양네 어머니가 짓궂은 말투로.

"생김새가 아직 멀었다고 하셨거든."

"맛있기만 하면 되잖아! 라고 자주 싸웠지."

아버지가 예전 일을 그리워하는 것처럼 말씀하셨다. 왠지 그거, 엄청 타마 양 답네.

"아~ 그런 건 됐으니까!"

"하지만 최근에는 조금씩 알게 된 것 같거든.

아버님이 천천히 말씀하시면서 미소를 지으셨다.

그리고 눈가에 깊은 주름이 새겨지는 부드러운 웃는 얼굴로 타마 양을 보며, 이렇게 말씀하셨다.

"솔직한 맛이 전부가 아니라── 그 맛을 어떻게 전하는지도 중요하다는 걸, 말이야."

＊ ＊ ＊

그렇게 가족분들과 이야기를 하면서 여러 이야기를 들은 우리는, 조금 뒤에 해산하게 됐다.

"그럼 이만 실례하겠습니다~!"

"안녕히 계세요!"

"아, 아, 아, 안녕히 계세요!"

이번에는 왠지 타케이 혼자 긴장해서 이상한 느낌이 됐지만, 우리는 다 같이 타마 양네 부모님께 인사를 했다.

"그래~ 또 놀러 와~. 자, 이건 선물이야."

그렇게 말씀하시면서, 타마 양네 어머니가 쇼핑백 세 개를 하나씩, 우리한테 나눠주셨다. 전통 종이 같은 반짝반짝 빛나는 연두색 쇼핑백인데, 계속 보고 있어도 질리지 않을 것 같은 고급스러운 질감이다.

"어! 너무 죄송한데요!"

미미미가 쇼핑백 안을 보면서 말씀하셨다. 나도 따라서 봤더니, 거기에는 개별 포장된 다양한 양과자들이 쇼핑백 가득 채워져 있었는데, 이거, 제값 주고 사면 꽤 비쌀 것 같은데.

"괜찮아, 괜찮아! 이거, 내일이면 날짜가 지나서 못 파는 것들이니까."

"그, 그런가요……?"

"아, 그래도 썩는 건 아니고, 할아버지께서 『사흘이 지나

면 맛이 없어지니까 팔지 마라』고 말씀하셔서 안 파는 것뿐
이지, 2주 정도는 문제없으니까 안심해도 돼."

그리고 어머니는 기쁘게 웃으시면서, 타마 양의 머리를
툭, 하고 쓰다듬으셨다.

"하나비가 친구들 데리고 오는 일은, 거의 없으니까."

하지만 타마 양은 그 손을 슬쩍 피했다. 우리는 미소를 지
으며 그런 두 사람을 바라봤다.

"그, 그럼, 감사히 먹겠습니다!"

미미미가 제일 먼저 말했고, 우리는 그 쇼핑백을 받았다.

"그래~! 그나저나…… 말이야."

그렇게 말하고, 어머니는 뭔가 꿍꿍이가 있는 것처럼 웃
으셨다. 그리고는 타마 양 쪽을 봤다.

타마 양은 뭔가를 눈치챘는지 싫다는 표정을 지으며 어머
니와 눈을 마주쳤다.

마침내, 타마 양의 어머니가 이런 말을 하셨다.

"……우리 애한테 『타마』라는 귀여운 별명이 있었을 줄이
야~! 하나비한테 딱 어울리네!"

그리고 가게 안쪽에 계신 아버지와 같이 "타마~!" "타
마!"라고 놀리는 것처럼 타마 양을 불렀다. 이, 이건. 타마
양 얼굴이 점점 빨개져 간다.

타마 양은 그대로 우리를 노려보며, 이렇게 소리쳤다.

"진짜~! 이래서 데리고 오지 않았던 거란 말이야!"

그렇구나, 타마 양이 사람들을 집에 데려오지 않은 데는

그런 이유가 있었구나. 좋은 별명이라고 생각하는데, 뭐 왠지 부모님이 알면 창피하다는 그 기분은 이해한다.

* * *

돌아오는 길에. 타마 양과 헤어진 우리는 선물을 들고 역으로 가는 길을 걸어가고 있다. 타케이는 좀 전에 받은 선물을 보면서 엄청나게 흐뭇한 표정을 지고 있다. 왠지 지금까지 이렇게까지 노골적으로 좋아하지는 않았던 것 같은데, 타마 양을 진심으로 좋아하게 된 걸까. 아니면 왠지 말하다 보니 그냥 그런 기분이 들었던 것뿐일까.

"아!"

"왜 그래?"

갑자기 큰 소리를 지른 미미미 쪽을 봤더니, 자기 스마트폰 화면을 나한테 보여줬다.

"이거 봐봐! 타베로그 3.5! 엄청 인기 좋은 가게였어!"

"어. 진짜네.

스마트폰 화면에는 『르 쁘띠 브와』의 타베로그 화면이 표시돼 있었고, 평점은 3.58. 거의 3.6이라는 걸 생각해보면 상당히 높은 점수다.

"꽤 유명한 가게였구나."

"대, 대단하다……!"

타케이도 놀랐고, 다 같이 그 리뷰를 봤다. 하나같이 좋은 평가들뿐이라서, 읽다보니 내가 다 기분이 좋아졌다.

"우와~! 당연히 맛있을 만도 하네! 한 방 먹었어!"

미미미는 자기 이마를 찰싹 때리면서 말했다.

"하하하. 뭐야, 한 방 먹었다니."

"설마 타마한테도 새치기당했을 줄이야."

"뭐야 그게……" 씁쓸하게 웃으면서 말하고, 마침내 눈치를 했다. "아, 진로 얘기 말이야?"

"응, 그거!"

미미미가 초조해하던 진로 이야기. 그 점에서 보면 분명히 타마 양은, 이어받을지 아닐지 아직 생각하는 중이라고 하기는 했지만, 너무나 구체적이라고 할 수 있는 선택지가 바로 눈앞에 펼쳐져 있다.

"너무 초조해하지 않아도 될 것 같은데? 자기 집에서 하는 일은, 예외라는 생각도 드니까."

"그렇겠네~. 그래도 즐거워 보였지!"

"타마 양네 집?"

내가 묻자, 미미미가 고개를 끄덕였다.

"뭔가 엄청 떠들썩하고. ……아, 토모자키네 집이랑 좀 비슷한가?"

"뭐, 우리 집?"

"뚝돌이네 집?! 가본 적 있어?!"

타케이가 덥석 물고 늘어졌다.

"아, 응. 애들이랑 놀러 갔었어, 한번."

"그, 그랬냐……? 나, 난 왜 안 불렀지이……."

타케이는 슬퍼했다. 혼자만 따돌림당했다고 끄응~ 하고 쓸쓸해 하는 강아지 같은 분위기를 자아내고 있다. 하지만 엄청나게 체격이 좋아서 하나도 안 어울린다.

그나저나 생각해보니 그러네. 여름방학 때, 합숙할 때 나카무라와 이즈미가 사귀게 해주자는 작전 회의를 하러 우리 집이 모였었는데, 타케이는 알면 오히려 방해만 될 것 같아서, 라는 이유로 말을 안 했었다. 지금까지도 옳은 선택이라고 생각하기는 하지만, 분명히 미안한 짓을 하기는 했다.

"아~ 진짜 미안, 미안해 타케이! 다음엔 부를게, 부를 테니까!"

미미미가 웃으면서 말했더니, 타케이는 "야, 약속했다……!"라고 눈물까지 글썽이면서 대답했다.

"그렇게 재미있는 것도 아니었는데 말이야……."

"뭐~ 그래? 꽤 재미있었는데! 떠들썩하고."

"그랬어……?"

하지만 생각해보니 미미미가 그때, 우리 가족들을 보고 재미있다, 고 말했던 것 같다.

"어, 어땠는데……?"

타케이가 자기만 빠졌던 시간을 되찾으려는 것처럼 물었다. 타케이가 이렇게 외로움을 많이 탔던가. 아니면 타마 양네 집에 갔던 여파 때문에 이런저런 감정이 흐물흐물해진 걸까.

"어떻긴, 그냥 보통이야 보통."

"그러니까~ 어땠냐면…… 뭐랄까, 어머니랑 여동생이 있었는데, 전부 친구라는 느낌이었어. 그런 건 타마네랑 비슷하기도 했지."

"헤~!"

미미미가 말하는 우리 집 정보에 타케이가 맞장구를 쳤다. 나도 나대로, 나 말고 다른 사람한테 우리 집이 어떻게 보이는지에 대한 의미에서, 그 말이 신선하게 느껴졌다.

"아…… 그런데 분명 거리감은 친구 같았을지도 모르겠네. 하지만 어느 쪽이냐 하면, 얕보이기만 한다는 느낌도 있었지?"

내가 장난스럽게 말했더니, 미미미와 타케이가 웃었다.

"아하하! 그건 뚝돌이답다!"

"야, 무슨 뜻이야."

한마디 하고, 그 뒤에 내가 보충 설명을 했다. 아버지는 평범한 회사원, 어머니는 전업주부고, 동생은 같은 고등학교 1학년이라고.

"뭐! 걔 우리 학교 다녀?!"

미미미가 놀랐다. 그러고 보니 말 안 했던가. 이즈미는 알고 있지만, 뭐 후배니까 말하지 않으면 당연히 모르겠지.

"맞아. 나이 차이도 안 나서 진짜 시끄럽게 군다니까."

"아하하. 왠지 상상이 간다. 우리가 왔을 때도 엄청 난리였으니까."

미미미가 그때 일이 생각났다는 것처럼 말하고, 웃었다. 타케이는 무슨 이야긴지 알아듣지 못한다는 것 때문에 슬퍼졌는지, "그, 그렇구나아……?"라고 말하면서 당황한 것 같은 표정으로 나와 미미미를 보고 있다.

"타마네도 정말 대단했지! 토모자키네 집보다 훨씬 떠들썩했다고 할까?"

"분명히 그런 집은 드물지. 부모님 두 분이 계속 집에 계시면서, 계속 일을 하고 계시잖아."

맞벌이지만 두 분 모두 집이 직장. 꽤 특수한 환경이라고 생각한다.

"사춘기라면 짜증 나는 때도 있겠지만…… 어떤 의미에서는 혜택받은 환경이기도 하니까."

"그럴지도 모르겠다!"

그리고 이야기하면서 생각이 났다. 여기 있는 두 사람네 집은 어떤 느낌일까. 그러고 보니 그런 이야는 한 번도 들어본 적이 없네.

"미미미네랑 타케이네는 어떤데?"

"나 말이야?!"

물었더니, 지금까지 이야기에 끼지 못했던 반동 때문인지, 두 사람한테 물었는데 타케이가 제일 먼저 힘차게 대답했다.

"그, 그래. 그럼 타케이."

내가 지명했더니, 타케이는 기쁜 것처럼 웃고는 자기 가족에 대해 말하기 시작했다.

"난 5형제거든~!"

"뭐? 진짜?"

뭔가 일단 한 번 들어볼까, 정도로 질문을 던져본 건데, 생각보다 흥미로운 이야기가 나왔다. 5형제라니, 요즘 세상에 신기하네.

"부모님은 두 분 모두 일하시고, 나는 5형제 중에 막내! 전부 남자거든!"

"헤~! 그거 엄청난 확률이네! 그러니까…… 32분의 1!"

"막내라는 것도 엄청 납득이 간다……."

5형제 중에 막내인 게 이 타케이, 라는 느낌이 대단하다. 타케이는 100형제에서도 막내가 될 것 같은 기분이 든다.

"큰 형은 벌써 결혼해서 도쿄에 살고 있는데, 나머지는 죄다 나이가 비슷해서, 대학생이야~. 게다가 전부 집에서 같이 살고."

"그, 그거 진짜 떠들썩하겠다……."

상상하니 쓴웃음이 나왔다. 많을 때는 집에 형들이 셋이나 있고, 게다가 부모님까지 계시다는 건가. 거실에 타케이가 네 명이나 있다는 악몽과도 같은 풍경이 머릿속에 펼쳐졌지만, 나는 그것을 떨쳐냈다.

"에~ 그래도 꽤 큰일이겠다! 다섯 명이나 되면 진학이라든지!"

"아, 그러게."

그 말을 듣고 나도 생각이 미쳤다. 잘 생각해보면 자식이 다섯 명이나 되는데 만약 전부 대학에 보내려면, 정말 엄청난 돈이 들 테니까. 사립대라도 간다면 거의 불가능한 일에 가깝겠지.

"그래~ 맞아~! 그래서 꼭 국립대야 가야겠다고, 생각은 하고 있거든~!"

"그것도 그렇겠네……."

"음~ 뭐 환경에 따라 진로가 달라지는 법이네!"

미미미가 말하고, 나도 그 말을 듣고 알아차렸다.

진로를 생각하는 중에 나타나는 하나의 지침. 그것은 학비, 부모님의 일 등, 단순한 가정환경 문제다.

"뭐, 타마 양도 딱 그런 느낌이었으니까."

집안 사정에 따라서 사립에 보내기 힘들다든지, 타마 양네 집처럼 집에서 하는 일을 이어받았으면 싶다고 생각한다든지.

또는 특별한 제한 없이 원하는 일을 하라고 생각해주시는 경우도 있을 테고, 반대로 무슨 일이 있어도 좋은 대학에 가야 한다고 압박하는 집도 있겠지. 의사 아들은 의사가 된다, 같은 이야기도 자주 들었으니까.

그렇게 생각하니까, 나는 고등학교 입시 때도 사립이건 공립이건 특별히 뭐라고 하지 않으셨었다.

세키토모 고등학교는 사립이니까, 나도 동생도 여기에 보내주셨다는 건, 꽤 좋은 환경인지도 모른다. 지금까지는 생각도 못 해봤지만.

"그렇구나……."

역시 이렇게 여러 이야기를 듣다 보면, 내 진로에 대해서도 깊이 생각하게 되네. 일단 해야겠다고 생각해서 행동해본 결과로, 상상했던 것보다 많은 것들을 얻게 될지도 모른다.

그래서 나는 또 화제를 던졌다. 스킬을 유용하게 활용하고 있다.

"미미미는 어떤데?"

"아~ 나? 난 말이야~……."

물었더니, 미미미는 조금 망설이면서도 말을 했다.

"난 외동딸이고, 어른은 일 나가서 집에 가봤자 기본적으로 나 혼자 있어. 뭐 소위 말하는 집 보는 아이?"

"고등학생씩이나 돼서 아이는 아니지……."

나는 살짝 딴죽을 걸면서도, 또 실감했다. 부모님이 항상 집에 계시는 타마 양네 같은 집이 있으면, 5형제인 시끄러운 집도 있다. 그런가 싶으면 소위 말하는 집 보는 아이 같은 느낌으로, 기본적으로 집에 혼자 있는 패턴도 있다.

"뭐~ 난 중학교 때 부모님이 이혼해서, 엄마랑 둘이서 살고 있지만."

"뭐."

아무렇지도 않게 나온 말에, 나는 깜짝 놀랐다. 어라, 쉽게 들을 수 없는 말을 들었나?

"아! 괜찮아, 괜찮아! 이거 은근히 다들 알고 있는 얘기니까! 타케이 너도 알고 있었잖아?"

"응, 알고 있었지!"

"그, 그랬어?"

그 말을 들으니까 마음이 조금 편해지기는 했는데, 왠지 뭔가 저질렀다는 기분을 부정할 수가 없다.

"뭐야~ 그 얼굴은! 그리고 요즘 세상에 이혼은 신기한 일도 아니거든! 세 쌍 중에 한 쌍은 이혼하는 나라잖아?!"

"뭐, 듣고 보니 그러네……."

세 쌍 중에 한 쌍이라면, 뭐 한 반에 열 명 정도는 부모님이 이혼한 사람이 있다는 계산이 되네. 그렇게 생각하니까, 너무 미안하다고 생각하면 오히려 미미미한테 더 미안해질 것 같다.

타케이도 그런 나를 도와주려는 것처럼,

"맞아! 뭐, 타카히로네도 그러니까아."

"아~ 그렇다더라."

"뭐."

그리고 나는 또 놀랐다. 그나저나 그걸 다른 사람 통해서 들어도 되는 건가, 라는 생각을 하면서도, 미미미도 당연하다는 것처럼 알고 있는 느낌이었으니까 뭐 괜찮겠지. 왠지 복잡하네. 미즈사와도 그랬구나.

"뭐, 타마네 양과자점 일도 그렇고, 사람한테는 이런저런, 각자의 사정이 있다는 거겠지!"

"……그렇구나아……."

나는 감정을 어떻게 추슬러야 좋을지 고민하면서도, 굳이 누구에게 보여주려는 건 아니지만 몇 번이나 고개를 끄덕였다. 지금까지 생각도 못 해봤던 현실이, 머릿속에서 서서히 번져나가는 게 느껴졌다.

"뭐, 인생은 다양하고, 집안 사정도 다양하다는 뜻이겠지~!"

"맞아~!"

완전히 원래 컨디션을 되찾은 타케이가 미미미의 말에 맞장구를 쳤다. 집안 사정도 다양하다, 란 말이지.

그렇게 생각해보니까 나는 엄청나게 평범하다고 할까, 소위 말하는 일반 가정이라는 느낌이네. 어떤 의미에서 보면 그 정도로 전형적인 『일반 가정』이 더 신기한지도 모르겠다.

"그나저나 말이야! 브레인은 왜 타마네 집에 대해서 물어보려고 한 거야? 지금까지 양과자점이라는 건 아무도 몰랐는데."

"그러게! 왠데, 뚝돌이!"

"아~ 그건……."

왜냐고 물어보면 조금 설명하기 힘들다.

누가 뭐라고 하건 게이머로서 『인생』에 대해 진지하게 생각하기로 결심했으니까, 라고 말해도 또 이상하다고 생각하겠지. 뭐, 한마디로 내 진로를 결정하기 위해서는 인생의 『목표』가 필요하니까, 그러기 위해서 정보를 수집하고 있는, 그런 상황이니까——

그걸 『인생』이라는 게임의 언어로 번역하려면, 이렇게 되려나.

"왜, 전에 미미미랑도 얘기했지만, 진로에 대해서 진지하게 생각한다고 했었잖아."

"응, 응."

"예를 들어서 말이야, 지금 들은 얘기처럼, 타케이가 집안 사정 때문에 국립대에 가려고 한다든지, 그리고 혼자서 사는 수밖에 없다든지…… 진로를 정해야겠다고 생각했더니, 집안 사정에 따라서 다양한 문제가 생기는구나~ 싶었거든."

"그랬어?!"

"타마 양도 바로 집안 사정 덕분에 진로가 결정될 것 같고 말이야. ……뭐랄까, 그런 다양한 사람들이 뭘 생각하고 있는지, 그 배경에 어떤 게 있는 건지, 그런 걸 듣다 보면 내 인생의 힌트가 되지 않을까~ 싶어서."

나는 어떻게든 정리하면서, 두 사람에게 전해지도록 내 말을 마음으로 표현했다.

그랬더니 미미미가 그렇구나~ 라는 느낌으로 고개를 끄덕였다.

"아하하. 역시 토모자키, 진지하구나."

그렇게 말하면서, 미미미는 어째선지 기쁘다는 것처럼 웃었다. 그리고 내 얼굴을 상냥한 표정으로 쳐다봤다. 뭐야,

무슨 뜻인데.

"흐아~! 뚝돌이 너 대단하구나! 난 거기까지 제대로 생각하진 않았는데……."

"그렇겠지."

"음…… 나도 제대로 생각해봐야겠지."

"뭐, 생각해서 나쁠 건 없겠지."

"그치~!"

그렇게, 그런 느낌으로 다 같이 장래에 대해서 대충, 이야기를 나눴다.

하고 싶은 일. 자신의 장래. 그것을 위한 과정. 여러 가지 선택.

"생각한다고 해도, 타케이 넌 대학 갈 거잖아?"

"……음~."

그렇게 물었더니, 타케이도 고민하는 것 같은 소리를 냈다.

"아마…… 대학에 가는 건 거의 확실한데 말이야, 그다음에 내가 뭘 하고 싶은지는, 뚝돌이 너처럼 제대로 생각하지 않은 것 같아! 뚝돌이 너 진짜 멋있다!"

"그, 그래……?"

나는 타케이 때문에 쑥스러워지고 말았다. 이게 대체 무슨 일이야.

"뭐, 그런 건 브레인의 좋은 점이잖아. 귀찮은 구석도 있지만 말이야?"

"시, 시끄러."

살짝 놀렸지만, 그 전에 칭찬한 것 때문에 충분히 쑥스러워졌다. 난 칭찬에 약하다.

하지만, 그렇구나.

잘 생각해보니까 여기 있는 세 명은, 자기가 하고 싶은 일에 대해 망설이고 있는 사람들이니까.

나는 거기서 과제가 생각이 났다. 그리고 그것보다 강하고 진한, 내가 하고 싶은 일에 대해서도 생각이 났다.

좋았어, 그렇다면.

이런 제안을 한 번 해볼까.

"그럼…… 너희 둘도, 나중에 또 어디 같이 가자."

그건 아직 과제를 의식했기 때문이기도 하지만, 그 이상으로 내가 『하고 싶은 일』을 찾기 위한 한 걸음이기도 했다.

이렇게 내 의지로 인생을 선택한다는 감각은, 틀림없이 이 게임을 풍요롭게 만들어줄 테니까.

"응~? 어디 갈 건데?"

"그거 좋네! 갈거지이?!"

자세한 내용을 물어보는 미미미와, 애매한 제안에 바로 넘어오는 타케이. 둘 다 까부는 성격이지만 이런 부분에서는 크게 다르다니까. 그나저나 뭐, 인간성을 따지면 거의 정반대라고 해도 될 수준인 것 같다.

"음~ 왜, 우리 전부 뭔가 이것저것 하고 싶은 일을 정하지 못했으니까…… 그러니까, 뭐랄까? ……나를 찾자?"

"브레인, 그거 왠지 엄청 수상해."

"나를 찾자, 엄청 두근두근한데?!"

그리고 또 의견이 갈라졌다. 항상 내 편을 들어주는 게 타케이라는 점이 상당히 못 미덥고, 너무나 불만이다.

그런 나와 타케이를 보고 미미미가 풉, 하고 웃음을 터트렸다.

"뭐~ 그래도 괜찮긴 하겠네! 뭔가 여러 가지 일을 체험해보는 팀이라는 뜻이려나?"

"그, 그래 그거!"

뭐, 대충 말하면 그런 거기도 하고, 받아들일 생각인 것 같으니까 예스라고 해두자.

"그래, 좋아! 그럼 LINE 그룹이라도 만들자!"

"오, 그거 좋네!"

"그거 좋은 아이디어인데에?!"

타케이도 좋다고 해서, 나는 바로 스마트폰을 꺼내서 LINE 앱을 켰다.

"……그러니까, 어떻게 하는 거지……?"

"아~ 진짜, 내가 할게!"

그렇게 해서 세세한 조작은 미미미한테 맡기기는 했지만, 우리는 나를 찾는 동맹 LINE 그룹을 결성했다. 다음에는 내가 만들 수 있게 해보자.

"좋았어~ 그럼 다음에도 잘 부탁해!"

내가 일부러 리드하는 것처럼 말했더니, 미미미과 타케이도 "잘 부탁해~!"라고 대답해줬다. 잘 생각해보니까 말이야, 이 두 사람은 이런 걸 잘 받아주니까, 처음으로 내가 리드하기에 딱 좋은 멤버들인지도 모른다.

이런 느낌으로 내가 먼저 제안해서 다 같이 타마 양네 집에 가면서, 『내가 주최자를 맡아서 4명 이상이 같이 놀러 간다』는 과제를 깔끔하게 클리어하게 됐다.

뭐, 메인은 하고 싶은 일을 찾는 거고, 과제는 덤이지만.

        * * *

키타요노. 여기서부터는 어쩔 수 없이 미미미와 단둘이 가게 된다. 키쿠치 양한테는 조금 미안하지만, 뭐 이것만은 어쩔 수 없으니까.

화제는, 조금 전에도 얘기했던 진로에 관한 이야기.

"그런데, 나 왠지 타케이보다 생각이 모자라지 않았어!? 굴욕이야!"

미미미는 장난기 섞인 말투로 납득할 수 없다는 것처럼 말했다.

"아아아. 하긴 뭐, 타케이는 국립에 갈 거라든지 그런 건 구체적으로 생각했으니까. 미미미는 아무것도 없고."

내가 놀리는 것처럼 말했더니, 미미미는 크으윽…… 하고 분하다는 것 같은 소리를 냈다.

"음…… 나도 제대로 생각하는 게 좋으려나."

"난 그게 좋을 것 같아."

내가 살짝 맞장구를 쳤더니, 미미미는 손가락으로 목을 긁으면서 쓸쓸하다는 것처럼 웃었다.

"그렇겠지……. 뭐든지 다, 어중간하게 하지 말고, 말이야."

"……응?"

나는 그 『뭐든지 다』라는 말이 왠지 신경 쓰였지만, 그 의문은 미미미의 다음 말 때문에 자연스럽게 흘러가 버리고 말았다.

"토모자키는 어떤 부분에서 고민하는 거야?"

"어떤 부분이냐니?"

물었더니 미미미는 잠깐 생각하고.

"하고 싶은 일을 생각하는 것 같기는 한데, 후보 같은 건 없나, 싶어서."

"아…… 그러니까."

그 말을 듣고 보니 나름대로 후보가 없는 건 아니었지만, 역시 그건, 말로 표현할 정도의 강도를 지닌 건 아니었다.

"글쎄, 뭐랄까. 좀 더 확실하게 굳어진 뒤에 앞으로 나아가고 싶다고나 할까…… 나는 게임이건 뭐건, 실제로 온라인에 들어가기 전에, 트레이닝 모드에서 엄청나게 연습하는 타입이니까."

"어, 뭐야, 무슨 얘기야? 트레이닝이 뭐?"

당연하다는 것처럼 나와 버린 게임 용어 때문에 곤혹스러워하게 만들고 말았다. 아무리 많이 달라졌다고 해도, 이런

게 오타쿠의 고쳐야 할 부분이겠지.

"아, 트레이닝 모드 말이지. 한마디로 다른 상대랑 싸우는 게 아니라, 혼자서 움직임을 확인하는 모드인데……"

"응, 응."

"격투 게임 같은 데서, 갑자기 사람이랑 싸워보는 사람도 있지만, 나는 먼저 반복 연습을 한참 해서, 해야 할 것들을 할 수 있게 돼야 의미가 있다고 생각하는 타입이거든. 다른 사람하고 싸우는 건 어디까지나 확인 작업에 가깝다고나 할까."

"호오~ 그렇구나."

"그래서, 대학에 가더라도, 그 전에 내가 할 수 있는 일이라든지, 대학에서 어떤 걸 시험해봐야 좋을지, 그런 것들을 트레이닝 모드 같은 감각으로 생각해두고 싶어서 말이야."

뭐야, 지금 무슨 소리를 하는 거야. 미미미가 아주 열심히 맞장구를 쳐주고 있으니까, 트레이닝 모드와 인생에 대해 술술 떠들고 말았잖아.

"헤에! 엄청 브레인 같네!"

그리고 이런 나를 이렇게 제대로 받아들여 주는 미미미. 인간으로서의 능력이 너무 대단하다니까. 거기에 의존해서는 안 된다.

"아, 미안해 알아듣기 힘든 얘기를 해서."

나도 모르게 사과했더니 미미미는 아하하, 하고 웃고는, 내 어깨를 짜악, 하고 때렸다.

"아하하! 하긴, 잠깐 무슨 소린가 싶었지만…… 그런 얘기 하는 토모자키, 뭐, 싫지는 않아!"

"그, 그래. 아야야."

나는 일단 아프다는 건 확실하게 전하면서, 미미미의 말 때문에 곤란해졌다. 이런저런 일이 있었으니까 싫지는 않다든지 그런 말은 참아줬으면 좋겠다. 난 약캐니까 말이야.

"그런데 말이야. 그런 방향으로 가고 싶은 생각은 안 해?"

"그런 방향이라니?"

"음~ 뭐랄까. 게임 회사라든지. 그나저나 게임이 어쩌고저쩌고하고 말하기에, 그런 얘기가 나올 거라고 생각했거든."

"아~. ……글쎄."

게임 관련 진로란 말이지. 뭐, 분명히 내 머릿속에 전혀 존재하지 않는 선택지는 아니라고 할까, 꽤나 의식하고 있는 선택지다.

하지만 역시, 그렇게 되면 보통은 『게임 회사』라고 생각하겠지.

"게임 쪽으로 간다면…… 아마 난 만드는 쪽보다는 하는 쪽이려나…… 라고, 생각하고 있어."

"하는 쪽이라니? 게임 프로라든지?"

"음……."

그렇게 대놓고 물어보면 긍정하기 힘들다. 뭐랄까, 엄청나게 허풍처럼 들릴 테고, 무엇보다 내가 아직 그럴 각오를 한 것도 아니니까. 그쪽 세계에 대해서 잘 알고 있는 것도 아니고.

그런 내가, 가벼운 마음으로 되고 싶다고 말할 수 있는 직업은 아닐 것 같다.

"아니, 글쎄. 솔직히 난 아직, 나 자신에 대해서도 전혀 모른다는, 그런 느낌이거든."

"자신에 대해서, 말이지."

나는 고개를 끄덕였다.

"뭐가 되고 싶은지. 뭘 좋아하는지. ……아니, 뭘 좋아하는지는 알지만, 그게 장래의 진로가 된다는 건 아니니까 말이야. 그게 현실적인지 아닌지, 좋아한다고 해서, 일로 해도 즐거울지 아닐지도 잘 모르고."

미미미는 내 말을 진지하게 들어줬고, 마침내 납득한 것처럼 고개를 끄덕였다.

"그렇구나~. 나도 모르겠다. 뭐가 되고 싶은지. 뭘 하고 싶은지. 뭐가 좋은지도 잘 모르는 것 같아. ……누가 좋은지는 알고 있지만 말이야, 그치♡"

"뭐, 뭐라고?"

갑자기 날아온 폭탄 발언에, 나는 엄청나게 곤혹스러워졌다.

"농담이야, 거짓말이라고! 이봐요 브레인! 키쿠치 양이 있으면서 이 정도로 그러지 말라고!"

그렇게 말하면서 미미미가 내 어깨를 짜악, 때렸다. 파워

는 아까의 세 배 정도.

"아야!!"

"아하하! 그럼, 나를 찾기, 열심히 해보자!"

"그, 그래?"

그리고 미미미는 또 한 번 내 어깨에 타격을 날리더니, 슝~
하고 가버렸다.

"뭐, 뭐냐고……."

나는 홀로 덩그러니 남겨졌고, 왼쪽 어깨에는 아까의 대
미지가 축적돼 있다. 그리고 그것보다 더 큰 정신적 여운이
말도 안 될 정도로 축적돼 있고.

하지만 안심해 줘 키쿠치 양, 나한텐 키쿠치 양밖에 없어.

        * * *

그날 밤.

"……잠깐, 뭐야!?"

나는 트위터를 보면서 펄쩍 뛰고 있었다.

nanashi로서 계정을 만든 지 며칠. 나는 키쿠치 양에게
처음으로 가르쳐준 뒤에, LINE 연락처를 교환한 해리 님,
맥스 님, 레나한테도 내 계정을 가르쳐줬다. 그랬더니 그 사
람들이 제각기 리트윗 등등을 해준 덕분에, 팔로워가 며칠
만에 500 정도까지 올라갔다. 뭐, 그건 됐고.

그 뒤로 나는 그 때 오프 모임에서 만났던 사람들을 팔로

우 하거나, 어패 등에 관한 이야기에 댓글을 달기도 했다. 뭐 거기까지도, 괜찮다.

하지만 문제는, 한 시간쯤 전에 레나한테서 날아온 댓글이다.

『에~ 후미야 군 못됐어.』

그렇다. 이 가까운 거리감은 더 이상 어쩔 수 없다 치더라도, 대놓고 내 본명을 적어버렸다. 뭐 솔직히 죽어도 숨기고 싶은 정도는 아니지만, 이렇게 생각지도 않은 곳에서 그게 새나와 버리면 조금 간담이 서늘해진다. 참고로 이 문장은 아무래도 어패 관련 화제에서『하지만 봐주진 않을 거야?』같은 댓글을 보낸 데 대한 답장이다.

한 시간 전이라고 하니까 이미 누군가가 봤을지도 모르지만, 일단은 대처를 해두자. 그래서 나는 레나한테 LINE 메시지를 보냈다.

『트위터에 내 본명 썼잖아!』

그랬더니 바로 읽었고, 레나한테서 답장이 왔다.

『아, 미안해! 바로 지울게!』

그 메시지를 보고 트위터를 확인했더니, 그 댓글이 사라졌다. 아무래도 대처해준 것 같다.

『지웠어!』

『고마워! 확인했어!』

그 메시지도 바로 읽었고, 그리고 몇 분 동안 아무 말이 없기에 여기서 끝인가, 하고 있는데, 십여 분쯤 지나서 또 레나한테서 메시지가 들어왔다.

『미안해!

해리 님한테도 슬쩍 가르쳐줬기에, 신경 안 쓰는 줄 알았어…….

화났어?』

뭔가 엄청나게 미안해하는 느낌이라서, 나는 편한 느낌으로 답장을 보내기로 했다. 실제로 레나가 말한 것처럼, 그렇게까지 신경 쓰는 것도 아니니까.

『화 안 났어! 뭐 댓글이니까, 본 사람은 얼마 안 되겠지!』

『정말 미안해! 다음에 제대로 만나서 사과할게!』

『알았어! 하지만 너무 신경 쓰지는 말고!』

그런 이야기를 하고, 레나의 답장이 멈췄다. 뭔가 부자연스러울 정도는 아니지만 조금 이상한 데서 끊어졌네.

하지만, 그거네. 역시 이『인생』이라는 게임은, 활동 범위를 넓히면 넓힐수록 예상치 못한 사태가 일어나서 놀라게 만든다니까. 이것도 뭐, 어떤 의미에서 보면 경험치 중에 하나겠지.

그런 생각을 하면서, 나는 스마트폰을 침대 위에 내려놨다.

* * *

다음 날 아침.

"헤에. 그럼, 일단 과제는 클리어했네."

"좋았어."

내가 제안해서 네 명이 타마 양네 집에 갔다는 얘기를 했더니, 히나미가 과제를 달성했다고 인정해줬다. 트위터에 대해서도 보고해봤는데 그쪽은 그다지 관심이 없는 것 같았고. 그러고 보니 히나미가 하고 있는 SNS는, 아마도 본명으로 하는 인스타그램 뿐이었다.

"그런데 말이야, 나도 가본 적은 없는데. 하나비네 집, 양과자점이었구나."

"그런가 봐."

고개를 끄덕이고, 나는 대충 어떤 분위기였는지 말했다. 가족과의 관계, 타마 양이 만든 과자. 마지막에 선물을 받고 해산했다는 데까지 얘기했을 때, 히나미의 눈빛이 변했다.

"어, 뭐야 그거 치사한데. 내 건?"

"아니, 없는데."

"세상에……."

히나미는 비탄에 잠긴 표정으로 창밖을 봤다. 장난으로 하는 부분도 있겠지만, 정말로 먹고 싶다는 생각도 큰 것 같다. 이 녀석을 치즈를 비롯해서 맛있는 걸 정말 좋아하고,

타마 양도 유난히 좋아하니까.

"뭐 아무튼, 과제는 괜찮게 달성했네. LINE 그룹까지 만든 건 포인트가 커. 뭔가 공동체에 그룹이 생길 때는, 애당초 그런 『연결되기 쉬운 구조』가 중요하기도 하니까."

"마…… 뭐, 좀 가볍게 여러 사람과 연락할 수 있으니까."

"그래, 맞아. 뭐, 그렇다고 해도 『토모자키 그룹』이라고 하기에는 아직 이르니까, 중간 정도 목표 달성까지는 아직 멀었지만."

"그건 그러네."

LINE 그룹이 생긴 것만 가지고 나를 중심으로 커뮤니티가 생겼다고 할 수는 없으니까. 솔직히 나카무라 그룹이라든지 콘노 그룹에 비견할 정도는 돼야 하지 않겠어? 그리고 같이 간 건 네 명이었지만, LINE 그룹은 아직 세 명이고.

"그럼 다음 과제는, 이번 과제의 연장선으로 할게. 네 명이상으로 사이타마현 밖으로 나가거나, 여섯 명 이상으로 어딘가에 간다. 그중에 하나를 달성하는 걸 목표로 행동해봐."

"그렇구나. 심플하게 상위 호환이라는 건가."

"맞아. 계단을 순서대로 움직이는 감각으로 할 수 있겠지?"

"그래. 알았어."

그런 느낌으로 과제의 효과와 앞으로에 대해 확인하면서도—— 나는 한 가지, 이 녀석한테 물어보고 싶은 게 있었다.

그건 타케이와 미미미한테도 물어봤던, 그 얘기다.

"저기 말이야."

"응?"

나는 위험한 것을 건드리는 것처럼, 가능한 너무 깊이 들어가지 않도록.

"히나미는…… 집에서는 어떤 느낌이야?"

"……어떠냐니?"

"그러니까——."

그래서 나는 타케이와 미미미랑 얘기했던 이런저런 가정에 대해, 그것에 의한 진로의 영향과 사고방식의 차이 등에 대해 말했다. 이런 얘기도 안 하고 물어보는 건 너무 뜬금없으니까.

"——그래서, 히나미는 어떨지 궁금해서 말이야.

"그렇구나, 뭐…… 그러니까."

솔직히 거기서, 예전에 키쿠치 양과 히나미에 대해 취재했을 때 들었던 **그 일**에 대한 속된 호기심이 없었다고 하면 거짓말이 될 것이다. 하지만, 이렇게 물어보면 말하고 싶지 않은 건 말하지 않을 테니까. 말하고 싶지 않은 일은 말하지 않은 상태에서, 내 인생에 대한 참고로—— 또는 단순히 히나미라는 인간에 대한 관심으로서도, 그걸 알고 싶었다.

"우리는 부모님이 맞벌이하시고, 여동생이 하나. 딱히 불편한 건 없이 자란 양가집 규수 타입이야."

"보통 자기 입으로 양가집 규수라고 하냐?"

"사실인걸."

그 자신만만한 말투는 평소와 똑같았고, 뭔가를 숨기는 기색이나 거짓말이라는 느낌은 없었다.

　하지만 역시 그때 들었던『원래는 여동생이 두 명 있었다』는 얘기에 대해서는, 말하지 않았다. 본인이 말하고 싶지 않은 일이라면 나도 무리해서 들을 생각은 없다. 인간은 누구나 한두 가지 정도, 말하고 싶지 않은 일이 있을 테니까. 나는 거의 없기도 하지만.

　"배우고 싶은 건 뭐든지 배우게 해주셨고, 뭘 해도 봐주셨고, 칭찬해 주셨어. 다른 사람이 보기엔 과보호라고 여겨질지도 모르겠네. 예전에는 칭찬받으면 기뻤던 적도 있었지만, 지금은 부모님의 인정보다 숫자로 나오는 결과가 노력의 증거라는 느낌이라서 좋아해."

　"마지막에서 단숨에 히나미 아오이라는 느낌이 들었습니다."

　하지만, 그렇구나. 역시 뭘 해도 칭찬해 주셨던 게, 이 녀석의 쓸데없는 자신감 같은 걸로 이어진 걸까. 아니면 아무 상관 없이 원래 최강이었던 걸까.

　"뭐, 진로 같은 건 지금은 공부만 해두면 어떻게든 될 테니까, 쓸데없는 일에 관심 갖지 말고, 과제랑 공부에만 집중하세요."

　"쓸데없는 일, 말이지."

　나는 그 말이 조금 마음에 걸렸다. 뭐, 히나미네 집에 대해 물어본 건 조금 흥미 위주인 부분도 없지는 않았지만, 이렇게 여러 사람한테서 이야기를 들으면서 내 나름대로 『하고 싶은 일』을 찾고 있는 건, 오히려 내 인생에서의 정도(正道)다.

그게 내가 생각하는 의미에서의 충실함으로 이어진다고 생각하고—— 틀림없이, 히나미한테는 그게 부족하다는 생각도 하고 있다.

그렇다면, 그래.

"저기 히나미."

"……뭔데."

내가 이렇게 새삼 이 녀석을 불렀을 때는 거의 귀찮은 소리를 할 때라서, 히나미는 노골적으로 싫다는 표정을 지었다. 그건 내가 알 바 아니고.

"사실은 말이야, 이런 얘기가 왔거든."

나는 히나미한테 스마트폰 화면을 보여줬다. 거기에 있는 건 얼마 전에 연락처를 교환한 해리 님과의 LINE 대화 내용이다.

해리 님과의 대화 내용은 단순. 이번 주말, 4~5명 정도로 어느 정도 유명한 플레이어와 함께 오프 모임을 하려고 하는데, 거기에 nanashi도 올 생각이 있는지, 에 대한 내용이었다. 무슨 일이 있으면 연락 달라고 말하기는 했지만, 이렇게 빨리 연락이 올 줄이야, 역시 정기적으로 오프 모임을 주최하는 사람답네.

"……소수 인원 오프 모임, 말이지."

히나미는 관심이 있는 건지 없는 건지 알기 힘든 맞장구를 쳤다. 아마도 의도적으로 감정을 숨기고 있는 것 같다.

"조금 정도는, 관심이 있지?"

"뭐…… 없는 건 아닌데."

히나미는 어딘가 불만이라는 투로 말했다.

"너도 이름은 알잖아? 아시가루 님도 온다던데."

"……헤에. 그 리저드 쓰는 사람."

"그래, 맞아. 역시 NO NAME이네."

　슬쩍 이름만 말했을 뿐인데도 통했다는 건 역시 히나미도 톱 플레이어라서 그렇겠지. 정보 수집도 열심히 하는 것 같네.

"아마, 여러모로 재미있는 이야기도 들을 수 있을 것 같으니까, 너도 같이 갈래? ……아니, 같이 가줘."

　내가 두 손을 맞대고 부탁했더니, 히나미는 의아하다는 표정으로 날 쳐다봤다.

"왜 네가 부탁하는 건데…… 무슨 꿍꿍이야?"

히나미는 눈살을 찌푸리고 한 걸음 물러났다.

"그러니까, 말했잖아. 내가 인생을 즐기는 가르쳐주겠다고, 말이야."

"그래서, 어패 오프 모임?"

"맞아."

　어쨌거나, 아마도 이 녀석이 다른 이유 없이 진심으로 좋아하는 건, 어패랑 치즈뿐일지도 모르니까. 내가 아는 한 다른 행동은 거의, 이 녀석 나름대로 합리적인 이유가 붙어 있다.

하지만 아마도『하고 싶은 일』이란, 그런 이유가 필요 없다.

"뭐, 간다고 딱히 손해 보는 건 아니니까, 괜찮잖아? 응?"

나는 계속해서 손을 맞댄 채로, 동시에 머리도 숙였다.

"그렇게까지 열심히 부탁하면 오히려 가고 싶지 않다는 생각이 드는데 말이야……."

"야, 제발."

나는 매달리는 것 같은 목소리로 말했다. 히나미는 그런 나를 보면서 짜증 난다는 표정을 지었지만,

"……하아. 뭐, 시간이 맞으면 가도 돼. 언젠데?"

어쩔 수 없이 승낙해줬다.

"정말이지! 그러니까, 이번 주말이야! 토요일."

내가 말했더니, 히나미는 스마트폰 달력 앱을 열고,

"으아…… 비어 있네."

"으아는 또 뭔데. 비어 있다는 거지?"

"맞아."

그 말에, 나는 빙긋 웃었다.

"좋았어. 그럼 참가하는 걸로. 자세한 얘기는 나중에 연락할게."

"하아…… 알았어."

"그러니까 왜 한숨을 쉬는 건데."

딴죽 걸 구석은 잔뜩 있었지만, 나는 히나미를 끌어들이는 데 성공했다. 참고로 히나미를 데려가는 데 대해서도 미

리 말을 해봤는데, 그 동영상으로 올라간 결승전에서 요구르로 nanashi와 싸웠던 Aoi라고 말하면 아시가루 님한테도 문제는 없겠지, 라는 대답을 받았다.

"정말이지, 대체 뭘 하고 싶은 건지……."

"뭐 어때. 뭐든 좋잖아."

내가 하고 싶은 건 아까도 말했던 것처럼, 내가 생각하는 『하고 싶은 일』의 의미를, 히나미도 이해하게 만드는 것.

굳이 말하자면—— 색을 조종하는 마법사에 대한 답례라고 해야겠지.

"뭐, 아시가루 님이랑 싸울 수 있다면, 그건 조금 기대가 되니까 좋지만……."

"그렇지?"

그런 말을 하는 히나미의 눈동자에 빛이 반짝였는지는, 가면 쓴 모습만 볼 수 있는 나로서는 알 수가 없다.

하지만 이렇게 나는, 내가 하고 싶은 일을 향해 나아가고 있다.

　　　　* * *

그날 방과 후.

"와, 좋네요~ 여기."

오늘은 같이 하교하기로 한 나와 키쿠치 양은 중간에 전철에서 내렸고, 인터넷에서 알아낸 멋진 카페에 와 있다. 어제는 키쿠치 양이 먼저 연락했는데도 같이 가지 못했으니까, 오늘은 내가 먼저 키쿠치 양한테 말하고, 둘이서 여기에 왔다.

"와~ 대단하다. 분위기가 사진에서 봤던 느낌 그대로네."

그곳은 앤티크 풍 가구가 잔뜩 놓여 있는 카페고, 벽에는 거의 장식 역할만 하는 걸로 보이는 외국 책들이 죽 늘어서 있다. 여러 개가 매달려 있는 샹들리에나, 옛날 느낌이 나는 램프 같은 소품들은 사실 그대로 팔기도 하는 건지, 눈에 잘 띄지 않는 곳에 슬며시 가격표가 붙어 있었다.

"가구를 팔면서 카페를 운영하는 곳이래."

"헤에……!"

나는 그 가격표를 보면서 키쿠치 양에게 말했다. 키쿠치 양의 눈은 이쪽으로 저쪽으로 정신없이 옮겨 다녔고, 완전히 정신이 팔린 그 모습이 소녀처럼 순진해 보였다.

"정말 즐겁네요!"

가게에 들어와서 아직 마실 것도 준비하지 않은 단계에서 한 말. 나는 그것만으로도 키쿠치 양을 여기 데려오길 잘했다고 생각하고 말했다. 가슴이 두근두근거린다.

그리고 둘 다 샌드위치와 홍차를 주문하고, 나와 키쿠치 양은 평소처럼 잡담을 했다.

"헤에…… 하나비 양네 집은, 양과자점이었군요."

"응, 그래."

나는 키쿠치 양에게 그날 있었던 일들을, 최대한 즐겁게 전해지도록 말했다. 왜냐하면 그날은 키쿠치 양이 같이 집에 가자고 했는데도, 선약이 있다고 거절해버렸으니까. 가능한 그때 일어난 일을 공유하고 싶다는 생각이 들었다.

　"대단하네요. 저도 먹어보고 싶어요."

　"아, 그러면 다음에 가지고 올게. 2주 정도는 괜찮다고 하셨으니까."

　"정말요?"

　키쿠치 양의 표정이 확 밝아졌다. 한 번 제안을 거절한 건 아쉽게 됐지만, 이렇게 이야기 선물과 물리적인 선물을 가져다준다면, 그런 것도 나쁘지 않을 것 같네.

　응응, 하고 혼자서 납득하는 나를, 키쿠치 양이 빤히 쳐다보고 있다.

　"저기…… 갈 때는."

　키쿠치 양이 작은 소리로 말했다. 갈 때는, 이라는 게 무슨 얘기지.

　"갈 때?"

　내가 깜짝 놀라서 물었더니, 키쿠치 양은 당황한 것처럼 눈동자를 이리저리 움직였다.

　"그, 그게……. 지난번에, 진로 얘기라든지 이것저것…… 나나미 양이랑 이야기했다고 들어서……."

　"아, 응. 그랬었지."

　"그날 갈 때는 어땠나, 싶어서……."

슬쩍슬쩍 날 엿보는 것처럼 말하는 키쿠치 양. 왠지 엄청나게 신경 써주는 것 같은 느낌은 대체 왜일까. 진로에 대해 이래저래 고민했으니까, 거기에 대한 진척이 있는지, 물어보는 걸까. 키쿠치 양이 먼저 구체적으로 물어보는 건 신기한 일이네.

"음~ 그 때 얘기했던 건……."

나는 그 날 집에 가면서 했던 이야기를 생각했고, 마침내 머릿속에 떠오른 건——

『누가 좋은지는 알고 있지만 말이야, 그치♡』

"……윽."

그건 뭐라고 할까, 그날 가장 인상적이었던 말이고.

미미미가 항상 하는 짓궂은 농담이라는 걸 알고는 있지만, 생각하지만 해도, 머리가 어지러워지는 한 방을 맞은 것 같은 기분이 드는——

"토, 토모자키 군?"

내 이름을 부르는 소리에, 정신을 차렸다.

"으응?!"

앞을 봤더니, 키쿠치 양이 걱정하는 표정으로 날 보고 있었다.

"아, 미, 미안."

"왜, 왜 그러세요……?"

"그게…… 아니, 아무것도 아냐."

딱히 이상한 짓을 했던 것도 아니지만, 그렇다고 그대로 설명할 수도 없어서, 나는 이상하게 말문이 막히고 말았다.

"그런가요……?"

"응. 그러니까…… 집에 갈 때 말이지?"

"그, 그랬죠……."

나는 말을 잘 선택하면서.

"뭔가 바보 같은 이야기라든지 농담을 듣는, 정도였어."

"……그, 그렇구나. 알았어요."

키쿠치 양은 살짝 고개를 숙인 채로 고개를 끄덕이고, 그대로 작은 소리로 중얼거렸다.

"괜찮은, 거죠?"

"뭐, 뭐가?"

내가 물었더니, 키쿠치 양은 "그게……"라고 말을 흐리고, 살짝 쓸쓸하다는 것처럼 미소를 지었다.

"그, 그게. 조금 걱정이 되기도 해서……."

말하면서, 키쿠치 양은 스마트폰을 꺼내서 뭔가를 찾기 시작했다.

"응?"

"그러니까…… 사실은, 어패 관계 계정을 이것저것 봤는데…… 이런 트윗이 있었거든요."

그렇게 말하면서 보여준 건, 조금 놀라운 것이었다.

"……뭐야 이거."

키쿠치 양의 스마트폰 화면에 있는 것. 그것은 한 트위터 유저가 올린, 이런 트윗이었다.

『잘생겼다고 화제인 nanashi, 레나와 의미심장한 대화를 하다(원본 트윗 삭제)』

그리고 트윗과 같이 올린 사진을 보고, 오싹한 기분이 들었다.

그 사진은—— 어떤 트윗의 스크린샷이었다.

『에~ 후미야 군 못됐어.』

그렇다. 어제 레나가 나한테 보냈고, 한 시간 뒤에 지워달라고 했던 댓글. 그게 스크린샷으로 붙어 있었다.

"……잠깐 봐도 될까?"

나는 초조해하면서 키쿠치 양의 허락을 받고, 스마트폰을 받았다. 그리고 트윗을 올린 사람의 프로필을 확인했다.

아메바 피그의* 남성 아바타가 아이콘이고, 사용자 이름은 『masa』. 지난 트윗을 봤더니 어패 등의 게임과 관련된 아주 짧은 트윗을 며칠 간격으로 올렸고, 나머지는 시사 뉴스나 정리 사이트의 리트윗이 많았다. 어떤 정치 방면으로 편

---

* Ameba Pigg. 일본에 존재했던 온라인 아바타 채팅, 게임 서비스. 2019년 12월에 서비스 종료

향된 리트윗이 많은 걸 보면, 나이는 조금 많을지도 모른다.

트윗을 한 내용은 기본적으로 열 몇 글자 정도의 단문이지만, 왠지 갑자기 장문으로『가난한 사람이 더 가난하게 착취당하는 이 나라에서는~』『지금 당장 정권을 교체하지 않으면~』같은 과격한 주장을 하거나, 그런가 싶더니 열 번에 한 번꼴로『꽃말 bot』이라는 다양한 꽃들의 꽃말을 소개하는 bot을 정기적으로 리트윗하는 게 왠지 기분이 나쁘다.

"뭐, 뭐야 이거⋯⋯."

좀 더 거슬러 올라가 봤더니, 그 분위기에서 조금 동떨어진 내용을 리트윗한 게 눈에 들어왔다. 그건 레나의 트윗이었고, 뭔가 메카니컬한 도구와 같이 찍은 셀카 사진도 있었다.

그리고 그 본문은──

『위시 리스트에 있었던 안면 미용 기구가 왔다! masa 님 고맙습니다!』

거기서, 선이 하나로 이어졌다. 뭐, 이건 한마디로.

"레나의 이상한 팬⋯⋯ 이라는 얘기겠지."

눈살을 찌푸리고 중얼거렸다. 뭔가 키쿠치 양한테 확인하는 것 같은 말투가 된 것도 같지만, 키쿠치 양은 이게 대체 영문인지 모르겠지. 솔직히 조금 당황했다.

"무, 무슨 얘기죠⋯⋯? 레나라면⋯⋯ 이 여자?"

나는 고개를 끄덕이고, 여기서 아무 설명도 안 하는 것도 이상한 이야기라서, 키쿠치 양한테 개요만 간단하게 설명하기로 했다.

"그러니까, 이 레나라는 여자는 어패 오프 모임에 왔던 플레이어 중의 한 사람인데, 이렇게 셀카 사진 같은 걸 올리니까, 팬 같은 사람들이 붙었거든…… . 아마 이 masa 라는 사람이 그 팬이고, 레나가 나랑 친한 것처럼 댓글을 올린 한 걸 보고, 뭐랄까, 발끈한 것 같아."

분명히 그 뒤에 바로 트윗을 지웠으니까, 오히려 그게 더 의미심장하게 느껴졌는지도 모른다.

"분명히…… 그러니까, 후미야군, 이라고, 했으니까요…… ."

"아, 응. 그러니까…… ."

나는 그 호칭 얘기가 어느새 키쿠치 양한테도 알려졌다는 걸 알아차렸고, 또 다른 방향 때문에 당황했다. 그러니까, 이건 이거대로 성명해야겠다.

"이 사람, 나보다 나이가 좀 많아서, 후미야 군, 이라고…… ."

"그, 그렇구나. ……술 마시는 사진도, 있었으니까요."

"마, 맞아!"

나는 지푸라기라도 붙잡는 심정으로 긍정했다. 키쿠치 양도, 틀림없이 무리하고 있겠지만, 납득한 것처럼 웃어줬다.

"저기…… 괜찮은가요? 이름, 알려졌는데…… ."

"뭐, 솔직히 그건 뭐 괜찮다고 할 수도 있는데…… ."

사실 후미야라는 이름은 아주 흔한 이름이고, 풀 네임으로 정확히 들키지 않는 한, 실질적인 해는 거의 없겠지. 솔직히 풀 네임이 들킨다고 해도 내 정보 같은 건 아무 데도 없을 것 같으니까.

"이렇게…… 이상한 반감을 사게 되는 게, 조금 안 좋은 정도겠지?"

"그건 그렇겠네요……."

키쿠치 양이 걱정하는 표정으로 날 봤다. 그래서 나는 그 걱정을 어떻게든 풀어줘야겠다고, 생각했다.

"뭐 하지만, 보아하니 이 사람이 혼자 그런 것 같고, 자기 편이 있는 것 같지도 않으니까……."

말하면서 그 트윗을 한 번 더 확인했더니 리트윗 5, 좋아요 0이라는 조금 기묘한 숫자였고, 리트윗 한 사람을 표시해봤더니, 한 사람만 표시됐다. 나머지 네 명은 비공개 계정이라는 얘기겠지. 또 뭐가 뭔지 모르겠네.

참고로 댓글을 봤더니, 레나가 『masa 님 이거 지워주실래요? 죄송해요!』라는 댓글을 보낸 걸 알 수 있었다. 폐를 끼치지 말아 달라는 뜻이겠지만, 그러면 더 신경 쓰는 사람이 늘어날 것 같은데 말이야.

"응. 뭐 알려져서 곤란할 것도 없으니까, 걱정할 필요는 없다고 생각해. 그나저나 아마, 굳이 따지자면 이 레나가 위험할 수도 있겠지만……."

이 masa 라는 사람은 레나의 팬이고── 그 레나가 어째선지 자기 이외의 다른 이성과 사이가 좋아 보이면, 무슨 일이 일어나는 건 내가 아니라 그쪽이지.

"저기, 잠깐만. 아주 잠깐이면 되거든?"

"……예."

키코치 양이 여전히 불안한 얼굴로 고개를 끄덕이는 걸 확인하고, 나는 키쿠치 양에게 스마트폰을 돌려주고는, 내 스마트폰으로 레나한테 LINE 메시지를 보냈다.

『masa 님 트윗 봤는데, 괜찮아?』

그렇게만 보낸 뒤에 라인을 닫고, 이번에는 내 트위터로 masa 씨의 페이지를 열었다. 그랬더니 날 팔로우 하고 있다는 걸 알았다. 레나와 관계가 있어 보이는 사람은 일단 전부 팔로우 한다는, 뜻이려나. 잠깐 차단해버릴까 하는 생각도 했지만, 바로 생각을 바꿨다.

"차단…… 은 안 좋겠지. 일단은, 괜히 자극하지 않는 게……."

"차단……?"

키쿠치 양은 그 말의 의미를 이해하지 못한 것 같지만, 나는 masa 씨의 페이지에서 홈으로 돌아와서는, 초조한 심정으로 이유도 없이 타임라인을 갱신했다.

그때.

"으억……?!"

갑자기 내 스마트폰 화면이 바뀌고, 화면에 커다랗게 레나의 셀카 사진이 나타났다. 화면 아래쪽에는 붉은 색과 녹색 아이콘이 하나씩 표시돼 있고.

"아…… 전화구나."

타이밍이 타이밍이고, 그리고 원래 전화 통화가 익숙하지 않아서 순간적으로 masa 씨한테 해킹 당한 건 아닌가 싶었지만, 그럴 리가 없지. 레나가 조금 전에 보낸 LINE 메시지를 보고 전화를 걸었겠지.

그나저나.

나는 쭈뼛쭈뼛 키쿠치 양을 봤다. 그랬더니 키쿠치 양은 내 얼굴과 스마트폰 화면을 번갈아 가며 보고, 왠지 떨떠름한 표정을 지었다. 그야 당연하겠지. 왜냐하면 지금 스마트폰 화면에 뜬 레나의 셀카 사진을 딱 목격했으니까. 완전히 유행에 민감한 여자라고 어필하는 것 같은 사진이었고, 자기 남자 친구 전화에 그 사진이 뜨는 걸 보면, 기분이 좋을 리가 없지.

"저기…… 끊을게."

"예?! 괜찮아요, 받으세요."

"아냐. 괜찮아."

말하면서, 나는 화면의 빨간 부분을 밀어서 그 통화를 거부했다.

"하, 하지만 위험한 게 아닌가요……?"

키쿠치 양은 걱정된다는 것처럼 말했지만, 나는 안심시키기 위해서 고개를 저었다.

"당장 오늘 내일 어떻게 되는 것도 아니니까, 나중에 이야기를 들어보면 돼."

그랬더니 키쿠치 양은 살짝 고개를 숙이고, "나중에……"
라는 말을 되풀이했다.

  "그러니까, 지금은 둘이서, 응?"

  내가 달래는 것처럼 말했더니, 키쿠치 양은 여전히 굳은
표정이었지만, 틀림없이 또 억지로, 웃어 보였다.

  "그래요. 나중에…… 이야기, 들려주세요."

  말하면서 키쿠치 양은 자기 가방 쪽으로 슬쩍 손을 뻗었
다. 그리고 그 지퍼 부분에 달린 나와 같이 산 부적을, 살며
시 손가락으로 건드렸다. 나도 내 가방을 봤다. 거기에는 키
쿠치 양과 같이 산 부적과, 미미미가 친구들에게 나눠준 스
트랩이 달려 있다.

  그리고 키쿠치 양은 갑자기 스마트폰을 보고, 놀란 것처
럼 일어났다.

  "아, 시간이 이렇게! 슬슬, 집에 가야."

  나도 스마트폰을 봤더니, 벌써 아홉 시다. 뭐 슬슬 집에
가지 않으면 키쿠치 양네 부모님이 걱정하시겠지만, 이 타
이밍에?

  "그, 그래?"

  "……응. 가야 해요."

  그리고 우리는 점원 분을 불러서 계산을 했다.

  둘이서 밖에 나왔더니, 차갑고 메마른 바람이 얼굴에 휘
몰아쳤다. 키쿠치 양은 날 보지도 않고, 살짝 다문 입에서
는 아무런 말도 나오지 않았다.

"키, 키쿠치 양……."

내가 조심조심 불러봤지만, 키쿠치 양은 여전히 불안정한 모습으로, 화난 것처럼, 또는 미안하다는 것처럼, 나를 봤다.

"예."

"아니, 왜 그러나~ 싶어서……."

"……아무것도 아니예요!"

키쿠치 양은 웬일로 약간 감정적인 목소리를 말하고, 시선을 약간 아래쪽으로 내리고 말았다.

"그, 그렇구나…… 하하."

나는 이럴 때 어떻게 해야 좋을지 전혀 몰라서, 그저 얼버무리려는 것처럼 웃을 수밖에 없었다.

그때. 갑자기, 키쿠치 양이 내 쪽을 봤다.

뭔가 결의가 담긴 것 같은 시선과, 꾹 다문 입. 역시 뭘 생각하는지, 도무지 모르겠다.

키쿠치 양은 살짝 고개를 숙이고, 머리카락 사이로 날 올려다보는 것처럼 보며,

"……손."

작은 소리로 중얼거렸다.

"뭐? 손?"

내가 물었더니, 키쿠치 양은 고개를 끄덕였다. 그리고.

"손, 잡아도 되나요!"

그런 소리를 또, 감정적으로 말했다.

"어…… 으, 응. 어?"

나는 조금 전까지 화난 것 같았던 키쿠치 양이 그런 말을 했다는 사실에 머릿속이 도저히 따라가지를 못했고, 손을 내밀기는 했지만 무슨 일이 일어날지 전혀 알 수가 없었다.

"어? 뭐, 뭐가 어떻게……."

"그러니까…… 그, 그런 기분이에요!"

그렇게 말하더니 키쿠치 양은 에잇, 하고 내 손을 잡고, 역 쪽을 향해 잡아끌었다.

"어, 어, 어어?"

나는 뭐가 뭔지 영문을 알 수 없었지만, 키쿠치 양과 손을 잡은 것 자체는 정말 기쁜 일이었기 때문에, 떨어지지 않고 역까지 걸어갔다. 나, 나는 이래도 되는 걸까?

  * * *

『아 괜찮거든~? 그 사람, 딱히 만나러 오지는 않으니까.』

"그렇다면 괜찮지만……."

그날 밤.

나는 LINE 통화로 레나와 이야기하고 있었다. 이렇게 키쿠치 양과 이런저런 일이 있었던 뒤에 통화하고 있다는 상황에 약간 거부감이 들기도 했지만, 밤에 다시 메시지를 보냈더니 통화가 걸려왔다.

『오프 모임이라도 나오면 만날 수 있잖아~? 그런데 안 오는 걸 보면, 아마 현실에서 만날 배짱은 없는 것 같아.』

"그렇다면 뭐, 특별히 걱정할 건 없다는, 말이지."

『맞아~. 후미야 군, 걱정해준 거야?』

"그야, 나 때문에 위험해질지도 모르니까……."

『기쁘다아. 고마워~.』

만나서 이야기할 때보다 어딘가, 어른스러운 목소리 톤. 리드 당하고 있는 건지 아니면 내가 미즈사와를 인스톨했기 때문인지는 모르겠지만, 원활하게 진행되는 대화. 조금 전에 있었던 소동이 순식간에 변해서 차분해진 분위기에, 어딘지 모르게 안심해버리고 있는 내가 있었다.

『오히려 나야말로 미안해~? 이름, 트위터에서 말해버려서.』

"아…… 그건, 신경 안 써도 돼."

『음~ 그래도 말이야. 그것 때문에 이런 일도 일어났으니까.』

"하하하, 그건 그러네. 하지만 실제로, 아무 문제도 없었잖아?"

내가 최대한 편하게 말했더니, 레나는 『상냥하네』라고, 묘하게 감정을 담아서 말했다.

"『저기. 이상한 거 물어봐도 돼~?』

다음 내용을 기대하게 만드는 대화. 이런 건 미즈사와나 히나미처럼, 스스로에게 자신이 있는 사람들이 쓰는 대화 스킬이다.

"뭔데……."

내가 살짝 경계하면서 말했더니, 레나는 아까보다 목소리 톤을 더 낮추고, 비밀 얘기라도 하는 것처럼.

『후미야 군 말이야.』

전화기 너머로 들려오는, 어른스러운 목소리.

숨결과 함께 들려오는 요염한 톤으로, 레나는 이런 말을 했다.

『그거, 해본 적 있어?』

"뭐, 뭐라고?!"

너무나 예상을 벗어난 한 마디에, 나는 큰 소리를 내고 말았다.

『아하하. 뭐 이상한 것도 아니잖아?』

"아니 뭐, 그렇기는 한데……."

놀리는 것처럼 말하는 레나에게, 주도권을 잡히고 말았다. 상대는 성인. 나는 열일곱 살 고등학생. 아마도 거기에는 뒤집을 수 없는 경험의 차이가 있다.

『있어? 여자애랑, 섹스해 본 적.』

레나는 어째선지 다시 한번 강조하는 것처럼, 노골적으로 말했다. 지금까지 살아오면서 여자 입에서는 단 한 번도 들어본 적이 없는 말에, 나는 고막부터 뇌까지 확실하게 흔들리고 말았다. 안 돼, 안 된다고, 확실하게 미즈사와를 인스톨해야지.

나는 숨을 들이쉬고, 내쉬고, 천천히 입을 열었다.

"──없어."

사간을 들여서 인스톨하고, 당당하게 말했다. 아마 미즈사와는 있을 것 같지만, 미즈사와라면 없어도 당당하게 말했을 것 같다.

『흐응, 그렇구나.』

레나의 목소리는 조금씩, 평소의 캐러멜처럼 달콤한 톤으로 바뀌어갔다.

『그래도, 관심은 있잖아?』

지금까지 학교에서 경험한 대화와 완전히 이질적인 흐름. 말 한 마디 한 마디가 뇌보다 온 몸을 울리는 것 같은. 나는 어떻게 생각해야 좋을지, 모르게 돼버렸다.

버그에 걸리려는 것 같은 사고 회로로, 나는 어떻게든 미즈사와를 따라 해보려고 노력했다.

"뭐 그야, 좋아하는 사람이라면."

최대한 단언하는 것처럼 말했더니, 레나는 『정말로~?』라고, 귀를 쓰다듬는 것 같은 목소리로 말했다.

『좋아하는 사람이 아니라도 그런 생각을 하게 되는 게, 남자 아니야?』

"아니……."

마치 날 규정하는 것 같은 말에 깜짝 놀랐지만, 하지만 그

위화감을 뒤덮어버릴 정도의 지배력이, 그 목소리와 말에
담겨 있었다.

『그럼 물어볼게~.』

그 운을 띄우는 말에, 나는 경계했다.

『나랑은 말이야, 그런 거 하고 싶다는 생각 안 들어?』

"응. 전혀 안 들어."

내가 유일한 특기인 즉답 부정을 피로했더니, 어째선지
레나는 정말 재미있다는 것처럼 웃었다. 실제로 그 질문을
듣고 레나와 몸이 닿았을 때의 감각이 떠올랐지만, 그건 어
떻게든 떨쳐냈다.

『그렇구나?』

재미있다는 것처럼, 유혹하는 것 같은 달콤한 목소리로
말하고, 레나는 후후, 하고 웃었다.

『저기. 후미야 군, 이번 주 토요일에 시간 있어?』

"뭐."

나는 그 말을 듣고 두근, 하고 가슴이 뛰었다. 싫어도 뭔
가를 기대하게 만드는 대화의 흐름에, 내 머리는 거의 자동
으로 그것을 상상하고 말았다.

"어……."

얼버무리고 넘어갈 수 없을 만큼 그것을 원해버리는 사
고. 머릿속에 펼쳐지는 광경을 억지로 떨쳐내고, 나는 어떻
게든 현실로 돌아오려고 노력했다.

그리고, 시간 차이를 두고 알아차렸다.

"……아니, 토요일에는 약속 있는데."

그렇다. 이번 주 토요일에는 아시가루 님도 나오는 오프 모임이 있다.

『아, 그렇구나. 그럼 안 되겠네.』

"……응."

그리고 간단히 물러난 레나한테, 묘하게 아쉬운 기분을 느껴버리려고 한다. 그나저나, 나는 그렇게 즐거웠던 오프 모임 때 일조차 생각나지 않을 만큼, 혼란에 빠져버렸다는 뜻이겠지.

『아, 그럼 이만 끊을게. 나 씻어야 하거든.』

"뭐? 응 알았어. 그럼."

『응. 잘 자.』

"……잘 자."

내가 말했더니, 내가 끊기도 전에 허무하게 통화가 끊어졌다. 저쪽에서 그렇게 열심히 들이댔었는데 어째선지 나만 혼자 남겨진 것 같은 느낌이라고나 할까, 공허한 고독감을 맛봤다. 뭐냐고 이 사람. 무슨 고양이라도 되나.

그리고 레나가 마지막으로 남긴 말.

"굳이 말할 필요가 있나? ……목욕한다고."

반쯤 억지로 선정적인 광경을 상상하게 만든 뒤에 들었던, 그 한 마디.

물러나는 순간에 은근슬쩍, 눌러서는 안 되는 스위치를 눌러버린 것만 같은.

오프 모임에서 닿았던 허벅지의 감촉, 어깨와 어깨가 닿았을 때의 온도, 강조된 보디라인.

그런 것들이 무의식에서 의식을 향해 억지로 침입해 와서, 떨쳐낼 수 없게 되어간다.

"아~~~~~! 진짜!!"

나는 소리를 내면서 침대로 뛰어들었고, 마침내 도망치려는 것처럼 어패를 켜고 랭킹전을 시작했다.

"……야! 이게!"

그리고 나는 한 시간 동안 계속 대전을 했고, 겨우 평정을 되찾았다.

——그날 승률은, 기분 탓인지 평소보다 낮았던 것 같다.

　　　＊ ＊ ＊

그리고 그 며칠 뒤인 주말. 토요일 14시 조금 전.

나와 히나미는 이케부쿠로의 역 앞에 있었다.

아직 약속 시간 20분 전. 여기서 나와 히나미를 포함한 참가자 다섯 명이 만나서, 렌탈 스페이스 같은 장소로 이동할 계획이다.

지금 약속 장소에는 나와 히나미 두 사람. 같이 가는 게 소개하기 편하다는 이유로 히나미의 시간에 맞춰서 사이쿄 선 전철을 타고 왔는데, 그랬더니 이렇게 일찍 도착했다.

"……그런데 말이야. 정말 아무것도 신경 안 써도 되는 거지?"

나는 스마트폰으로 시간을 확인하면서도, 다른 이유로 안절부절못하고 있었다.

"후카 말이야?"

"그, 그래."

"내가 말 했잖아. 문제없다고."

히나미는 어딘가 질렸다는 투로 말했다.

카페에서의 일이 있었던 뒤로 지금까지, 관계 자체는 평소대로 돌아왔지만, 그 손을 잡았던 이은 대체 뭔지, 라는 점에 대해서는 언급하기 힘든 분위기가 되어 있다. 그리고 그런 통화를 했었기 때문에, 그 뒤에 키쿠치 양한테 레나에 대해 얘기하기 힘들기도 했고.

너무 자세한 얘기는 언급하지 않는 정도로 히나미한테 말하고 상담해봤더니, 『그건 크게 문제 없어』라고 해서 그대로 매일 얼굴을 보고 있는데…… 문제가 없다면 그 이유를 제대로 가르쳐줬으면 싶다.

"저, 정말이지?"

"왜 내가 널 속이겠어."

"뭐, 그렇긴 한데……."

말하면서, 나는 알림 부분을 밀어서 어젯밤에 키쿠치 양이 보낸 LINE 메시지를 봤다. 그 뒤로 며칠이 지났으니까 이제 완전히 다른 이야기를 하고 있지만, 역시 신경이 쓰이는 건 그날 있었던 일. 하지만 그걸 굳이 다시 캐낼 용기는 없었다.

"최종적으로, 손을 잡자고 했잖아?"

"으, 응."

"그렇다면 괜찮을 거야, 아무리 생각해도."

"으, 응, 뭐……."

나는 마음이 어딘가 다른 곳에 가 있으면서도 어쨌거나 고개를 끄덕였다. 하긴 뭐 최종적으로는 그렇게 말해줬으니까, 말을 꺼내느라 쑥스러웠다, 고 해석하면 큰 문제는 없겠지. 그렇다면 키쿠치 양이 그 이야기를 언급하지 않으려고 하는 이유도 설명이 되고.

"알았어. 그럼 믿을게."

"제발 좀."

그렇게 해서 나는 간신히 머릿속의 안개 같은 것을 억지로 쫓아냈고, 키쿠치 양에게 보낼 답장 내용을 생각하기로 했다. 사귀기 시작한 뒤로 나와 키쿠치 양은 그럭저럭 긴 문장을, 하루에 한두 통씩 보내는 느긋한 페이스의 대화가 메인이 됐고, 키쿠치 양이 마지막으로 메시지를 보낸 건 어젯 밤이었으니까── 슬슬 답장을 보내야겠지, 라는 타이밍이다.

"음……."

나는 문장을 생각했다가 조금 고치고, 를 반복하면서, 대충 이런 느낌이겠지, 라는 데까지 완성했다. 뭐, 이걸로 일단 안심인가.

내가 후우, 하고 숨을 내쉬고 있는데, 그 타이밍에 저쪽에서 다가오는 사람이 있었다.

"오~! nanashi 군이랑 Aoi 양! 안녕하세요."

해리 님이 이쪽을 향해 손을 흔들면서 말했다. 그 옆에는 맥스 씨와 또 한 사람의 남성이 ─── 그렇다면, 그 사람인가.

"아~ 안녕하세요. 처음 뵙겠습니다."

남성은 살짝 내려놓는 것 같은 귀에 잘 들어오는 목소리로 말했다. 긴장감이 느껴지지 않는 독특한 타이밍에, 나와 히나미에게 꾸벅하고 인사를 했다.

"처음 뵙겠습니다. Aoi예요."

"nanashi입니다. 처음 뵙겠습니다."

우리 두 사람이 최대한 밝게 인사했더니, 남성은 눈썹을 위로 쓱 들어 올리고 살짝 고개를 끄덕였다.

"그렇겠네. 잘 부탁해. 아시가루입니다."

미끈하고, 시원시원한 분위기로 말했다.

패기가 있는 것도 아닌데 주눅이 든 기색도 전혀 없는 아시가루 님의 표정. 처음 만났으니까 당연한 일이지만, 무슨 행각을 하는지 모르겠다, 는 표현이 딱 어울리는 표정이다.

이 사람이, 리저드를 사용하는 프로 게이머 아시가루 님인가.

아마도 나이는 20대 중반에서 후반. 청바지에 까만 트렌치코트를 걸친 베이직한 차림새고, 약간 마른 체형. 조금 긴

검은 머리를 6:4 정도로 가르고, 이마를 훤하게 드러냈다. 눈꼬리가 긴 눈은 위협적이라기보다는 오히려 지성적인 분위기라서, 인터넷에 사진도 올라와 있어서 대충 알고는 있었지만, 얼핏 봐서는 그렇게 게이머처럼 보이지 않는 게 인상적이다. 젊은 천재형 사업가 같은 분위기라고 해야 할까.

"또 오는 사람 있어?"

아시가루 님이 해리 님한테 슬쩍 확인했고, 해리 님이 다 왔어요, 라고 대답했다. 그랬더니 아시가루 님은 또 슬쩍 "그럼 갈까"라고 말하고는 걸어가기 시작했다. 제멋대로라고 할까 뭐라고 할까, 템포가 독특하네.

"그러죠. 아, nanashi 군과 Aoi 양도, 이쪽입니다."

"예~."

그렇게 해서 우리 다섯 명은, 대전 모임 장소로 향했다.

　　　　* * *

"여기 두 사람은 커플인가?"

"아·닙·니·다!"

당연하다는 것처럼 물어보는 아시가루 님에게, 나는 힘을 담아서 대답했다. 히나미는 쿡쿡 웃고 있다. 너도 웃지 말고 말하라고.

"아니었어? 하긴, 어패 플레이어랑은 사귀고 싶지 않겠지. 싸울 것 같으니까."

아시가루 씨는 평범한 것 같으면서도 묘하게 재미있는 톤으로 말했다. 혼잣말과 대화의 중간 같은 말하는 방식인데, 그래도 누구한테 던지는 말인지는 전해지는 게 정말 신기하다. 남한테 들려주기 위한 혼잣말, 이라는 표현에 가까울지도 모르겠다.

"아하하, 그럴지도 모르겠네요?"

히나미는 그 말을 받아들여서 웃고, 기분 좋게 맞장구를 쳤다.

지금 우리가 있는 곳은 역에서 몇 분 거리에 있는 프리 스페이스. 하얀색의 가늘고 긴 테이블 위에는 모니터가 몇 대 놓여 있고, 그 앞에는 접이식 의자가 여러 개 줄지어 있다. 본체만 가지고 오면 마음대로 게임을 플레이할 수 있어서, 적은 인원으로 대전 모임을 할 때 종종 사용한다는 것 같다. 참고로 이번에는 다섯 명이라서, 본체는 한 대만 준비했다고 한다. 일부러 가지고 와주셨으니 고맙다고 해야겠지.

해리 님이 솔선해서 척척 게임기를 모니터에 연결하고 전원을 켰더니, 얼마 지나지 않아서 어패의 오프닝 화면이 나왔다.

"어디 보자. 그럼 일단 가볍게 움직임을 확인한 뒤에 자유 대전을 해볼까."

아시가루 님이 제안했고, 해리 님이 "바로 시작하는 건가요"라고 맞장구를 쳤다.

"바로 해야지. 내가 먼저 해도 돼?"

"얼마든지요. 솔직히 오늘은 전부 아시가루 님과 대전 해 보려고 왔으니까요."

"그거 왠지 부담되네……."

그렇게 말하면서 눈살을 찌푸리기는 했지만, 아시가루 님은 느릿한 걸음걸이로 테이블 앞의 의자에 앉았다.

그리고 빙글, 뒤를 돌아봤다.

"그럼, 제일 먼저 하고 싶은 사람은?"

"저요."

그렇게 말하며, 바로 손을 든 인물.

그건 다른 사람도 아닌──

"오, nanashi 군?"

그렇다, 바로 나였다. 참고로 슬쩍 뒤를 봤더니 히나미의 손이 배꼽 근처까지 올라와 있었는데, 어쩌면 저 녀석도 먼저 하고 싶었던 건지도 모른다. 아쉽게 됐네, 손을 드는 동작 프레임이 내가 더 빨랐던 것 같아.

"계속 해보고 싶었거든요."

"하하. 제일 긴장되는 사람이 나왔네."

큰일 났네, 라면서 목덜미를 벅벅 긁는 아시가루 씨는 여전히 마이 페이스라는 인상이고, 말은 그렇게 했지만 그다지 초조해하거나 긴장하는 느낌은 없었다.

"그럼 룰은 어떻게 할까? 가위바위보로 이긴 사람이 스테이지를 정하는 걸로 하면 될까?"

그 질문에, 나는 진지한 눈으로 아시가루 님을 보면서 대

답했다.

"아뇨……."

나는 작은 소리로, 그러면서도 확실한 의지를 담아서.

왜냐하면 나는, 이 오프 모임을 단순한 흥미 때문에 온 게 아니니까.

"가능한, 아시가루 님이 출전하는 것 같은—— 프로 대회와 같은 룰로 하고 싶어요."

내가 얼굴을 똑바로 보면서 말했더니, 아시가루 님은 무표정한 얼굴로 고개를 몇 번 끄덕였다.

"흐음……."

여전히 관심 없다는 눈빛이었지만, 입꼬리 만은 빙긋, 올라가 있었다. 그리고,

"그 생각은?"

단적으로 물었다.

"……그러니까."

나는 그것을 입으로 말하는 데 역시나 어딘가, 저항이 느껴졌지만.

그래도 눈앞에 있는 사람은 실제로 그 세계에서 활약하고 있는, 프로 게이머다.

도망칠 구멍을 준비해도 되는 상황이 아니다.

"제가 프로 분과, 프로의 룰로 싸우면 어떻게 되는지, 알고 싶어서요."

그건 틀림없이 내 진심을 전부 말로 표현한 건 아니었고.

하지만 아시가루 님은 "그래"라고 이해한 것처럼 고개를 끄덕였고, 그 진지한 시선을, 천천히 게임 화면 쪽으로 옮겼다.

"──그럼, 있는 힘껏 해야겠네."

＊ ＊ ＊

그리고 시작된, 나와 아시가루 님의 대전.

룰은 세계 대회 토너먼트 상위에서 사용하는 3판 선승제.

나는 평소대로 파운드를 선택했고, 아시가루 님도 당연히 주 캐릭터인 리저드를 선택했다.

스테이지는 정해진 스테이지 몇 개 중에서 가위바위보를 해서 이긴 사람이 하나를, 진 사람이 두 개를 거부하고, 이긴 쪽이 남은 스테이지 중에서 하나를 고르는 세계 대회 룰이다. 우리나라에서는 지정된 스테이지가 약간 다른데, 전부 통일했으면 좋겠다고 생각한다.

"잘 부탁드립니다."

"응, 잘 부탁해."

참고로 나는 항상 온라인 랭킹전을 하고 있기 때문에, 거의 거기서 선택할 수 있는 『세상 끝의 땅』 『투기장』 두 곳에서 싸웠다. 오프라인에서 히나미랑 싸울 때는 그 두 가지 말고 다른 곳을 선택하기도 했지만, 아마도 스테이지 경험치에서 큰 차이가 나겠지.

가위바위보에서 이긴 나는 『보노 화산』을, 진 아시가루 님은 『투기장』과 『전함 크라이시아』를 거부했고, 나는 남은 스테이지 중에서 『세상 끝의 땅』을 선택했다. 다른 스테이지보다 약간 넓고, 발판이 하나도 없는 게 특징인 평탄한 스테이지. 리저드를 상대에 유리한지를 따져보면 조금 어렵다고 하겠지만, 그보다 일단 익숙하다는 점을 중시했다.

『3! 2! 1!』

게임 내 안내 음성과 함께, 닌자 한 사람과 사람 모양 도마뱀 한 마리가 스테이지 위에 나타났다.

처음으로 프로와 싸우는 온라인 대전. 마음이 달아오를 수밖에 없다.

『GO!』

시합이 시작됐다. 동시에 아시가루 님이 스테이지에 폭죽을 뿌렸다. 리저드의 폭죽은 일정 시간이 지나면 터지는 아이템형 도구다. 하나는 나와 리저드의 중간 지점에, 하나는 내가 있는 위치로 직접 던져서 유리한 전황을 만들었다.

나는 냉정하게 작은 점프로 그걸 피하고, 수리검을 차지했다가 타이밍을 맞춰서 발사, 리저드에게 명중시켰다. 대미지는 미미하지만, 이걸 반복하면 큰 차이가 된다.

리저드는 상어택인 쏘아 올리는 불꽃과 설치형 함정인 덫을 설치하면서, 리스트가 적은 하강공격 등을 깔아놓으면서 날 견제했다.

내 파운드는 뒤로 스텝을 사용해서 공격을 피하고, 타이밍 좋게 반전하면서 수리검을 날려서 아시가루 님에게 대미지를 줬다. 현재, 서로 투척 무기만 사용하는 탐색전 같은 형세다.

"탐색전이 되면 수리검은 참 귀찮네요~."

"속도가 빠르니까요.

해리 님과 맥스 님이 대전을 보면서 말했다. 인터넷 생중계 때랑 비교하면 말수도 적고 차분한 톤이다.

탐색전이라는 건 한마디로, 상대를 직접 타격을 가하는 게 아니라, 투척 무기를 구사해서 견제, 상대가 공격하도록 유도하는 것. 파운드, 리저드 모두 타입이 다르기는 해도 우수한 투척 무기를 가지고 있는 캐릭터라서, 탐색전에 강하다.

리저드처럼 투척 무기를 사용하는 캐릭터를 상대할 때 중요한 건, 상대의『무기를 뿌리고 기다린다』는 행동에 리스크를 만드는 것이다.

투척 무기를 뿌리는 행동은 상대한테서 떨어진 상태에서 공격하기 때문에, 반격당하는 일은 거의 없다. 비난할 수도 없는 데다 위험 부담도 없는, 일단 쓰면 프레임상 좋은 행동이 된다.

그걸 막기 위해서『그냥 무기를 뿌리고 기다리기만 하면 자신도 대미지를 입는다』는 리스크를 줘서 행동을 제한하고, 상대도 공격하게 만드는 게 필요하다.

　그래서 쓰고 있는 게 이 수리검. 날아가는 속도가 빠르고 피하기 힘들기 때문에, 위력이 약하기는 하지만, 날아오는 걸 보고서 피하기는 힘든 무기다.

　대미지는 거의 몇 퍼센트뿐이지만, 그냥 무기를 뿌려놓고 있기만 하면 불리해질 수 있다는 사실 그 자체가, 상대의 행동을 옭아맨다.

　"이 카드는 어떤가요? 상성을 봤을 때."

　"음~, 글쎄요. 파운드는 접근전이 특기인데 투척 무기만 쓰면서 도망친다는 의미에서 보면 싸우기 힘들겠고, 리저드도 원거리에서 수리검이 날아온다는 리스크가 있으면 귀찮을 테니까…… 서로 비슷하다고 봐야겠지."

　"뭐, 스타일이 전혀 다른 캐릭터니까요."

　상대의 틈을 찌르고 근거리로 파고든 뒤에, 확정 콤보와 유리한 수 싸움을 펼쳐서 화력을 터트리고 싶은 파운드와, 상대와 거리를 두면서 풍부한 도구로 상황을 제압, 유리한 상황을 유지한 채 서서히 대미지를 쌓아가는 리저드. 그건 어떤 의미에서는 대비적인 싸우는 방법이다.

　"이 조합이라면, 상대가 하고 싶은 걸 못 하게 하고 자기가 하고 싶은 걸 밀어붙인다. 물론 세세한 수읽기도 중요하지만, 그것보다 더 넓게, 대국적으로 보는 시야가 필요할지도 모르겠네요."

"그렇군요, 대국적인 시야인가요."

이런 투척 무기 캐릭터와 대전할 때, 정신적인 부담에 시달리기 쉬운 건 기본적으로 파운드 쪽이다. 왜냐하면 어떤 타이밍에서건 상대의 무기가 스테이지 위에 존재하기 때문에, 항상 그걸 어떻게 처리해야 좋을지 머리를 써야만 하고, 계속 유리한 상황을 만들어간다는 스타일 관계상, 게임메이커는 항상 상대 쪽. 내가 생각할 수 있는 건 그 상황을 어떻게 『무너트릴까』, 라는 게 된다.

파운드가 폭죽을 몇 개 맞아버렸고, 살짝 날아갔다. 어떻게든 스테이지에 착지하고 싶지만, 파운드 주위에는 진로를 방해하려는 것처럼 폭죽과 화염병이 날아왔다. 그래도 나는 당황하지 않고 상대의 움직임을 잘 보면서 어떤 행동 뒤에 어떤 틈이 생기는지, 그 틈을 노리려면 어떤 위치까지 가야 좋을지를 잘 판단해서, 거리를 관리. 때로는 상대를 흔들어보기도 하면서, 상대의 발판을 무너트려 갔다.

"전 저렇게 못 하네요~ 이렇게까지 제압당하면, 어쩔 수 없이 초조해지니까요."

"아하하. 하지만 리저드를 상대할 땐 그게 제일 위험한 일이죠."

"역시 그렇겠죠."

"뭐, 항상 상대에게 유리한 상황이 유지되는 건 괴롭지만, 반대로 말하자면 상대도 유리한 상황을 만들어가야만 한다는 뜻이잖아요? 거기에 반드시, 무너트릴 수 있는 틈이 있어요."

공중에서 춤추는 것처럼 관성을 반전시키면서 폭죽을 두 개 뿌린 리저드는, 착지하더니 내 공격을 견제하려는 것처럼 상어택으로 쏘아 올리는 불꽃을 날렸다. 공중에서 발사했고, 그게 시간차를 두고 지상으로 떨어지는 특수한 어택 기술.

──지금이다.

그 후 딜레이에 잡기를 걸었다. 쏘아 올린 불꽃 밑에서, 파운드가 리저드를 잡았다. 즉 시간차를 두고 떨어지는 불꽃은, 두 캐릭터 바로 위에 있다. 이 기술의 공격 판정은 나한테만 적용되니까, 이대로 맞았을 경우에는 나만 일방적으로 대미지를 입는다.

"어, 그런데 이거, 떨어지는 불꽃에 맞……."

맥스 시의 말을 자르려는 것처럼, 나는 한 템포 늦춰서 아래 던지기를 입력했다.

시간차를 두고 떨어지는 불꽃이 날 덮쳤고, 파운드를 직격── 하지만, 내 파운드는 그 대미지를 입지 않고, 리저드를 바닥에 팽개친 뒤에 공중을 띄웠다.

"……어?"

맥스 님의 곤혹스러워하는 목소리를 들으며, 나는 거기서부터 확정 콤보로 이행했다. 유리한 수읽기를 반복하고, 몇 번인가 폭죽을 맞은 대미지를 뒤집어버리고도 남을 만큼의 대미지를, 단숨에 아시가루 님에게 입혔다.

"보세요. 이렇게, 틈이 없는 것처럼 보이는 곳에, 무너트릴 포인트가 있기도 하거든요."

"……지, 지금 그건? 공격이 제대로 맞은 것처럼 보였는데……."

"어라, 몰랐어요? 잡기에서 던지기로 들어갈 때, 어떤 캐릭터건 아주 잠깐, 무적이 되는 순간이 있거든요. 겨우 몇 프레임 정도지만."

"아…… 그러고 보니 그런 것도 있었죠."

"상대가 쏘아 올린 불꽃 밑으로 파고들어서, 공격 판정이 떨어지는 순간에 던지기 무적 판정이 발생토록 한다. 그렇게 하면 얼핏 봐서는 공격할 방법이 없는 상황에서, 억지로 틈을 만들어낼 수 있죠. 뭐, 플레이어 스킬이 전제가 되는 가시밭길이지만 말이죠."

원래 리저드의 쏘아 올리는 불꽃은, 후 딜레이가 크기는 하지만 그 후 딜레이가 발생하는 동안에 그대로 공격 판정이 떨어지기 때문에, 공격하는 쪽도 위험 부담이 따르는 특수한 기술이다. 억지로 후 딜레이를 노린 경우, 리저드도 상대의 공격을 맞기는 하지만, 상대한테도 그 불꽃이 쏟아진다. 불꽃은 위력이 큰 기술이라서, 어지간한 경우에는 결국 상대 쪽이 더 큰 대미지를 입게 된다.

하지만 이렇게 던지기의 무적 타이밍을 딱 맞출 수만 있으면, 자신은 대미지를 입지 않고 그 틈을 노릴 수도 있다.

파운드처럼 던지기에서 이어지는 콤보가 강력한 캐릭터라면 더더욱 효과적이고. 조작 실수가 발생할 수도 있으니까 위험 부담이 전혀 없다고 할 수는 없지만, 로우 리스크 하이 리턴으로 상대를 몰아붙일 수 있다.

"우와…… 대단하네."

"분명히 수읽기라는 건 궁극적으로 말하자면 가위바위보지만, 이렇게 『플레이어 스킬이 있어야만 쓸 수 있는 수』라는 것도 있으니까요. 그걸 실전에서 안정적으로 사용할 수 있을지, 무엇보다 그럴 배짱이 있는지…… 그런 것까지 생각하면서 볼 수 있게 되면, 더 재미있게 관전할 수 있게 되는 법이죠."

"이야, 정말 깊이가 있는 게임이네요."

나는 거기서부터 플레이어 스킬을 전제로 하는 어려운 선택지를 여러 개 선택했고, 흐름을 잡았다.

그리고—— 첫판은 내가 이겼다.

　　　＊ ＊ ＊

"응, 응, 그렇구나."

첫 번째 시합에서 진 아시가루 님은, 딱히 당황한 것 같지도 않은 분위기로 말했다.

"……후우."

나는 한숨을 쉬고, 동시에 보람을 느꼈다.

상대는 프로 게이머. 세계적으로 활약하는 진정한 의미의 프로.

그런 아시가루 님과 싸워서, 전혀 뒤처지지 않고, 먼저 한 판을 따냈다.

고민하고 있었는데, 어쩌면 나는──.

"어패는 언제부터 했어?"

갑자기, 아시가루 님이 나한테 물었다.

"그러니까~. 일단은 발매됐을 때부터 하고는 있는데, 제대로 하기 시작한 건…… 최근 2년 정도려나요."

"헤에. 그런 것 치고는 센데. 뭐랄까, 완성도가 높아."

"그, 그런가요? 고맙습니다."

"뭐, 일단은 지고 있는 내가 잘난 척할 소리는 아니지만."

"아뇨, 무슨……."

그리고 둘이서 살짝 웃었다.

"대회 룰로 하고 싶다고 했었지? nanashi 군은 말이야, 앞으로 어떻게 하고 싶어?"

"앞으로…… 라면?"

내가 뭔가를 예감하면서 물었더니,

"어패에 대해서. 프로가 될 생각이 있는 건가 싶어서."

아시가루 님은 턱을 문지르면서, 더 깊은 핵심을 찔렀다. 내 마음속에 있으면서도 못 본 척 해왔던 영역이었지만, 이 사람은 그 정도가 아니라, 이미 그쪽 세계에서 활약하고 있는 사람이니까.

"그러니까…… 관심이 전혀 없는 건, 아니지만요."

그런 아시가루 님이기 때문일까. 어느새 나는, 내 속내를 말하고 있었다.

"응."

"제가 거기서 활약할 수 있을지, 잘 몰라서…… 뭐, 실력에 자신이 없는 건 아니지만요. 그러니까, 뭐라고 할까……."

"현실감이 없다고?"

"아, 그런 느낌이겠네요."

나는 아시가루 님의 도움을 받으면서도, 내 지금 상황에 대해 말했다.

"그래서, 프로의 룰로 해보고 싶어졌고?"

"……그렇겠죠. 아마도."

"아하하, 자기 자신을 모르겠다는 그런 건가."

아시가루 님은 또 아무렇지도 않은 말투고, 내 마음 속에 있는 생각을 맞췄다. 그리고, 날 똑바로 보면서, 계속 말했다.

"그렇다면── 직접 해보는 게 빠를 거야."

"어. 해보는 게 빠르다니…… 프로를, 말인가요?"

내가 약간 떨면서 물었더니, 아시가루 님은 "아니 뭐, 그게 아니라……"라고 부정했다.

"그게 아니면?"

그리고 버릇인지, 아시가루 님은 또 턱을 만지면서, 이렇게 말했다.

"프로와 같은 조건에서 대전, 이라는 얘기야."

"……예?" 나는 허를 찔리고 말았다. "그거, 지금 하고 있는 거잖아요?"

나는 굳이 아시가루 님한테 프로와 똑같은 룰로 대전하자고 제안했고, 스테이지 선택 방법이나 3판 선승제 등등, 대회의 룰로 대전하고 있다.

하지만 아시가루 님은, 바로 고개를 저었다.

"음~ 뭐 분명히, 룰은 똑같기는 하지."

"……룰은?"

그 말의 의미를 알 수가 없어서, 나는 또 깜짝 놀라서 아시가루 님을 봤다.

"그러니까, 뭐랄까…… 아, 예를 들자면 말이야."

말하면서, 아시가루 님은 고개를 뒤로 돌렸고, 히나미에게 말을 걸었다.

"Aoi 양, 원래 nanashi 군이랑 친구라고 했었지?"

"예? 그, 그런데요……."

나도 봤더니 갑자기 자기 이름을 불린 히나미도 어딘가 당황한 것 같은 분위기였고, 아시가루 님이 무슨 말을 하려는지 이해하지 못한 것 같았다.

"뭔가 말이야, nanashi 창피한 에피소드라든지, 아는 거 있어?"

생각지도 못한 질문에 히나미는 잠깐 생각하는 것처럼 말이 없었지만, 바로 짓궂게 웃으면서,

"그야 뭐, 엄청나게 많죠."

"야."

대체 왜 이런 얘기를 하고 있는지 모르겠지만, 히나미 너도 신이 나서 대답하지 말라고.

"아하하, 그거 잘 됐네. 그리고, 아…… 해리 군."

"응."

"해리 군도 내 창피한 이야기, 많이 알고 있지?"

그랬더니 해리 님은 목을 벅벅 긁었다.

"아, 뭐, 응…… 말하면 안 되는 것까지 잔뜩."

"그거 곤란하네……."

아시가루 님은 감정을 읽을 수 없는 목소리로 사람들한테 말을 걸고 있는데, 대체 무슨 생각인지 도무지 모르겠다.

"저기…… 그걸 왜 물어보시는 거죠?"

내가 물었더니, 아시가루 님은 눈썹을 쭉 들어 올렸다.

"간단한 얘기야. 이 3판 선승제 승부에서 진 사람은, 그 창피한 이야기를 사람들 앞에서 폭로하는 룰로 하자."

"뭐예요 그게?!"

도무지 영문을 알 수 없는 제안에, 나는 당혹스러워했다.

"어라? 몰라?"

"예, 전혀."

그리고, 나와 히나미가 아마도 다른 사람들이 생각하는

것보다 훨씬 많은 비밀을 쥐고 있다는 의미에서 봤을 때도, 상당히 곤란한 일이다. 내 창피한 이야기 정도는 얼마든지 튀어나오겠지.

"그런데 말이야, 해보면 알 테니까 일단 그렇게 해보자고. 물론 지금 한 판 이긴 건 그대로 쳐줄 테니까, nanashi 군은 앞으로 두 판, 나는 앞으로 세 판을 이기면 되겠지."

"예, 뭐, 그렇다면 괜찮은데……."

그렇게 해서 나는 그대로 그 룰에 따르게 됐다. 뭐 현역 프로 게이머가 이게 프로와 같은 조건이라고 했으니까 그렇겠지, 라고 나 자신을 달랬다. 만약에 지면 뭘 폭로 당할지 몰라서 무섭기는 하지만, 이기면 되는 거야.

"아시가루 님, 힘내세요!"

"야."

히나미가 말했고, 내가 딴죽을 걸었다. 벌써부터 뭔가를 폭로하고 싶어서 미칠 지경이라는, 그런 얼굴로 날 보고 있다. 이 자식, 무슨 소리를 할 생각인 거야. 그저 불안할 뿐이다.

"좋았어, 그러면 두 판째 가자."

그렇게 해서 나와 아시가루 님은, 영문 모를 특수한 룰이 추가된 3판 선승제 대전을 계속했다.

* * *

"좋~았어, 위험하네 위험해. 완전히 꼬였네."

그 뒤로 나와 아시가루 님은 세 판을 대전해서, 승점은 2대 2가 됐는데 —— 아직까지도 아시가루 님이 특수한 룰을 제시한 의미를, 잘 모르겠다.

"아~ 끝내고 싶었는데! 다음이 마지막이네요."

나는 솔직하게 감정을 드러내면서 말했다. 상대는 나보다 많이 어른이지만, 이렇게 어패를 통해서 접하니까 나도 부담 없이 즐거워진다고 할까, 소년으로 돌아가게 되는구나. 아니 뭐, 나이는 아직 미성년자지만.

3판 선승제에서 2대 2. 즉 울거나 웃거나 다음 한 판이 마지막이다. 한마디로 이 상황은, 어디까지나 지금까지의 네 판만 보면 내가 조금 압도한 것처럼 보였다. 내가 이길 때는 어느 정도 여유를 갖고 이겼지만, 아시가루 님이 이겼을 때는 상당히 치열하게 싸우다가 아슬아슬하게 지는 경우가 많았다. 지금까지 해온 네 판처럼 플레이하면, 이길 확률이 더 크겠지.

하지만, 대체 뭐지, 이 감각은.

"음~ 오프에서라면 좀 더 압도할 수 있을 거라고 생각했는데 말이야. nanashi 군, 뭔가 대책이라도 준비한 거야?"

"그러니까…… 말하자면 많이 길어지거든요."

NO NAME과 있었던 이런저런 일들을 얘기하면 많이 길어지게 된다. 그렇다고 말하면 안 되지만.

"그렇구나……."

아시가루 님은 흥미가 있는 건지 아닌 건지 모를 말투로 말했다. 그 독특한 템포로 나오는 말에서는, 역시 그다음을 읽을 수가 없었다.

"응. 그럼, 해 볼까."

어째선지 이기고 있는 것 같은 기분이 드는 분위기 속에서 선택한 스테이지는 『세상 끝의 땅』.

여기는 내가 처음으로 전국 1등을 차지했던 스테이지인데── 선택한 건 아시가루 님이다.

역시, 무슨 생각을 하는 건지 모르겠다.

"잘 부탁드립니다."

관객들도 마른 침을 삼키면서 지켜보는 속에서. 마지막 시합이 시작됐다.

* * *

마지막 시합은, 조용하게 시작됐다.

여기서 이긴 사람이 3판 선승제의 승자가 된다.

여기서 진 사람은 패자가 되고, 뭔가 창피한 비밀을 폭로당한다.

그 압박감 때문일까, 행동 하나하나가 무겁게 느껴지고, 그러다 보니 집중도도 달라졌다.

지금까지 나는 항상 한 판을 앞서가고 있었다. 처음 한 판을 이기고, 빼앗기고, 또 다음 한 판을 이겼다. 그 단계에서 이미 아시가루 님은 더 이상 물러날 곳이 없었지만, 그 2-1 상황에서 한 판을 되찾았고, 지금 이 상황이 됐다.

한마디로 나는, 여기 와서 처음으로 위기에 몰린 것이다.

"nanashi 군, 신중하네요."

그러게요."

의식 밖에서 들려온 그 목소리가, 문득 내 머릿속으로 들어왔다. 맥스 님과 해리 님이다.

신중해질 만도 하니, 가 아니라 그래야 한다. 물론 너무 신중해진다고 평소 실력 이상의 뭔가를 발휘할 수 있는 건 아니지만, 이길 확률을 조금이라도 더 높이기 위해서라도 집중하고, 위험을 줄일 수 있는 데서는 줄여야겠지.

폭죽을 뿌리는 리저드에게 의식을 돌렸다. 아시가루 님도 플레이는 신중—— 하다기보다는, 리저드는 원래 스테이지를 제압하는 캐릭터이기 때문에, 원래 적극적으로 몰아붙이는 스타일이 아니다. 그런 의미에서 보면 아시가루 님은 지금까지와 똑같이 플레이하고 있고, 나는 지금까지보다 신중해진 탓에 전체적인 전개가 느려져 있다, 고 해야 하려나.

"오오! 수리검을 경계한 가드에 잡기! nanashi 군은 이런 데서는 냉정하네요~."

"대체 뭔가요 이 수읽기. 가드에 들어간 순간에 잡는다는, 그런 느낌이네요."

"아하하. 그건 너무 나간 것 같기도 한데요. 그래도 무슨 말인지는 알겠네요."

나는 폭죽과 덫을 대시와 소 점프 급강하로 헤쳐나가고, 수리검을 잠깐 모았다가 던지는 척하는 그 순간에 캔슬하고 다시 대시, 가드를 유도해서 리저드를 잡았다. 파운드는 닌자 캐릭터라서 주행 자세가 낮고, 공중 세로 방향 이동 속도도 빠르기 때문에, 조작만 제대로 하면 리저드가 뿌려놓은 도구들을 빠르게 헤쳐나갈 수 있다.

리저드를 잡은 나는 잡기 타격을 한 번 넣고, 그사이에 어떤 콤보로 갈지 고민했다. 이 상황에서 가장 대표적인 루트는 확정이지만 대미지가 조금 적은 루트와, 중간에서 수 싸움이 발생하기는 하지만, 그것만 잘 읽으면 유리한 상황인 채로 큰 대미지를 줄 수 있는 루트의 두 가지. 지금까지는 안정과 높은 기대치 때문에 기본적으로 대미지가 적은 쪽을 선택했지만, 나는 이론이 아니라 본능적인 감각으로, 대미지가 큰 쪽을 선택했다.

"음……."

"──좋았어!"

그 선택 덕분에, 중간에 수 싸움에서 이긴 나는, 아시가루 님에게 큰 대미지를 주는 데 성공했다.

"오~! 큰 화력! 이거 단숨에 흐름을 장악하는 건가요?!"

해리 님의 뜨겁게 달아오른 환호성. 하지만 아시가루 님은 냉정하게 나한테서 떨어지더니, 딱히 당황하는 기색도 없이 폭죽을 뿌리고, 담담하게 지금까지 하던 플레이를 계속했다. 이런 걸 보면 역시 프로 게이머는 다르다고 해야겠지.

하지만 지금 나는 흐름을 타고 있다. 파운드는 수리검을 모으고는 재빨리 점프, 대각선 위쪽에서 리저드를 향해 수리검을 날렸다. 가드를 유도하고 착지하면서 접근, 평범한 수 싸움을 걸겠다는 계산이다.

그때.

키이이이잉! 요란한 소리가 울렸다.

이펙트와 함께 내가 던진 수리검이 소멸했고, 아시가루 님은 가드를 풀었다.

"어~~?! 여기서 핀가드!"

이런. 당했다.

핀 포인트 가드, 줄여서 핀가드.

상대의 공격 타이밍에 잘 맞춰서 실드를 해제하면, 상대의 공격을 가드 했을 때의 틈을 경감. 재빨리 다음 행동으로 들어갈 수 있는 고난도 테크닉이다.

타이밍을 잡기 쉬운 착지하는 순간의 공격이라면 또 모를까, 던지면 바로 상대한테 도달하는 수리검을 핀가드 하다니, 거의 핀 포인트로 예상하고 조작하지 않으면 힘든 일이다.

즉, 지금 내 행동을 예상했다는 건가?

나는 수리검을 날리고 착지한 순간에 대시 공격을 맞았다. 거기서부터 불리한 수 싸움 속에서 몇 번이나 공격을 맞았고, 첫 콤보로 대미지를 따내서 유리해졌던 상황이, 간단히 뒤집혀버리고 말았다.

역시 프로. 쉽지 않구나──.

그 뒤로 나와 아시가루 님은 일진일퇴의 공방을 계속했고, 둘 다 남은 스톡은 하나.

대미지는 내가 더 많이 쌓였고, 어느 정도 격추력이 있는 기술을 맞으면 지게 되는 상황. 하지만 아시가루 님도 충분히 격추 범위 안에 들어와 있어서, 서로의 큰 기술이 맞으면 격추, 시합이 끝나고 승자가 결정된다.

위치 관계는 내가 벼랑 쪽. 뒤로 물러날 라인이 없는 불리한 상태. 격추당하는 장외 라인과도 가깝고, 캐릭터의 체중도 가볍기 때문에, 이쪽이 격추당하기 쉬운 상황이다.

스테이지 안쪽으로 돌아갈 루트를 없애려는 것처럼, 아시가루 님이 폭죽을 포물선으로 던졌다. 직접 맞히는 루트로 던지는 게 아니라, 안쪽으로 돌아가는 루트를 막는 것 같은 방식이다. 내가 그걸 맞지 않으려고 그대로 벼랑 쪽에서 대기했더니, 아시가루 님은 내 바로 앞까지 다가와서, 불꽃을 쏘아 올렸다.

이건── 첫 판 때와 같은 상황.

밀착 상태. 파운드의 머리 위에서는 리저드가 쏘아 올린 불꽃이 터졌고, 두 캐릭터를 향해 떨어지고 있다. 남은 시간은 아마도, 1초 정도.

첫판 때와 다른 점이라면, 서로에게 대미지가 많이 쌓여 있다는 점―― 즉, 여기서 큰 기술을 맞은 쪽이, 이 게임에서 지게 된다는 뜻이다.

나는 불꽃의 궤도를 눈으로 보면서, 직감과 이론으로, 빠르고 깊게 생각했다.

지금, 여기서 내가 해야 할 행동은.

떨어지는 불꽃. 그 공격 판정은 나한테만 적용돼서, 이대로 아무것도 안 하면 나는 이 공격을 맞고 게임이 종료, 지게 된다. 즉 어떤 형태로든 이 불꽃을 무력화해야만 한다.

한 가지, 가장 안이한 방법으로, 안쪽을 향해서 긴급 회피하는 방법이 있다. 한 순간의 무적 판정과 함께 일정 거리를 이동하는 액션인 긴급 회피는, 분명히 여기서 사용하는 불꽃을 피할 수도 있고, 동시에 스테이지 안쪽으로 들어가서 라인을 회복할 수도 있다.

하지만, 여기서 그 선택지를 사용하는 건 상당히 「예상할 수 있는」 행동이고, 더 나아가서 긴급 회피라는 행동은, 어느 정도 거기에 의식을 할애하면, 눈으로 본 뒤에도 아슬아슬하게 공격할 수 있을 만큼 전체 프레임이 긴 행동이다. 내 이 퍼센티지라면 상강을 맞기라도 하면 격추당하기 때문에, 이 상황에서 사용하기에는 위험 부담이 너무 크다. 적어도, 사고가 정지된 상태로 선택할 행동은 아니다.

거기서 또 하나 머릿속에 떠오른 것은―― 아까 내가 했던 행동이다.

즉 상대를 잡고, 내 던지기의 무적 타이밍에 맞춰서 불꽃의 폭발을 피하고, 상대를 던지는 고난이도 테크닉.

이것은 공방일체의 좋은 선택지고, 잘 먹히면 상황도 좋아지고, 상대도 막을 수단이 거의 없는 선택지. 문제가 있다면―― 그게 고난이도 테크닉이라는 점이겠지.

만약 내가 여기서 실수하면, 그 순간에 게임이 끝나버린다.

던지기의 무적에 폭발 공격의 지속을 맞추는 건, 정말로 거의 몇 프레임의 여유밖에 없는 테크닉. 물론 나는 그걸 높은 확률로 성공시킬 자신이 있고, 실제로 첫 판에서도 당연하다는 것처럼 성공했었다.

하지만―― 이렇게 몰린 상황에서도, 그렇게 해야 할까?

분명히 공방일체의 좋은 방법이지만, 이 퍼센티지에서는 아직 리저드를 던진 뒤에 직접 격추할 수단이 없다. 물론 밖으로 날려버릴 수 있으니까 거기서부터 복귀 저지 전개, 잘만 되면 승리로 직접 이어질 수도 있지만, 실수하면 확실한 격추. 패배라는 부담을 짊어지고 있다. 그렇게까지 해서 선택할 행동은 아니겠지.

거기서, 머릿속에 한 가지, 아이디어가 떠올랐다.

아까와 비슷한 상황에서, 나는 던지기의 무적 타이밍을 맞추는 테크닉을 피로하고, 콤보만 이어갔다.

해리 님과 맥스 님도 놀랐던 그 행동.

그건 틀림없이, 아시가루 님의 머릿속에도 새겨져 있을 것이다.

그렇다면, 아마도 지금 아시가루 님의 머릿속에는, 내『잡기』라는 행동이 떠오르고 있을 것이다. 그리고, 그걸 똑같이 맞으면 불리한 상황. 파운드의 특기인 복귀 저지 전개가 된다.

한마디로.

아시가루 님은 이 순간, 내 잡기의 가능성을 생각한 행동을 취하고 있을 가능성이 크다. 물론 이것은 수 싸움, 아까와 똑같은 행동을 하는 게 아니라, 행동을 가위바위보를 할 때처럼 매번 다른 수를 써서 상대가 예상하기 힘들게 만들어야 한다는 기본적인 점을 생각해보면, 그냥 단순히 잡기에 대처하기 위한 행동을 할 거라고 생각하기는 힘들지만, 최소한 잡기에 대해 무방비한 행동을 하기는 힘들 것이다.

그렇다면 아시가루 님이 할 수 있는 행동은 제자리 회피나 백스텝 등, 던지기와 공격을 동시에 피할 수 있는 방어적 행동, 또는 던지기 하나만 예상하고 날 향해서 횡강 등을 날리는 것 같은, 직접 격추를 노리는 것 중에 하나일 가능성이 크다.

거기까지 예상했다면.

내가 해야 할 행동은—— 가드다.

가드라면 그 양쪽에 대해 비기는 이상의 결과를 따낼 수 있다.

상대가 공격을 선택한 경우에는, 그 후 딜레이를 노려서 안전하게 던지기를 먹일 수 있다.

제자리 회피의 경우에도 불리한 수 싸움에 들어갈 가능성은 적고, 최소한 버스트로 직결되는 일은 없다.

무엇보다 이거라면, 던지기의 무적을 폭발에 맞추는 선택과 달라서, 전개가 안정된다. 조작 미스 때문에 지는 일도 없고.

나는 한순간 동안에 본능적으로 머릿속에서 이론과 감각을 쌓아 올렸고, 그 결론으로 가드에 들어갔다.

이제 아시가루 님의 행동을 보고, 그 뒤에 대처하면 된다.

"——그렇겠지."

차갑고 날카로운, 아시가루 님의 목소리가 들려왔다.

순간. 아시가루 님의 리저드가 내 파운드를 **잡고 있었다**.

"……어?"

머리가 따라가지 못했다. 말도 안 된다고 생각했다. 그 상황에서, 잡기?

왜냐하면 그 상황에서 가장 경계해야 할 잡기를 내가 선택했다면, 먼저 잡는 건 나였을 테니까. 일단 그 잡기를 사용한 고난이도 테크닉을 본 뒤에, 그 잡기의 가능성을 완전히 버리는 쪽을 선택했다고? 대체 어떻게?

그런 건, 내 정석에는 없다. 말도 안 되는 선택지다.

아시가루 님은 내 파운드를 잡은 채, 아무것도 안 했다.

목적은, 던지는 게 아니니까.

"큭……!"

나는 잡기에서 빠져나오기 위해 열심히 레버를 흔들었지만, 나도 알고 있다.

이 퍼센트에서는, 이미 무리다.

파운드는 리저드에게 잡힌 채로 아무것도 못 한다.

마침내, 잡혀서 아무것도 못 하는 파운드에게, 큰 기술인 불꽃이 착탄.

나는 힘차게 장외로 날아가서 버스트——

3판 선승제 시합은, 내가 지는 걸로 끝났다.

　　　* * *

"후우. 수고했어."

"수, 수고하셨습니다……."

대전을 마친 나는, 멍하니 컨트롤러만 바라봤다.

모니터의 스피커에서는 캐릭터 선택 화면의 BGM이 흘러나오고 있는데, 귀에 익은 그 소리가 왠지 공허하게 느껴졌다.

"우와, 정말 위험했어."

짧게 말하고, 아시가루 님은 거기서 말을 끝냈다. 딱히 내 대답을 바라는 것 같지는 않은 말투였으니까, 어쩌면 날 배려해주는 건지도 모르겠다.

"……저기요."

나는 컨트롤러를 보는 자세 그대로 말했다. 아시가루 님은 역시나 여전한 말투로 "응?" 하고 받아줬고.

"마지막……."

"아."

그 말만 듣고도 알겠다는 것처럼 말했다. 나는 답을 확인하는 의미도 담아서, 그것에 대해 물었다.

"마지막에, 잡기를 한 건…… 뭔가 이유가 있었나요?"

왜냐하면, 그건 보통은 생각하기 힘든 선택.

예를 들어서 내가 뒤로 물러나는 소점프 최속 공중립 날 뛰기나, 단순하게 안쪽으로 긴급 회피, 그리고 한 번 썼던 공방일체의 무적을 살린 던지기. 전부, 그 상황에서 대표적이라고 할 수 있는 선택지다.

하지만—— 그 모든 선택지에 지게 되는, 잡기라는 행동을 했다.

"그건, 마치——."

그래. 보통은 생각할 리가 없는 그 선택은, 마치.

"제가 가드를 할 거라는 걸 알고 있었던 것 같은, 그런 행동이었죠?"

내가 물었더니, 아시가루 님은 간단하게.

"맞아. 틀림없이 가드라고 생각했어."

"……어째서."

작은 소리로 중얼거렸더니, 아시가루 님은 흐음, 하고 생각에 잠겼다.

그리고 생각이 났는지, 이렇게 말했다.

"프로라는 건, 그런 거야."

"에……."

뭐야 그 말은. 나도 감각파 같은 구석이 있기는 하지만, 아무리 그래도 그런 근성이면 다 된다는 것 같은 말은 쉽사리 믿을 수가 없다.

"프로니까, 감각적으로 알았다는 건가요?"

"아니, 그게, 그런 의미가 아니라."

"그게 아니라고요……?"

내가 말하자, 아시가루 님이 고개를 끄덕였다.

그리고, 왼손에 들고 있는 컨트롤러의 스틱을, 엄지손가락으로 살짝 퉁겼다.

"──프로와 같은 조건에서 싸우면, 그렇게 되는 거야."

스틱 소리가 방 안에 살짝 울렸고, 내 고막을 인상적으로 울렸다.

"아마도, 말이야."

그리고, 약간 분하다는 것처럼 고개를 살짝 틀고, 계속해서 말했다.

"나랑 nanashi 군이 100번을 싸우면, 아마도 nanashi 군이 더 많이 이길 거야."

"예?"

나는 아시가루 님을 쳐다봤다.

그 진지한 표정, 아무래도 날 배려해주는 건 아닌 것 같다.

"솔직히 말이야, nanashi 군도 느끼지 않았어? 움직임이나 적절하고 정확한 조작이라든지, 그리고 뭐랄까 시합하는 중에 대책을 업데이트하는 감도라든지 그런 건, 솔직히 nanashi 군이 더 잘해. 음~ 대충 한 단계나 어쩌면 두 단계 정도."

"그, 그게⋯⋯."

그렇게 물으면 나도 대답하기 힘들다고나 할까, 분명히 대전하는 동안에 우세를 더 오래 유지했던 건 나였고, 실제로 마지막 판을 하기 전에는, 이대로 계속 하면 이길 수 있을 거라는, 그런 생각까지 했었다.

"하지만, 제가 졌잖아요."

"응. 그래. 그랬지."

아시가루 님은 빙긋 웃었다. 그리고 또 턱에 손을 대고,

천천히 입을 열었다.

"본인도, 알고 있을 것 같은데 말이야."

말하면서, 아시가루 님은 내 컨트롤러를 톡톡, 집게손가락으로 두드렸다.

"마지막 시합. 서로 두 판씩 이긴 다섯 번째 시합에서 말인데."

"……예."

그리고 아시가루 님은 컨트롤러에서 내 얼굴 쪽으로 시선을 옮기고, 지적하는 것처럼,

"nanashi 군——— 평소랑 다르게 플레이했지?"

확실한 어조로 말했다.

그건 분명히, 그때 내가 했던 행동을 정확하게 맞혔다.

"……맞아요. 마지막 시합에서는, 신중하게 움직였어요."

"역시나."

아시가루 님은 역시나 무표정한 얼굴로 시원하게, 날 시험하는 것처럼 말했다.

"긴장했어?"

"그러니까…… 예."

대답했더니, 아시가루 님은 빙긋 웃었다.

"뭐, 나랑 처음 대결하는 데다 승패가 걸려 있는 일이었고, 게다가 지면 벌칙까지 있으니까 말이야."

나는 말도 못 하고 고개만 끄덕였다. 안 그래도 원래 지기 싫어하는 성격인데다, 히나미가 무슨 소리를 할지 모르는 벌칙까지. 분명히 이 삼 선승제 승부에는, 지금까지 느껴보지 못했던 긴장감이 있었다.

"이 승부에 이기고 싶다, 이 승부만은 질 수 없다. 그런 긴장과 초조함이, 플레이를 흔들리게 만들거든. 초조해지면 시합을 빨리 끝내려는 생각이 들어서, 천천히 기다리지 않고 **도망치는 공격**을 하게 돼버리지. 그렇게 되면 자신의 격추가 걸린 수 싸움에서는, 평소 같으면 감수했을 위험 부담을 피하게 돼버리고."

"그게…… 무슨."

"모르겠어?"

그리고 아시가루 님은 생각이 났다는 것처럼,

"예를 들자면, 그래…… 마지막 대전에서 스톡이 하나 남았을 때, 던지기에서 콤보로 연결했던 그때 말이야. 평소에는 안정적으로 확정 콤보로 이어갔을 텐데, 그때만은 수 싸움이 필요한, 화력이 큰 루트를 선택했었지?"

"그랬…… 죠."

다 들여다봤다는 것처럼 아시가루 님에게, 나는 시합을 떠올리면서 고개를 끄덕였다.

하지만 그 선택은 옳았고, 큰 대미지를 주는 데 성공했었는데.

"난 그걸 보고, 아~ 이 녀석 도망치는구나~ 라고 생각했어."

"······도망쳐요?"

"응. 『도망치는 공격』의 전형적인 모습이라고 생각했지."

거기까지 듣고, 나는 서서히 아시가루 님의 말이 무슨 뜻인지 알 것 같았다.

"압박감에서 도망친다는······ 뜻인가요?"

그렇게 물었더니, 아시가루 님이 고개를 끄덕였다.

"온라인 랭킹전 같은 데서도 말이야, 대전 상대 중에서 종종 보이잖아? nanashi랑 만나서 긴장한 상대가, nanashi의 플레이를 보고 압박감을 느껴서 제대로 공격하지도 못하고, 그렇다고 가만히 기다리면서 틈을 노리지도 못하고, 어느 타이밍에서 더 이상 참지 못하게 돼버려서, 함부로 대시던지기 같은 걸 걸어버린다든지 말이야."

"······있죠."

그리고 그렇게 되면 그 대전의 흐름은 이쪽이 쥐게 되고, 일방적인 시합이 돼버리는 경우가 많았다.

"빨리 이 압박감에서 해방되고 싶다. 승리를 손에 쥐고 싶다. 그런 약한 멘탈 때문에, 도망치기 위해서 무리한 공격을 하게 되거든. 그게 이번에, nanashi 군이 했던 플레이야."

"······윽."

딱 잘라서 말했고, 나는 거기에 반박할 수가 없었다.

"이 한 판에서 지면 패배가 확정된다. 이 한 판에서 지면 벌칙을 당하게 된다. 그건 랭킹전에서는 쉽게 맛볼 수 없는 긴장감이니까, 그 압박감에서 도망치고 싶어서, 무의식중에, 불안정하더라도 한 콤보로 큰 화력을 발휘할 수 있는 가능성이라는 떡밥을 물어버렸던 거지."

그 말은, 내 아무런 자각도 없었던 마음의 움직임을, 정확하게 표현하고 있었다.

그때 나는 내 나름대로 옳다고 생각하는 이유를 가지고 그렇게 했던 게 아니라, 그저 본능적으로 그쪽을 선택했다. 결과적으로 다음 수 싸움에서 이기고 화력을 터트리기는 했지만, 그건 어디까지나 결과론. 그 근본에 도망치고 싶은 마음이 있었다면, 칭찬할 수 없는 일이다.

"공격하는 것 같으면서…… 사실은 『끈질기게 싸우는』데서 도망쳤다는 얘기군요."

확인하는 것처럼 말했더니, 아시가루 님이 고개를 끄덕였다.

"그래. 그래서, 틀림없이 마지막 순간에도, 도망치는 선택지를 고를 거라고 생각했지."

"제가 가드를 할 거라고…… 말인가요?"

"응."

마지막의 벼랑 끝 전개. 첫 시합에서는 던지기를 썼던 내가, 그 허점을 생각하고 가드를 선택했던 장면.

하지만 그건, 조작 미스의 위험 부담을 케어하면서 안정을 취하는, 그런 냉정한 선택이었을 텐데.

아시가루 님은 다시 떠올리려는 것처럼 위쪽을 보면서.

"그 대응을 보면…… 물론 nanashi 군, 리저드의 불꽃을 던지기 무적 타이밍을 이용해서 피하는 기술, 트레이닝 모드에서 열심히 연습했겠지?"

"그랬죠……."

컨트롤러 두 개를 써서, 납득할 때까지 계속 연습을 반복했다.

"아마도 nanashi 군 실력이라면, 성공률은 90% 이상이 아닐까?"

나는 말 없이 긍정했고, 그리고 알아차렸다.

"……그랬구나."

"응."

아시가루 님도 고개를 끄덕였고, 나는 내 입으로 그것에 대해 말했다.

"10%도 안 되는 실패할 가능성이 무서워서…… 가드를 해버렸다는, 얘기군요."

그랬더니 아시가루 님은 씩 웃으면서,

"그런 얘기지. 최종전의 공격을 본 시점에서, nanashi 군이 도망치고 싶어 한다는 걸 알았으니까, 여기서 잡기를 쓰지는 않을 거라고 확신했어."

그건 거의, 어패 대전에 대한 감상이라기보다는, 마치 나 자신에 대해서 말하는 것 같은 이야기였다.

"──그런데 말이야. 내가 nanashi 군이 도망친다고 가장 확실하게 느꼈던 건, 그게 아니었어."

하지만 그것 이상으로, 그다음 말이 내 마음을 흔들었다.

"그게 아니라고요……?"

왜냐하면 그건, 이번에야말로 정말, 나 자신에 대한 이야기였으니까.

"첫 번째 시합이 끝나고, 말했었지. ──자신이 뭘 하고 싶은지 고민하고 있다고, 말이야."

분명히 나는 아시가루 님한테, 나 자신에 대해 그렇게 말했었다.

"그때 했던 말…… 마지막 수 싸움에 영향을 줬다는 건가요?"

분한 마음을 참는 것 같은 목소리로 물었더니 아시가루 님은 천천히, 크게 고개를 끄덕였다.

"물론이지."

즉, 아시가루 님은 간파하고 있었다.

nanashi가 아니라, 토모자키 후미야라는, 내 망설임과 약함을.

"그게 있었기 때문에, 확신할 수 있었어."

날 꿰뚫어 보는 것처럼 말하고, 아시가루 님은 내 어깨를 툭, 하고 상냥하게 두드렸다.

"『프로와 같은 조건에서 싸운다』는 건, 그런 거야."

그제야, 겨우 이해했다.

아마도 그건, 벌칙이건 뭐건 상관없이.

아니, 사실은, 이 정도는 정말 우스운 일이겠지.

프로가 싸우는 조건.

그 한 판을 이겨야만 하는 전장.

아시가루 님 같은 프로가 싸우는 무대에서는─ 선수들이 항상, 『창피한 일을 폭로 당한다』 같은 가벼운 벌칙 정도가 아닌, 소중한 무언가를 걸고 싸우고 있다.

그리고 그때 드러나는 것은, 단순한 플레이어 스킬이 아니라 마음의 존재 방식.

도망치지 않고 계속 자신과 맞서는, 인간으로서의 강함이다.

"눈앞에 있는 한 판의 무게…… 인가요."

나 자신의 약점이 파헤쳐진 것 같은 기분을 맛보며 말했더니, 아시가루 님은 씩 웃으면서,

"백 번을 싸워서 그 승률을 겨루는 것과── 지금, 이 순간의 승패에서 이기는 것.

그 두 가지는, 닮은 것 같으면서도 다른 거야."

단언하고, 아시가루 님은 컨트롤러를 탁, 하고 테이블 위에 내려놨다.

* * *

그리고 십여 분 뒤.

히나미와 해리 님에게 자리를 양보한 나와 아시가루 님은, 그 뒤쪽에서 이야기하고 있었다.

"싸워보니까 어땠어? 뭔가 도움이 됐어?"

"그러니까……."

질문을 받고, 나는 또 고민했다.

지금까지의 암중모색 같은 상태와 다른, 길을 걸어가기 위한 나침반을 손에 넣은 것 같은 기분이 들었다. 내가 뭘 하고 싶은 건지. 내가 뭘 원하고 있는지. 나는 뭐가 즐거운지.

내 의지만으로는 정할 수 없는 것이, 진로라는 것이다.

"아주 현실적인 이야기인데…… 프로 게이머가 된다면, 그러니까……."

"먹고 살 수 있는지?"

"그러니까…… 예, 맞아요."

나는 조심스레 고개를 끄덕였다.

"으음. 뭐, 나도 이해해. 얼마 전까지는 거의 존재하지도 않았던 직업이니까. 현실적인 문제는 엄청나게 중요하고, 솔직히 말해서 우리도 엄청나게 신경 쓰고 있으니까."

"그, 그렇겠죠."

아시가루 님은 버릇인지, 또 턱을 만지면서.

"프로 게이머라는 직업은 말이야. 물론 실력이 기본 전제가 되지만, 그게 전부는 아니야."

"그게 전부는 아니라고요?"

되물었더니, 아시가루 님은 고개를 끄덕였다.

"예를 들자면 자신이라는 캐릭터를, 프로로서 제대로 프로듀스하는 능력도 중요하지. 어떤 의미에서는 인기로 먹고 사는 일이니까."

"아…… 그렇군요."

분명히 지난번에 오프 모임을 다녀온 뒤로 프로 게이머나 인터넷 중계하는 사람들의 트위터나 YouTube를 보고는 했는데, 각자 자기만의 전략을 가지고 자신을 연출하는 것 같았다. 맛은 물론이고 겉보기에도 고집하는 양과자랑 비슷하겠지.

"그리고, 만약 지금은 강하더라도, 게임이 업데이트되면서 주 캐릭터가 약해진 탓에 더 이상 이길 수가 없어요, 같은 것도 말도 안 되고. 설령 자기 주 캐릭터가 많이 약해졌다고 해도, 다시 이길 수 있는 캐릭터를 키워가야 해. 또는 그 약한 캐릭터로 이길 수 있게 노력하든지. 그렇게 항상 변해가는 환경에 적응하는 능력도 필요하지."

"그건 무슨 말인지 알겠어요."

그 이야기는, 온라인에서도 똑같으니까.

"그리고 또 하나는, 단순하게 멘탈. 뭐 이건 어쨌거나 경험을 많이 쌓아야 하는 세계이기도 하지만, 순수한 소질도 필요해. 평소와 다른 환경, 다른 나라에 가서도 평소대로 실력을 발휘할 수 있는지. 당황하는 플레이를 하지는 않는지. 그런 것도 중요하지."

"지금, 제가 초조해했던 것처럼, 말이죠."

내가 물었더니 아시가루 님은 씁쓸하게 웃으면서 고개를 끄덕였다.

"그렇지. 프리 대전에서 강한 것과 대회에서 강한 건 의미가 다르니까…… 거기서 어느 정도 안정된 결과를 계속 뽑아낼 수 있는 멘탈이 있어야, 프로로서 버텨나갈 수가 있어."

"그렇구나……."

나는 이야기를 들으면서, 내 마음속에 있는 어떻게 생긴 건지 모를 애매한 것에 조금씩, 윤곽이 만들어져 가는 기분이 들었다.

그건 틀림없이, 아까 그 대전을 통해서. 이 현실적인 이야기를 듣고.

아니—— 어쩌면, 프로 게이머라는 존재와 대면한 순간부터, 시작된 건지도 모른다.

그래서 나는, 아예 단도직입적으로.

지금까지는 말로 표현하는 자체가, 왠지 이상하게 저항이 느껴졌던, 그 감정을.

"저기. 제가 지금 고등학교 2학년인데요……."

내 안에서 조금씩 불이 붙기 시작한 어떤 감정을, 아시가루 님에게 터트려보기로 했다.

나는 아직 이 세계에 대해 아는 게 거의 없다.

그렇다면, 알고 있는 사람에게 직접 물어보자. 지금까지 계속해온 일이잖아.

"——대학에 안 가고 프로 게이머가 되는 선택지도, 괜찮다고 생각하시나요?"

아시가루 님은 깜짝 놀란 것처럼 눈이 휘둥그레지더니, 망설이는 것처럼 잠시 말이 없었다.

"음……. 뭐, 추천하고 싶지는 않네."

"……무슨 뜻이죠?"

생각지도 못한 답변을 듣고 그렇게 물었더니, 아시가루 님은 역시 시원시원하고 감정이 느껴지지 않는 말투로.

"정말로 프로 게이머가 되고 싶다면 대학 같은 건 다닐 틈이 없다고, 그렇게 말할 수도 있고, 반대로 프로 게이머가 언제까지, 얼마나 여유 있게 먹고 살 수 있을지도 모르니까, 제대로 대학에 가는 게 좋다고 할 수도 있어."

그리고, 턱 언저리에 손을 대면서.

"하지만 난, 갑자기 전업으로 하는 건 조금 힘들다고 생각하거든."

"그러니까…… 그건, 먹고 살 수 없기 때문에?"

"음, 뭐 물론 그것도 있지만······."

"있지만?"

내가 묻자, 아시가루 님은 실감이 담긴 목소리로.

"어느 정도 구체적인『숫자』가 있어야── 주위 사람들이 납득해줄 테니까."

"아······."

아시가루 님은 고민하는 것처럼 시선을 옆으로 돌리며.

"분명히 진로라는 건 자기가 하고 싶은 일이 제일 중요하고, 최종적으로 주위 사람들과 의견이 달라지게 된다면, 자기 뜻을 관철하는 게 좋다고 생각해. 하지만 nanashi 군, 아직 고등학생이잖아?"

"······그렇죠."

"그렇다면 아직 부모님한테 신세를 져야 하고······ 고등학교를 졸업하자마자 갑자기 프로 게이머로 자립할 수도 없잖아? 돈벌이도 없으니까."

그 말을 듣고, 생각이 났다.

타케이랑 미미미와 타마 양네 집에 갔을 때도 비슷한 얘기를 했었다. 진로를 정하는 데 있어, 도움을 주는 사람이 있는 이상은 자기 혼자 생각만으로 정할 수는 없다.

"그렇다면, 자신이 먹고살 수 있을지 아닐지만큼,『어떻게 해야 주위에서 납득해줄까』라는 점도 생각해야 하지. 뭐, 지금 프로 게이머라는 직업은 과도기니까, 어쩔 수 없는 일이기도 하지만."

"그렇군요……."

아시가루 씨는 꽤 어려운 문제야, 라고, 지쳤다는 것처럼 웃었다.

"억지로 집에서 뛰쳐나와도, 결국 아르바이트나 다른 일을 하면서 억지로 연습할 시간을 만드는, 그런 생활을 해야 하니까. 그렇다면 말이야, 쓸 수 있는 시간만 생각하면 대학에 가는 것과 별로 다를 것도 없잖아? 아니, 오히려 더 적을지도 모르지."

"……하긴, 그러네요."

그건 확실한 생각에 기반을 둔 의견이고, 틀림없이 자기 발로 그 세계를 걷고 있는 사람이기에 할 수 있는 말이겠지.

그렇다. 그건 역시 『현실』이고 『인생』이다.

마침내 아시가루 씨는, 어딘가 천진난만하고 신난다는 표정으로 말했다.

"게임을 하면서 먹고 사는 건 말이야, 그야말로 소년들이 동경하는 꿈이잖아."

"그렇죠. 저도 예전부터, 그런 일을 했으면 좋겠다고 생각했어요."

게임을 좋아하는 소년이라면 누구나 한 번은 생각한 적이 있을 꿈이겠지.

"그렇지. 그리고 지금은 그런 일이 실제로 생겨나고 있어."

"……예. 좋은 세상이 됐네요."

나는 피식, 하고 웃으면서 말했다.

"하지만 말이야. 그렇기 때문에, 하나는 기억해줬으면 싶어."

"……하나요?"

"응."

아시가루 님은 고개를 끄덕이고 표정을 다잡은 뒤에,

"『꿈』이기 때문에―― 거기까지 가는 과정은 현실적이어야만 하는 거야."

딱 잘라서 말하고는, 부드럽게 웃었다.

"목표를 향해서 하나씩. 그게 『게이머』의 살아가는 방식 아니겠어, 소년?"

         * * *

그 뒤에 우리는 멤버를 바꿔가며 프리 대전을 계속했고, 밤에 해산했다.

전적을 보면 나, 아시가루 님, 히나미, 그리고 조금 떨어져서 해리 님과 맥스 님 순서로 승률이 높았던 것 같다. 하지만 히나미는 중간에 파운드 말고 다른 캐릭터도 몇 번 썼으니까, 이게 정말로 실력순이냐고 한다면 좀 미묘하다고 해야겠지.

"오늘 불러주셔서 정말 고맙습니다!"

"고맙습니다!"

히나미가 예의바르게 인사를 했고, 나도 따라서 인사했다.

"무슨. 우리야말로 즐거웠어. 설마 nanashi 군이 어른스럽지 못하게, 친구들 앞에서 다른 친구를 어패로 실컷 때려 준 과거가 있었을 줄은 몰랐네."

"아~ 그 얘기는 이제 됐잖아요!"

히나미가 폭로한 에피소드를 이용해서 날 괴롭히는 아시가루 님한테 따지고 들었다. 히나미 자식, 어패 관련 에피소드를 딱 집어서 말하고 말이야……

그렇게 해서 다 같이 역으로 갔고, 거기서 각자가 가는 방향으로 해산했다. 사이쿄선 오오미야 방면은 나랑 히나미 뿐이어서, 거기서 헤어졌다.

"그럼 nanashi 군. 각오가 되면 언제든지 이쪽 세상으로 오라고."

아시가루 님이 아무렇지도 않게 그런 말을 했다.

"……예. 좀 더 진지하게 생각해볼게요."

"원래 진지하게 생각했던 것 같은데 말이야?"

그런 이야기를 주고받으면서, 오늘 오프 모임은 끝났다.

전철 안에서 히나미와 단둘이서.

얼핏 보였던 히나미의 스마트폰 화면은 아무래도 트위터

였던 것 같은데, 오늘 오프모임 얘기가 올라왔는지 체크하고 있는 걸까. 남의 스마트폰 화면을 몰래 보는 건 좋은 짓이 아니니까, 나는 재빨리 눈을 돌렸다. 하긴 이 녀석, 오늘은 은근슬쩍 주 캐릭터인 파운드를 썼으니까.

"저기, 히나미."

"……왜."

히나미는 스마트폰을 조작하면서도 슬쩍 시선을 보내며 대답하더니, 다시 화면 쪽으로 시선을 돌렸다.

"재미있었어? 오늘."

내가 물었더니, 히나미는 씁쓸하게 웃었다.

"저기. 너, 내 보호자라도 되는 거야?"

"그, 그런 건 아니지만……."

듣고 보니 왠지 그런 말 같네. 지금의 나는, 아이랑 같이 미래 과학관에 다녀온 아빠의 기분을 알 것도 같다.

"뭐…… 그러려고, 너한테 얘기했던 거니까."

내가 솔직하게 말했더니, 히나미는 꾹, 하고 스마트폰 화면을 끄더니, 그대로 까만 화면을 들여다봤다.

아마도 거기에는 자기 얼굴이 비치겠지.

"그래……."

붐비는 건 아니지만 둘이서 나란히 앉을 자리는 없는 전철 안. 덜컹덜컹, 덜컹덜컹, 정기적으로 들려오는 소리가, 두 사람 사이에 있는 공간을 메워줬다.

"재미있었어. 평범하게."

무뚝뚝한 톤으로 던진 그 말.

하지만 동시에, 거기에 거짓말이라는 느낌은 없었다.

"역시 어패는, 좋은 게임이네."

히나미는 창밖을 보면서 말했다.

완전히 어두워진 사이타마 외곽. 차창에 비친 히나미의 입가는, 기분 탓인지 재미있다는 듯이 웃고 있는 것 같지만, 선명하게 비친 건 아니다 보니 확실하게 판단할 수는 없었다.

"……그랬구나. 재미있었다면, 안심했네."

"그러니까 말이야, 무슨 보호자라도 돼?"

짜증 난다는 것처럼 말한 히나미는, 내가 너무 끈질기게 물어봐서 질려버린 것 같다. 아무리 해도, 이대로 끈질기게 널 즐겁게 만들어줄 거야.

"보호자는 아니고. 난 네 제자."

"그래, 그래."

적당히 대답하고, 히나미는 날 보면서, 아주 잠깐 유쾌하다는 것처럼 웃었다. 그 표정은 어린애 같아서, 평소의 사람을 옭아매는 것 같은 아름다움을 지닌 이 녀석과, 또 다른 매력이 있었고.

나는 거기에 대해 한마디 할까 싶었지만, 뭐, 오늘만은 넘어가 주기로 했다.

이케부쿠로에서 오오미야 방면으로 가는 전철은, 슬슬 키타토다역을 통과한다.

5. 어떤 게임이건 결국 진심으로 즐기는지가 제일 중요하다

일요일 낮. 나는 내 실수를 알아차렸다.

"……어라?"

어패 트레이닝 모드를 끄고 스마트폰을 켰다. 거기에는 수십 분 전에 키쿠치 양이 보낸 메시지가 왔다는 알림이 표시되고 있었는데, 그 내용이 조금 이상했다.

『죄송해요, 많이 바빴나요……?』

앱을 열고 대화 목록을 봤더니, 키쿠치 양 이름 옆에 표시된 숫자는『1』. 이런저런 화제에 대해 동시에 이야기를 주고받았는데 답장이 이거 하나 뿐이라니 이상하네, 라고 생각하면서 대화방에 들어가 보고── 그 이유를 알았다.

"아."

어제, 오프 모임 전.

히나미랑 같이 기다리면서, 지난번에 키쿠치 양이 했던 행동에 대해 히나미에게 상담하며 답장 내용을 생각하고 있었다. 그리고 보낼 내용이 어느 정도 정리돼서 안심했을 때, 마침 해리 님이 와서 LINE을 껐고── 그리고, 그 상태로 끝.

한마디로 나는 메시지 입력 창에 어느 정도 문장을 입력한 상태로, 키쿠치 양의 메시지만 읽고, 거의 하루 동안 방치해버렸다.

"으아아!!"

완전히 사고 쳤다. 뭐 메시지를 읽으면 무조건 바로 답장을 보내야 한다는 법이 있는 건 아니지만, 이 키쿠치 양이 보낸 메시지를 보면, 쓸데없이 걱정하게 만든 건 틀림없다. 그래서 나는, 먼저 이 메시지에 바로 답장을 보내기로 했다.

나는 메시지 입력 창에 적어놨던 내용을 잘라내기 해두고, 새로운 문장을 입력했다.

『미안해! 지난번에 얘기했던 어패 오프 모임에 가 있어서, 답장을 보내려다가 깜박했어!』

솔직하게 있는 그대로 설명하고, 그 메시지를 보냈다.

그랬더니 몇 분 뒤에. 평소에는 하루에 한두 번밖에 LINE을 보내지 않는 키쿠치 양한테서, 바로 답장이 왔다. 들어온 메시지는 두 개였다.

『그랬군요. 괜찮아요!』
『혹시 괜찮다면 오늘, 볼 수 있을까요……?』

"으응?"

역시 뭔가 신기하다고 할까, 사귀게 된 뒤로 같이 놀러가자는 얘기를 한 적이 여러 번 있기는 했지만, 이렇게 갑자기 오늘 당장 볼 수 있겠냐는 경우는 처음인 것 같은데.

그런데 하필이면. 나는 오늘 저녁 5시부터 밤 9시까지 노래방 세븐스에서 아르바이트를 해야 한다. 그다음에 만날…… 수는 없겠지.

시계를 봤더니 낮 2시. 현실적으로 생각해봤을 때 아르바이트하러 가기 전에 만날 수도 없을 것 같고, 역시 오늘은 힘들 것 같다. 그래서 나는 그런 내용을 적어서 키쿠치 양에게 보냈다.

『미안! 오늘 9시까지 아르바이트해야 하거든.』

『다음에 시간 맞을 때 보자!』

메시지를 보냈더니, 바로 키쿠치 양한테서,

『그렇군요…… 바쁠 때 죄송해요.』

『아르바이트 열심히 하세요!』

라는 메시지가 왔다. 나는 거기에 『응. 고마워!』라고 답장을 보내고는, 아르바이트하러 나갈 준비를 시작했다.

뭐랄까, 서로 사과만 하나가 끝난 것 같은데, 일단 오해가 풀려서 다행이다. 나중에 꼭 보충해야지.

* * *

"토모자키 씨 다 들었거든요?! 여자 친구 생겼다면서요?!"

노래방 세븐스 주방에서, 구미가 나한테 맹렬하게 말을 걸어왔다.

"뭐, 그렇지."

내가 씁쓸하게 웃으면서 긍정했더니, 구미가 쑤욱 하고 가까이 다가와서 캐물었다.

"문화제인가요! 문화제가 계기였나요!"

"그렇지 뭐……."

"크아~! 껄렁한 남자네요!"

"왜 그렇게 되는데!"

웬일로 구미가 큰 소리까지 내가며, 엄청나게 흥분해 있다. 가능하다면 그 패기를 접객 같은 데서 발휘해줬으면 좋겠는데 말이야.

"그 반에 예쁜 여자들 많던데 말이죠?! 어떤 사람이죠?!"

"어떤 사람이냐고 해도……."

"포니테일인가요?! 포니테일이 맞나요?!"

"아, 아니거든."

갑자기 미미미 얘기가 나와서 가슴이 덜컥했지만, 말하는 걸 보면 딱히 뭔가를 알고 있는 건 아닌 것 같다. 미즈사와 라든지가 반쯤 장난으로 얘기하지 않아서 다행이다. 뭐, 그 녀석이라면 그런 짓은 안 하겠지만.

"아닌가요! 저랑 얘기한 사람 중에 있나요?!"

"아니, 아마 아닐 것 같아……."

"사진은 없나요!"

노도와도 같은 기세로 따지고 든다. 나는 주문이 들어온 파르페를 만들면서 사진이 있었나~ 하고 기억을 더듬었고, 그리고 보니 문화제가 끝난 뒤에 반 전체가 같이 찍은 단체 사진이 우리 반 LINE 그룹에 올라왔다는 게 생각이 났다.

"일단은 있네…… 단체 사진이지만."

"보여주세요!"

"일 끝난 다음에."

그리고 나는 완성한 파르페를 쟁반에 얹고, "룸에 다녀오겠습니다~"라는 말을 하면서 룸으로 향했다.

"아, 잠깐만요 토모자키 씨, 파르페는 아마 306호죠? 이것도 3층이니까 같이 가는 게 가성비가 좋아요."

"그래, 알았어."

응. 얘가 게을러 보여도 일은 잘한다니까. 역시 가성비에 목숨을 거는 아이야.

* * *

그리고 아르바이트가 끝나고. 둘 다 고등학생이다 보니 21시에 퇴근.

사복으로 갈아입은 나는, 구미의 재촉을 견디지 못하고 어쩔 수 없이 우리 반 단체 사진을 보여줬다.

"어!!"

구미는 집게손가락과 가운뎃손가락으로 키쿠치 양 부분을 쫘~악 확대하면서, 큰 소리로 말했다.

"뭐예요 장난하는 건가요! 엄청 예쁘잖아요!! 게다가 청순파!!"

"뭐, 분명히 청순하고 신성하기는 하지……."

나는 구미가 한 말에 나만의 표현을 하나 더 얹어서 말하며 고개를 끄덕였다.

"토모자키 씨는 이런 사람을 좋아하는군요?!"

"응, 뭐……."

그 기세에 밀려서 긍정했더니, 구미는 도끼눈을 뜨고 날보면서 두 손으로 자기 가슴께를 가렸다.

"그렇다면…… 헉! ……저도 취향이라는 뜻이군요!"

"아니, 구미 넌 청순파가 아니잖아."

"너무해!"

틀림없이 갸루 계 연체동물이다. 청순파도 아니고, 게다가 신성하다는 표현은 말도 안 되지.

"토모자키 씨, 저 지금 상처받았어요."

"아, 그래."

"상처받았으니까 종업원 식사로 저녁 사주세요. 아, 싼 거라도 돼요."

"싸건 비싸건 안 사줄 거야. 타협하는 것처럼 말하지 말라고."

나는 틈만 나면 뭘 사달라고 졸라대는 구미를 뿌리치고, 뭔가 "못됐어!" 같은 소리를 들으면서도, 둘이서 노래방 세븐스에서 나왔다.

그리고 노래방 세븐스에서 오오미야역으로 가는 길에.

나는 구미한테 이런 질문을 했다.

"구미는 장래에 뭘 하고 싶은지 정했어?"

"뭐죠 갑자기. 장래라면 장래의 꿈 말인가요?"

"응, 맞아."

내가 고개를 끄덕였더니 구미는 짜잔, 하고 포즈를 잡으며.

"부자 색시요♡"

"아……."

뭐랄까, 의외성이 완전히 제로라서, 물어본 시간이 아까워지는 수준이다.

"정말 칠칠찮네……."

내가 힘이 쪽 빠지면서 말했더니, 구미는 음~ 하고 집게손가락을 턱 언저리에 대면서, 고민하는 것처럼 입술을 삐죽 내밀었다.

"하지만, 완전히 남한테만 기대는 건 좋지 않은 것 같기도 하거든요~."

"그래?"

이번에는 조금 전이랑 다르게 의외성이 있어서 조금 관심이 갔다.

"예. 최소한 자립 정도는 해야겠지~ 같은 생각은 하고 있어요."

"헤에. 의외로 진지한 구석도 있구나."

내가 솔직한 감상을 말했더니 구미는 당연하죠! 라면서 가슴을 활짝 폈다.

"왜냐하면 만약에 그 상태에서 상대가 도망치기라도 하면, 혼자서는 일어설 수도 없게 되잖아요. 그때부터 노력하려고 하면, 보통 수준으로 돌아오는 것만 해도 큰일이라고요. 가성비가 나빠요."

"진지한 게 아니라 단순히 현실적인 것뿐이었네."

오히려 어떻게 하면 편하게 살 수 있을지에 대해 진지했을 뿐이었다.

하지만 뭐라고 할까, 분명히 구미는 이런 데서는 그다지 몽상가처럼 굴지 않는다니까. 게으름 피우는 것도 일종의 스킬이라고 할까, 게으르게 살기 위해서는 그게 가능한 환경을 유지하는 것도 필요하고, 그냥 아무것도 안 하면 게으름을 피우기도 힘들다. 그 사실을 감각적으로 이해하고 있는 것 같다.

"그러는 토모자키 씨는 어떤데요?"

"뭐, 나? 난……."

질문을 받고 나는 내 장래—— 라기보다는 내 삶의 자세, 게이머적인 삶의 방식에 대해 가볍게 얘기해보기로 했다.

"일단 뭐든지 좋으니까, 진지하게 생각하고 목표를 세워서 하나하나 달성해 나갈 수 있는 일에 계속 도전하고 싶다, 는 생각을 하고 있어."

"어, 뭔가요 그거. 완전히 지옥이잖아요."

"하하하. 하긴, 구미한테는 힘들겠네."

은근슬쩍 나온 지옥이라는 말에 구미의 진심이 담겨 있었다. 애는 정말로 열심히 하는 걸 싫어하니까.

"그치만 그거 위험하잖아요. 제가 보기엔 목표나 도전 같은 건 완전히 벌칙이거든요. 저는 오히려 뭐든지 좋으니까 최대한 아무것도 진지하게 생각하지 않고, 계속 도전에서 도망치면서 편하게 살고 싶어요."

엄청나게 길게 늘어놓는 게으름에 대한 미학을 듣고, 나도 모르게 웃음이 나왔다.

그나저나 구미가 한 말을 듣고 생각했는데, 잘 생각해보니까 나와 구미의 삶의 자세는, 어쩌면 정반대인지도 모르겠다.

"난 오히려, 계속 도전하는 게 재미있다고 생각하거든."

그랬더니 구미는 "으엑……" 하고 토할 것 같은 얼굴로 날 쳐다봤다.

"역시 토모자키 씨는 우주인이네요…… 전 그렇게 못 살아요. 처음부터 전제 자체가 다른 것 같아요. 태어난 별이 다르다고요."

"아하하, 그럴지도" 그렇게 말하면서도 한 가지, 마음에 걸린 게 있었다. "……그런데."

"뭔가요?"

그건 구미가 말한 『전제』라는 말.

분명히 나와 구미는 『계속 도전하고 싶다』 『도전을 피해서 편하게 살고 싶다』는 의미에서는 정반대인지도 모른다.

하지만.

"——인생을 즐기고 싶다는 전제는, 똑같은 것 같은데 말이야."

내가 이거다, 라는 생각으로 말했더니, 구미는 "잘 모르겠네요"라면서 고개를 갸웃거렸다. 내 말이 하나도 전해지지 않았잖아.

* * *

다음날인 월요일.

아침 회의 때 내가 어제 키쿠치 양과 LINE으로 주고받은 메시지에 대해 얘기했더니, 히나미는 "연애하다 보면 흔한 일이야. 관계를 계속 이어간다는 의미에서는 아무 문제 없어"라고만 말했고, 그 의미는 역시나 가르쳐주지 않았다. 뭐냐고 그 자식. 과제에 대해서는 특별히 보고할 게 없었지만, 새로운 LINE 그룹까지는 만들었으니까, 그걸 바탕으로 열심히 하는 수밖에 없다.

그렇게 해서 교실. 나는 타케이와 미미미에게 말을 걸어서, 나를 찾는 모임을 기획하고 있다. 하지만 나는 토요일 오프 모임에서 이미 많은 것들을 얻었으니까, 이번에는 과제 달성을 우선시하게 될 것 같다. 네 명이서 사이타마현 밖으로 놀러 가거나, 여섯 명 이상이 놀러 가는 것 중에 하나였지.

"나를 찾기 위해서니까, 여기저기 많이 가보고 싶거든."

내가 말했더니 미미미가 음~ 하고 생각하더니,

"그러네~! 어디 좋은 데 있어?"

슬쩍, 타케이만 보면서 말했다. 야 나는. 뭐, 그런 걸 잘 모르기는 하지만.

하지만 오늘은 뭔가 다를 걸. 그래서 나는 중간에 끼어들었다.

"뭐, 신주쿠나 시부야 같은 뭐든지 있는 곳에서, 여러 가지를 구경하고 다닌다든지?"

"그거 좋다아?!"

"그리고 뭐든지 할 수 있는, 스포차*라든지?"

"그거도 좋은데에?!"

내가 제안했더니, 타케이가 제일 먼저 덥석 물었다. 이 녀석은 나중에 바람잡이 같은 걸 하면 잘할 것 같다.

참고로 내가 이렇게 바로바로 제안을 할 수 있는 이유는 아주 간단한테, 미리 알아보거나 생각해뒀기 때문이다. 공부라고 할 수도 없는, 기초 중의 기초다.

"오~! 스포차 좋다! 그러고 보니까 나, 아직 한 번도 못 가봤어!"

미미미도 고개를 끄덕이는 게, 분위기가 잡혀가는 것 같다. 스포차라, 제안하기는 했지만 당연히 나도 가본 적이 없거든. 사실 라운드 원**도 혼자서 가본 적밖에 없고. 이름이

---

* SPO-CHA. 다양한 스포츠와 놀이 등을 즐길 수 있는 일본의 엔터테인먼트 시설 체인점

** ROUND1. 볼링장을 시작으로 오락실, 노래방 등도 있는 복합 놀이 시설. 앞에서 나온 스포차도 이곳에서 운영하는 곳이다.

360   약캐 토모자키 군 8

라운드 원이니까, 그쪽이 맞다고 생각하지만.

농구나 풋살 같은 평범한 스포츠부터 다트나 당구, 게다가 뭐든지 마음대로 할 수 있는 오락실까지 있다는 스포차. 하루 동안에 다양한 것들을 경험할 수 있는 의미에서 봐도, 나를 찾는 모임을 위해서는 나쁘지 않은 선택지겠지. 체육 시간에 했던 운동 말고는 하나도 해본 적이 없는 나한테는 전부 새로운 것들이다.

"오, 그럼 스포차로 할까? 오다이바에 괜찮은 데가 있다나 봐."

내가 가능한 중심이 되기 위해서 정리하는 것처럼 말했더니, 두 사람 모두 "좋아!"라고 동의했다. 오오, 왠지 내가 정한 것처럼 됐는데. 게다가 은근슬쩍 사이타마현 밖으로 나가게 됐고. 봤냐, 히나미.

"어, 뭔데, 스포차?"

그렇게 말하면서 다가온 사람은 나카무라였다. 뒤에는 이즈미도 붙어 있었는데, 엄청나게 반짝반짝 빛나는 눈으로 우리를 보고 있다.

"가고 싶다~!"

그리고 이즈미가 욕망을 있는 그대로 말해버렸다. 역시나 갸루, 하고 싶은 욕구에는 솔직하네.

"오~! 나카무~&유즈치! 대환영이야!"

미미미도 신이 나서 말했다. 멤버도 멤버다보니 화려하고, 사람 수도 늘어서 축제 같은 느낌이 나잖아. 왠지 다른 애들도 전부 우리를 보고 있는 것 같은데 말이야. 아무래도 미미미와 타케이가 모여 있는 것만 해도 대단한데, 카스트 톱 커플까지 왔으니까.

"나도~!"

그렇게 말하면서 카시와자키 양도 다가왔고, 그 뒤를 이어서 "재미있겠는데!"라면서 타치바나까지 왔다. 뭐야 이거. 파티 피플인가? 게다가 그 중심이라고 할까, 이걸 기획한 게 나라는 걸 생각해보면, 뭔가 좀 판타지가 아닌가 싶은 생각까지 드는데. 그런데 말이야, 이거 일단은 진로에 고민하는 나를 찾기 위한 모임이거든. 그냥 즐기기만 하는 모임처럼 돼가고 있지만 말이야.

그나저나 이거 대체 어떻게 되는 거지. 네 명 이상이 사이타마현 밖으로 가거나, 여섯 명 이상이 어딘가로 놀러간다는 두 가지 과제를 내줬는데, 분위기를 보면 여섯 명 이상이 사이타마현 밖으로 가게 될 것 같다. 한 번에 두 개를 클리어하는 걸로 해 주려나.

"타, 타마도 같이 가자고 해도 될까아?!"

"뭐, 좋기는 한데…… 음~."

그리고 얼굴이 시뻘개져서 말한 타케이한테, 뭐라고 대답해야 좋을지 고민했다. 뭐 당연히 좋기는 한데, 역시 타마 양은 내가 지켜줘야만 한다.

* * *

그 날 교실 이동 수업 전에 쉬는 시간.

"키쿠치 양."

나는 도서실에 와 있다.

"토모자키 군!"

키쿠치 양은 내 얼굴을 보더니 얼굴이 확 밝아졌다. 조금 엇갈린 LINE 문제 같은 것도 있어서 둘이서 얼굴을 마주보는 게 조금 불안하기도 했지만, 이렇게 만나기만 해도 역시 안심이 되네.

"미안해, 어제."

"아니예요, 저야말로."

그런 느낌으로 서로 사과를 하고, 왠지 낯 간지러운 기분이 들었다. 거북한 느낌이 리셋 되는 감각이라고 할까, 역시 문자만 주고받으면 잘 전해지지 않는 것 같다니까.

우리는 평소처럼 나란히 앉아서 앤디의 작품을 읽었다. 뭔가 말하고 싶은 게 있으면 말하고, 그렇지 않으면 그저 조용히, 옆에 있는다. 그런 시간이, 난 역시 좋았다.

"……토모자키 군."

"응?"

고개를 돌렸더니, 키쿠치 양이 스마트폰을 조작해서 어떤 가게의 홈페이지를 나한테 보여줬다.

"여기, 가고 싶은데."

"……어디."

스마트폰을 받아서 표시된 홈페이지를 봤다.

아무래도 오리지널 논 알코올 칵테일이 유명한 카페&바인 것 같고, 다양한 동화나 판타지 세계관을 모티프로 삼은 신기한 음료가 특징이라는 것 같다.

"오, 좋다! 가보자."

내가 솔직하게 말했더니 키쿠치 양은 웃는 얼굴로 "응!" 하고 고개를 끄덕였다. 그리고 나한테서 스마트폰을 돌려받고, 달력 앱을 열었다.

"그러니까…… 이번 주 일요일은 어떠세요?"

"일요일 말이지. 그러니까…… 일요일은" 말하다가 생각이 났다. "아, 미안해."

"아, 무슨 약속 있으세요?"

나는 고개를 끄덕였다. 사실은 바로 조금 전에 예정이 생겼다.

"그러니까, 애들이랑 스포차에 가기로 해서……."

"아…….."

그 말을 듣고, 키쿠치 양의 표정이 아주 조금, 어두워졌다. 그리고 그걸 숨기려는 것처럼 미소를 짓는 게, 나를 더 괴롭게 만들었다.

"아까 얘기했던…… 나나미 양네랑."

"으, 응. 맞아."

키쿠치 양은 조금 쓸쓸하다는 것처럼 고개를 숙였고, 참으려는 것처럼 미소를 짓고, 고개를 들었다. 어떻게든 해주고 싶었지만, 그 멤버들 속에 키쿠치 양을 들어오게 하는 것도 좀 아니겠지. 리얼충 멤버가 너무 많고, 타치바나가 있는 것도 복잡한 문제니까.

"그럼, 토요일은."

"응, 토요일이라면——."

말하면서 달력 앱을 확인하고, 말을 멈췄다.

"아니네, 미안해. 그날은 오프 모임이야. ……어패."

"아, 또…….."

그리고, 대화가 멈췄다.

주말 예정이 안 맞았을 뿐인데, 분위기가 너무나 무겁게 느껴졌다.

"저기…… 그럼, 다음 주에, 갈까요?"

"응. 그러자! 그러니까…… 지금, 아르바이트 근무표 짜고 있으니까, 아마 하루는 빌 것 같거든, 미안, 조금만 기다려."

"……응. 알았어요."

키쿠치 양은 또 미소를 짓고, 내 말을 받아들여줬다.

하지만 아주 조금 무리해서 웃는 것 같기도 해서, 나는 그게 마음에 걸렸다.

"저기…… 그러고 보니까, 토모자키 군."

"응?"

"……대단하죠? 트위터."

"아…… 봤어?"

그렇다. 트위터.

나는 그 오프 모임이 끝난 뒤에 아시가루 님한테 nanashi 로서 트위터를 하고 있다는 얘기를 했다. 그랬더니 아시가 루 님도 날 팔로우 해줬고, 게다가 그 자리에서 날 소개하 는 트윗을 올렸다. 게다가 그날 녹화한 나와 아시가루 님과 의 대전 영상이 YouTube에 올라왔고, 그 뜨거운 전개도 어우러져서, 하루 만에 조회 수가 몇만까지 올라갔다.

그리고 그 영향도 있어서 내 트위터 팔로워 숫자는, 아직 시작한지 일주일 정도밖에 안 됐는데도 천 명을 간단히 넘 어버렸다.

"뭐랄까, 생각보다 일이 커진 것 같은 기분이야……."

레나가 댓글로 『후미야 군』이라고 부른 것도 그렇고, 최근 며칠 동안에 그럭저럭 엄청난 트위터 라이프를 겪고 있는 데…… 역시 아시가루 님의 영향은 컸다.

"후후, 그러게요. 역시나 전국 1위, 예요."

"아하하…… 고마워."

씁쓸하게 웃으면서 말했더니, 키쿠치 양은 약간 걱정하는 표정으로 날 바라봤다.

"저기, 그러니까…… 후미야 군, 이라고 부른 사람은……."

정말 말하기 힘들다는 것처럼 말했다. 나는 그 말을 듣고 두근, 하고 가슴이 뛰었다. 원래 조금 죄악감이 있는 관계 였기 때문에, 어째선지 갑자기 불편한 기분이 들었다.

"으, 응?"

"이번 토요일에…… 나올까, 싶어서…….”

"글쎄, 모르겠네, 아마도…… 나오겠지."

내가 횡설수설하면서 말했더니, 키쿠치 양은 깜짝 놀라서 손으로 입을 막고, 당황한 것처럼.

"아! 죄, 죄송해요, 캐, 캐묻는 것 같은 짓을, 해서…….”

"아, 아냐!"

"그, 그러니까. ……아무것도 아니니까, 괜찮아요.”

"그래? ……아무튼 말이야, 그냥 오프 모임에서 딱 한 번 만났을 뿐이니까, 걱정하지 말고."

"……응. 알았어요.”

고개를 끄덕이고, 키쿠치 양은 억지로 지어 보이는 것 같은, 웃는 얼굴을 보여줬다.

나는 그게 왠지 슬퍼 보여서 책임을 느꼈지만, 어떻게 해야 키쿠치 양의 걱정을 완전히 없애줄 수 있는지를 몰랐다. 그리고, 그런 통화까지 해버렸으니, 『딱 한 번 만났을 뿐』이라고 하는 것도 좀 아닌지도 모른다.

"아…… 슬슬."

"정말이네. 가자.”

그렇게 쉬는 시간이 끝나고, 나와 키쿠치 양은 생물실로 갔다.

……하고 싶은 얘기가 또 있었지만, 왠지 말을 못 했네.

* * *

그날 방과 후. 키타요노 역.

평소에는 각자 같이 다니는 그룹끼리 모여서 하교하던 애들이, 오늘은 스포차에 가는 일 때문에 이야기하자는 이유로 이래저래 합류했고, 많은 인원이 모여서 하교하게 된 관계상, 나는 오늘도 또 여기서 미미미와 단둘이 남게 됐다. 이것도 소꿉친구처럼 돼버렸는데—— 역시, 키쿠치 양이 마음에 걸린다니까.

"그 뒤로 어떻습니까~ 브레인은! 뭔가 정했어?"

"……뭔가라니, 진로?"

"그래~ 그거! 하고 싶은 일!"

미미미가 물었고, 나는 주말 동안에 생각했던 것들을 다시 한번 머릿속에서 확인했다.

"사실은 말이야, 또 오프 모임에 갔다 왔거든."

"오~ 또?"

"응."

내가 고개를 끄덕였더니, 미미미가 흥미롭다는 듯이 반짝반짝 빛나는 눈으로 나를 봤다.

"사실은, 프로로 활약하는 게이머 분을 만났어.'

"뭐?!"

그리고 나는 프로 게이머 아시가루 님과 만났다는 얘기, 그 사람과 공식 룰로 싸웠다는 얘기를 했다.

"오~ 드디어 프로와 브레인이 대결! 그거 진짜 뜨거운데!"

"──그래서, 내가, 졌어."

"뭐?! 그랬어?! 브레인 우리나라에서 1등이라고 했었잖아?!"

놀라는 미미미한테, 나는 어떻게 설명해야 좋을지 고민하면서도,

"그렇긴 한데…… 왜, 온라인에서 승률이랑, 그 순간에 끝나는 승부는 다른 거니까."

"그런 거야?"

"응, 그러니까 뭐라고 할까, 온라인이랑 오프라인은 조작 감각도 아예 다르고, 그리고 실전에는 실전에 필요한 멘탈이 있었다고나 할까……."

그랬더니 미미미는 "아~" 하고 납득한 것처럼, 진지한 목소리로 말했다.

"그거, 좀 알 것 같다."

"알아?"

내가 묻자, 미미미는 응응, 하고 힘차게 고개를 끄덕였다.

"왜, 육상에서도 그랬거든."

그 말을 듣고, 나도 납득했다.

"아, 그렇구나. 대회라든지 나가니까."

"응, 맞아~"

미미미는 씁쓸하게 웃으면서 고개를 끄덕이고는, 코미컬

한 한숨을 쉬면서 계속해서 말했다.

"나도 꽤 긴장하는 편이니까~. 대회 같은 데 나가면 고생하거든~."

"아~ 그러고 보니 미미미, 좀 그런 느낌이 있지."

"아하하, 알았어~? 그런데, 실제로 그렇거든."

미미미는 어째선지 의기양양하게 말하고는 흠, 하고 입술을 삐죽 내밀었다.

"기껏 연습해서 좋은 기록을 내도…… 대회에서 실패하면 전부 꽝이 되는 거잖아."

"아…… 뭐, 그렇긴 하지."

나는 미미미의 말에 납득하면서도, 머릿속에 떠오른 것은 아시가루 님과의 대전이었다.

"그런데, 난 말이야."

그것은 랭킹전에서는 경험해본 적이 없었던 긴장. 여기서 이겨야만 한다는 초조함.

"뭐랄까…… 거기서 끝나는 대전이라서, 더 불타올랐거든."

졌는데, 분했는데, 기억에 남은 건 뜨거운 흥분이고.

"수 싸움 하나하나가, 지금까지 경험해본 적이 없을 만큼 무겁고, 두근두근했어."

나도 모르게 엄지손가락이 컨트롤러 스틱을 조작하는 것처럼 탁, 하고 움직였다.

"그렇구나……. 하지만 온라인에서는 내가 1등인데~ 같은 생각은 안 했어?"

미미미의 말에, 나는 잠깐 생각하고,

"뭐 승률 같은 건 상관없이, 그 한판으로 결정된다는 게 **부조리**하다고 생각할 수도 있지만…… 그 한 판에 모든 걸 걸어야 하기 때문에, 엄청나게 재미있었거든."

말하면서, 마침내 놀랐다.

"……어."

나는 내 입술을 만지고, 눈을 깜박거렸다. 내 입에서 나온 말이 뜻하는 의미를, 알아차렸기 때문이다.

왜냐하면, 여기서 계속 말하고 있는 것. 아까 미미미가 말했던 것.

──대회에서 실패하면 전부 꽝이 된다. 즉, 부조리하고 불평등.

그것은 내가 히나미와 만나기 전에, 인생에 대해서 계속 생각하던 것들이었다.

그래서 인생은 망겜이고, 진지하게 대할 필요가 없다고 생각했었다.

하지만. 내가 지금── 뭐라고 한 거지?

"……그렇구나."

"응? 왜 그래?"

미미미는 얼굴을 슬쩍 내밀어서 내 얼굴을 들여다봤다.

"나 말이야. 인생을 게임처럼 생각한다고, 했었잖아."

"응. 그랬지."

그것은 토모자키 후미야의 인생관, 또는 nanashi로서의 게임관의 근간이다.

"하지만, 프로 게이머들은, 아마도…… 반대겠지."

"반대?"

나는 고개를 끄덕이면서, 내 손을 봤다.

"그 사람들은, 나랑 반대로──『게임』을『인생』으로 생각하고 있을 거야."

말하면서, 그건 엄청난 각오라고 생각했다.

동시에, 틀림없이 정말 재미있을 거라고, 본능적으로 느꼈다.

되돌릴 수 없는 단 한 번. 순간에 모든 것을 거는 열량.

그건 아마도, 어떤 의미에서는『인생』의 부조리가 만들어내는, 맥박 같은 리얼한 감각이고.

그 싸움 속에서, 내가 그렇게나 두근두근했던 이유는 틀림없이, 거기에 있다.

그렇다면, 어쩌면──

어패라는 갓겜을, 내『인생』으로 삼을 수가 있다면.

그렇게 즐거운 일이, 또 있을까?

"──그렇구나."

나는 숨을 들이쉬었다가 내쉬고, 추상적으로 떠올랐던 사

고에 윤곽을 부여했다.

　나는 게이머로서, 온갖 게임에서 내가 『캐릭터』가 되고 싶다고 생각했었다.

　진심으로 게임에 몰입해서, 온 힘을 다해서 그 세계를 즐기고 싶다고.

　그리고, 생각이 났다. 그 순간. 그 몇 분 동안의 싸움 속에서.

　나는 어패라는 게임 속에서도, 인생이라는 게임 속에서도——

　틀림없는, 캐릭터였다.

　그것은 마치, 어패와 인생의 경계가 서로 녹아드는 것 같은 감각.

　컨트롤러를 잡은 손의 땀은 현실의 것이지만, 진심으로 싸움에 열중할 수 있는 건, 그것이 『어패』이기 때문이고.

　절대로 지고 싶지 않아서 발버둥 치는 파운드는 화면 속에 있지만, 그 싸움에 모든 것을 걸고 있는 것은, 그것이 『인생』이기 때문이고.

　인생이. 어패가. 뒤섞이면서 소용돌이가 돼서, 하나의 열량을 만들어내고 있다.

　그 속에서, 한 사람의 나라는 캐릭터로서, 온 힘을 다해 플레이한다.

그래. 한마디로──

나는 너무나 좋아하는『어패』에 열중하면서, 내 인생을 더 멋지게 꾸미고 싶다.

나는 내『인생』을 걸고 싸우면서, 어패에 더 몰입하고 싶다.

그건 아마도──『인생』과『어패』의 하이브리드 스타일이다.

"브레인?"

미미미가 깜짝 놀라서 날 쳐다보고 있다.

그런 미미미는 신경도 쓰지 않고, 나는 내 마음 속에서, 결론을 내려버리고 말았다.

"나, 프로 게이머를 목표로 삼을래."

"그렇구나~? ……잠깐, 뭐라고?!"

너무나 갑작스럽게 결의를 토로했더니, 미미미가 큰 소리를 지르면서 놀랐다.

"뭐?! 뭐야뭐야 갑자기?! 지금 이 순간에?!"

"좀 진심으로, 해볼까, 싶어서."

당연하다는 것처럼 나를 보며, 미미미는 아주 곤혹스러워하고 있다.

"잠깐만 그게 무슨 소리야?! 너한테 재능이 있다는 자신이 있다는 거야?!"

기세 좋게 묻자, 나는 조금 생각했다.

"음…… 뭐 그것도 없지는 않은데……."

"없지는 않구나? 브레인은 말이야, 역시 좀 대단한 것 같다?"

"응. 하지만 그것보다, 말이야."

나는, 지금 막 생각한 것을, 단적으로.

"게임을 이용해서 인생을 즐기고, 인생을 이용해서 게임을 즐기면——

빙글빙글 돌아서 세상이 무한대로 재미있어지지 않을까~ 싶거든."

그것은 막상 말하고 보니, 생각했던 것보다 유치한 말이었다.

"……브레인 말이야, 역시 좀 바보인지도 모르겠다?"

"어, 어라?"

미미미도 똑같은 생각을 한 것 같습니다.

6. 하나의 플래그를 세우면, 자기도 모르는 사이에 다른 플래그가 꺾여 있는 때가 있다

다음 날 아침.

나는 어쩌다 보니 화제의 중심인물이 되어 있었다.

"토모자키, 그거 진짜야?"

"진짜야."

그렇다. 어제 미미미한테 말했던『프로 게이머를 목표로 삼겠다』는 이야기에 대해, 그냥 다른 사람들한테도 말하기로 했다. 정했으니까 내 선택에 후회는 없고, 하나도 창피하지 않은 일이니까.

"그나저나 말이야, 랭킹 1위면 내가 이길 리가 없는 거잖아~."

나카무라가 투덜댔다.

"그건 나한테 도전한 나카무라가 잘못했고."

"뭐?"

"흐익……!"

이런 느낌으로 나카무라의 투덜대는 소리도 잘 받아칠 수 있게 됐으니까, 이젠 서서히 실력 차이가 메워지고 있다고 해도 되겠지.

"음~, 역시 후미야는 보통 인물이 아니었네. 내가 사람 보는 눈이 있었어."

어쩌선지 미즈사와는 그 얘기를 미끼로 자기를 추켜세우

고 있는데, 뭐 미즈사와니까.

"뚝돌아, 나도 어패 가르쳐줘~!"

"좋긴 한데, 그거 꽤 머리도 쓰는 게임이라서 말이야."

"오~! 그럼 나한테 딱이잖아~!"

"하하하. 그렇구나. 다행이네, 다행이야."

그런 느낌으로 남자들끼리 신이 나서 이야기를 나눴다. 어패에서 1위면 상당히 대단한 일이기는 하지만, 뭐 역시 게임은 게임이니까, 이렇게 그룹 안에서는 신이 나서 이야기를 해도 그룹 밖으로는 아무런 파급 효과도 없는, 수준의 분위기에서 머물고 있다. 뭐 나로서도 그 쪽이 좋지만, 어패는 정말 대단하단 말이야 이것들아, 같은 기분은 가지고 있다.

참고로 이 사실이 다른 사람들에게 알려지면 인생 공략에 안 좋은 영향을 미치지 않을까 하는 생각에 히나미 쪽을 봤더니, 딱히 날 향해서 사람을 죽일 수도 있는 시선을 날리고 있는 것 같지는 않았으니까, 아마도 괜찮을 것 같다.

"……응?"

그리고, 히나미한테 갔던 시선을 되돌리려고 했을 때. 그 근처에 있던 키쿠치 양이 이쪽을 슬쩍 보고 있는 게 눈에 들어왔다. 그러고 보니 이 건에 대해서는, 어제 집에 가서 LINE 메시지라도 보내서 말하려고 했는데, 결국 그만뒀었지.

하지만 지금 여기서 말하러 가는 것보다는, 쉬는 시간이

나 방과 후까지 기다리는 게 좋을 것 같다. 왜냐하면 키쿠치 양한테는, 단둘이 있을 때 제대로 말해주고 싶으니까.

* * *

그날 1교시가 끝난 쉬는 시간.

"키쿠치 양."

내가 가까이 가서 말을 걸었더니, 키쿠치 양이 깜짝 놀란 것처럼 어깨를 움찔했다.

"아…… 토모자키 군."

키쿠치 양은 어딘가 거북하다는 것처럼 살짝 고개를 숙이고 있는데, 역시 어제 있었던 일 때문에 그런 걸까.

"저기 말이야."

그리고 나는 키쿠치 양을 잡아끄는 것처럼.

그렇게 말했더니, 키쿠치 양이 내 눈을 쳐다봤다. 하지만, 그 표정에는 어딘가 그늘이 드리운 것 같았다.

"저기……."

"응?"

키쿠치 양은 내 눈치를 살피는 것 같은 눈으로 날 보면서.

"……진로."

그리고, 그 입에서 나온 말은 조금 의외의 내용이었다.

"진로, 정했나 보네요?"

"뭐? 으, 응. 정하긴 했는데."

"그렇구나……."

같이 하교하자는 말에 진로 얘기로 대답하는 게 조금 묘하기는 했지만, 뭐 조례 전에 엄청 시끄럽게 떠들었으니까. 키쿠치 양한테는 아직 말하지 않았으니까, 놀라는 것도 당연한 일이라고 생각한다. 그 얘기를 하려고 같이 하교하자고 했는데, 뭐 그렇게 큰 소리로 떠들면 당연히 들렸겠지.

"저기, 나중에 제대로 얘기하려고 했는데…… 프로 게이머를 목표로 삼아볼까, 하거든."

"그렇…… 군요."

맞장구를 치는 키쿠치 양의 표정에는 역시나 그늘이 있었고, 마음은 다른 곳에 가 있다는 느낌이다. 하지만 명확하게 뭔가 이상한 행동을 하는 것도 아니기 때문에, 그 이유를 물어보기가 힘들다.

"저기…… 계기는."

키쿠치 양은, 조심스레 물었다.

"계기는, 뭐였나요?"

"아~ 그러니까."

그야 뭐 많다고나 할까, 얘기를 하려면 길어질 것 같기 때문에, 방과 후에 같이 가면서 얘기하려고 했었다.

"오프 모임이라든지, 미미미랑 얘기한 거라든지 이래저래 있긴 한데, 그런 것까지 전부, 얘기하고 싶거든."

"오프 모임…… 나나미 양."

키쿠치 양은 내 말을 되풀이하고는, 쓸쓸하게 웃었다.

"그러니까 말이야, 오늘 같이——."

거기까지 말했을 때.

웬일로 키쿠치 양이, 내 말을 자르려는 것처럼 입을 열었다.

"죄송해요."

"뭐……."

이것도, 생각도 못 한 대답.

"저기…… 오늘은, 혼자 가고 싶은 기분, 같아서."

그 말을 듣고, 나는 할 말을 잃었다.

지금까지도 딱히 매일 같이 간 건 아니었다. 하지만, 특별히 볼일이 있는 것도 아닌데, 혼자 가고 싶다는 이유로 내 제안을 거절한 건 처음이었다.

"그렇…… 구나."

"……응."

또 어색한 분위기가 감돌았다.

"……알았어. 그럼 오늘은, 따로 가자."

말하면서도 치밀어 오르는 슬픔을, 꾹 참았다.

하지만, 같이 가고 싶은 건 어디까지나 내 생각. 사귀는 사이라고는 해도 키쿠치 양이 거절한다면, 개인의 뜻은 존중해야 한다.

"따로……."

키쿠치 양은 고개를 숙인 채, 내 말을 되풀이했다. 나는 더 이상 할 말이 없어서, 그저 키쿠치 양을 바라보기만 했다.

키쿠치 양은 잠깐 흠칫 놀라더니, 불안해하는 눈으로 날 쳐다봤다.

"저기…… 따로라면, 토모자키 군은 누구랑──."

그때.

키쿠치 양의 작은 목소리를 묻어버리려는 것처럼 종이 울렸고, 우리의 대화는 거기서 끊어지고 말았다.

뭔가를 말하려던 키쿠치 양. 서서히 조용해져 가는 교실. 중요한 일이라면 그것만은 딱 한 번 더 말할 수 있는 상황이지만, 키쿠치 양은 끊어진 말을 다시 이어가지 않았다.

우리 둘은 말없이 각자 자기 자리에 앉았고, 수업이 시작됐다.

내 눈에는 그저, 초조한 것처럼 입술을 깨물고 있는 키쿠치 양의 모습만이 새겨져 있었다.

＊ ＊ ＊

그날 점심시간.

또, 예상치 못한 일이 벌어졌다.

"……어."

스포차에 같이 갈 멤버들끼리 학교 식당에 모여서, 담소를 나누면서 같이 점심을 먹고 있는데.

키쿠치 양한테서, LINE 메시지가 왔다.

『죄송해요. 역시 오늘, 같이 가고 싶어요.』

나는 다른 애들이 시끌벅적 신나게 떠들고 있는 테이블에서, 혼자서 가만히 스마트폰을 들여다봤다.

이게 대체 무슨 일이지.

아침에 같이 가자고 했다가 거절당했고, 지금은 점심시간. 이 몇 시간 동안에, 키쿠치 양의 심경에 어떤 변화가 있었던 걸까. 알 수가 없었다.

──그리고. 또 한 가지 문제가 있다.

"그럼 오늘 수업 끝나고 이거저거 회의하자~!"

지금까지의 이야기를 정리하며, 타케이가 말했다.

그렇다. 지금 여기 모인 멤버들끼리, 오늘 수업 끝난 뒤에 교실에서 모이기로 해버리고 말았다. 키쿠치 양이 거절한 것도 있고 해서, 나도 거기 참가하겠다고 얘기해버렸다.

하지만, 역시 키쿠치 양의 상태가 확실하게 이상하다. 그냥 이대로 둬서는 안 될 것 같을 정도로.

그래서 나는 이 자리에서는 어떻게든 분위기를 맞춰주면서, 키쿠치 양에게 보낼 답장 내용을 적었다.

아마 이런 때는, 솔직하게 전부 말하는 게 제일이다.

『오늘 수업 끝나고 교실에서 다른 애들이랑 이것저것 얘기하기로 했으니까, 그거 끝날 때까지 기다려줄 수 있을까?
나도 꼭, 키쿠치 양이랑 같이 가고 싶거든!』

그런 내용으로 메시지를 보내고, 스마트폰 화면을 껐다.

사귀는 자체가 처음이라서, 모르는 일이 너무 많지만.

이렇게 확실하게 정면으로 마주 보면, 틀림없이 서로 이해할 수 있을 테니까.

   ＊ ＊ ＊

방과 후.

결국 리얼충 멤버들과 스포차 회의, 가 아니라 단순한 잡담은 한 시간이나 이어졌고, 그 동안에 키쿠치 양은 도서실에서 기다리기로 했다.

타치바나와 카시와자키 양 같은 애들도 포함된 약간 특수한 멤버로 한 시간이라 잡담을 했더니 꽤 피곤해서, 끝나고 도서실로 갈 무렵에는 꽤나 진이 빠져 있었다. 뭐, 안 그래도 키쿠치 양 일 때문에 잔뜩 고민한 직후니까.

도서실에 들어갔더니, 거기에는 책을 들고 서 있는 낯익은 키쿠치 양의 모습이 있었다. 내가 온 걸 알아차리고는 미소를 지었고, 책을 탁 덮었다. 왠지 그 모습을 정말 오랜만에 본 것 같은 기분이 들었고, 나는 안심했다.

"수고했어요."

"응. 수고했어. 솔직히, 진짜로 지쳤어."

"그런가요?"

나한테 묻는 키쿠치 양에게 고개를 끄덕이고, 나는 옆자리에 앉으면서 가지고 있던 물건을 책상 위에 올려놨다.

"잠깐 쉬어도 될까?"

"후후. 알았어요. 정말, 수고했어요."

"……고마워."

그런 느낌으로, 시간이 느리게 흘러갔다.

"다 쉬면 얘기해 주세요."

"응. 알았어. 잠깐 화장실 좀 갔다 올게."

"예~."

그리고 나는 도서실 옆에 있는 화장실로 갔다. 사실은 30분 전부터 가고 싶었지만 리얼충 파도에 휩쓸려서 간다는 말을 못 꺼냈다는 말은 죽어도 못 한다.

나는 볼일을 보고 거울 앞에서 손을 씻었다. 좋았어, 하고 시합을 넣고, 내 얼굴을 보며 고개를 끄덕였다.

그나저나 집합 장소를 도서실로 할 걸 그랬나. 왠지 그 공간에 갔을 뿐인데도 오늘의 어색했던 분위기가 어느 정도 풀어진 것 같은 기분이 들었다.

이 상태라면 지금까지 있었던 여러 가지 일들에 대해, 제대로 설명할 수 있을 것 같다——

그런 생각을 하면서 도서실로 돌아왔을 때, 그 일이 벌어졌다.

문을 열고, 안을 봤다.

그랬더니 거기에는 어째선지, 내 스마트폰을 들고 있는 키쿠치 양의 모습이 있었다.

"……!"

키쿠치 양은 내가 온 기척을 느꼈는지 이쪽을 보더니, 초조, 실망, 슬픔── 그 모든 것들이 담긴 것 같은 표정으로, 나와 마주봤다.

"……키쿠치 양?"

그리고.

키쿠치 양은 내 스마트폰을 책상 위에 내려놓더니, 그대로 자기 짐을 들고 뛰쳐나갔다.

"어, 잠깐!"

내가 불러도 듣지 않고, 키쿠치 양은 도서실 밖으로 나가버렸다. 쫓아가야 하는 건지, 이게 대체 무슨 일이 일어난 건지. 나는 혼란에 빠진 머리로 간신히 생각을 정리하고, 일단 원인부터 확인해야겠다고 생각했다.

그래서 나는 키쿠치 양이 보고 있던 내 스마트폰을 집어들고── 너무나 타이밍이 안 좋다고 깜짝 놀랐다.

거기에 표시된 건, 레나가 보낸 LINE 메시지가 도착했다는 알림.

그 내용은.

『지난번에 갑자기 야한 얘기 해서 미안해~』

나는 후회와 초조함에 사로잡혀서, 그대로 도서실에서 뛰쳐나갔다.

하지만 이미, 키쿠치 양은 보이지 않았다.

"큰일…… 이네."

그것은 분명하게, 나와 키쿠치 양의 관계에서, 최대의 위기였다.

작가 후기

여러분 오랜만입니다. 애니메이션화 작가 야쿠 유우키입니다.

이 시리즈도 시작 된지 벌써 3년도 넘게 지났고, 나온 책이 장장 9권. 그래도 응원해주시는 분들이 계속 늘어나고 있다는 건, 애니메이션화 작가 야쿠 유우키로서도, 정말 기쁠 따름입니다.

그리고 애니메이션화 작가 야쿠 유우키로서는 앞으로도, 다음 열 번째 책이라는 큰 숫자를 향해서 자만하지 않고, 애니메이션화 작가 나름대로 이야기를 써나가고 싶다고 생각합니다.

예, 너무 까불었습니다. 그렇게 해서 세상에, 애니메이션 제작이 발표됐습니다!

토모자키 군이라는 시리즈 팬 여러분과 블로거 여러분과 필자 여러분, 많은 서점 분들의 후원 덕분에 이렇게 커온 시리즈입니다. 그것이 이렇게 3년 이상의 시간을 들여서, 애니메이션이라는 곳까지 도달했습니다. 이런 형태로, 조금이나마 은혜를 갚고 있는 걸까요. 응원해주셔서 정말 감사합니다. 방송까지는 아직 많이 남았지만, 즐겁게 기대해주시면 고맙겠습니다.

그리고 저로서는 앞으로도 여러분께서 다양한 형태로『약캐 토모자키 군』을 즐겨 주시기 위해서라도, 할 수 있는 일은 전부 꼼꼼하게, 있는 힘껏 해나가고 싶습니다.

그리고 여기서 알아차린 분들도 계실지 모르겠습니다. 다양한 일에 있는 힘껏── 그것은 이번 권의 표지에 있는 히나미가, 왼손 손가락으로 스웨터 소매를 잡고 있는 것과 비슷하다는 것을.

소매에 대해 설명하기 전에, 먼저 여러분께서『중력』에 대해 생각해주셨으면 합니다. 알고 계시겠지만 지구에는 중력이 있습니다. 그리고 중력이 있다는 것은, 원래 이 포즈를 취하고 있는 히나미의 소매는 떨어져야만 한다는 뜻입니다. 그런데 어떻게 됐을까요? 실제로 이 표지에 있는 히나미는 그렇게 되지 않았고, 귀엽게『소매가 길게 튀어나온』상태가 돼 있습니다.

그렇습니다. 즉 히나미는 자신을 연출하기 위해 몰래, 그 소매를 손가락으로 잡고 있습니다.

하지만 여기서 중요한 것은 소매가 튀어나온 것보다, 그것을 통해서 알 수 있는 한 가지 사실이겠죠.

소매가 튀어나온 것은 연출된 행동── 그것을 알게 되면 줄줄이, 모든 것들이 히나미의 연출이라는 사실을 이해할 수 있게 됩니다. 마찬가지로 왼쪽 손가락으로 자신의 머리카락 끝을 잡고 있다는 사실. 또는 이 직전에 몸을 돌린 것인지 치맛자락이 둥실 떠 있다는 사실. 그 모든 것들이 저희를 현혹하기 위한 의도적인 귀여운 행동이자 관능이었던 것입니다. 이 마음이, 조금이라도 전해졌다면 좋겠습니다.

그럼, 감사 인사입니다.

일러스트 담당 플라이 님. 항상 트위터에서 이상하게 집적거리고 있습니다만, 슬슬 화를 내시는 게 좋을 것 같다고 생각합니다. 야쿠 유우키를 말릴 수 있는 사람은 플라이 님뿐입니다. 팬입니다.

담당 편집자 이와아사 님. 마침내 애니메이션까지 오고야 말았습니다. 다음에는 같이 헐리우드를 목표로 해보죠.

그리고 독자 여러분. 움직이는 토모자키와 친구들을 볼 수 있다고 생각하니 가슴이 두근거립니다. 기대해주세요. 항상 응원해주셔서 감사합니다.

그럼 다음 권에서도 함께 해주시면 감사하겠습니다.

야쿠 유우키

JAKU CHARA TOMOZAKI-KUN Lv.8
by Yuki YAKU
ⓒ2016 Yuki YAKU Illustrated by FLY
All rights reserved.
Original Japanese edition published by SHOGAKUKAN.
Korean translation rights in Korea arranged with SHOGAKUKAN
through Shinwon Agency Co.

약캐 토모자키군 Lv.8

2021년 1월 31일 1판 2쇄 발행

저　　　자　야쿠 유우키
일 러 스 트　플라이
옮 긴 이　김정규
발 행 인　유재옥
본 부 장　조병권
담당편집자　정영길
편 집 1 팀　정영길 김민지 조찬희
편 집 2 팀　김다솜
편 집 3 팀　오준영 곽혜민 김혜주
미　　　술　김보라 서정원
라이츠담당　김슬비 한주원
디 지 털　박상섭 이성호 최서윤
발 행 처　㈜소미미디어
제 작 처　코리아피앤피
등　　　록　제2012-000365호
주　　　소　서울시 마포구 토정로 222, 403호(신수동, 한국출판콘텐츠센터)
판　　　매　㈜소미미디어
마 케 팅　한민지 이주희
물　　　류　허석용
경 영 지 원　우희선
전　　　화　편집부 (070)4164-3962, 3963 기획실 (02)567-3388
　　　　　　판매 및 마케팅 (070)4165-6688, Fax (02)322-7665

ISBN 979-11-6507-452-4 04830
　　　979-11-5710-883-1 (세트)